imaginist

U0532164

想象另一种可能

理想国

imaginist

漫游草原丝绸之路

大丝路行纪

张信刚 著

云南人民出版社

图书在版编目（CIP）数据

大丝路行纪：漫游草原丝绸之路 / 张信刚著. -- 昆明：云南人民出版社, 2024.2
ISBN 978-7-222-22724-8

Ⅰ. ①大… Ⅱ. ①张… Ⅲ. ①散文集－中国－当代 Ⅳ. ①I267

中国国家版本馆CIP数据核字(2023)第250331号

著作权合同登记图字：23-2024-001
地图审图号：GS京（2024）0464号

责任编辑： 柴　锐
特约编辑： 何碧云
装帧设计： 吴伟光
内文制作： 陈基胜
责任校对： 柳云龙
责任印制： 代隆参

大丝路行纪：漫游草原丝绸之路
张信刚　著

出　版　云南人民出版社
发　行　云南人民出版社
社　址　昆明市环城西路609号
邮　编　650034
网　址　www.ynpph.com.cn
E-mail　ynrms@sina.com
开　本　850mm × 1168mm　1/32
印　张　12.5
字　数　236千
版　次　2024年3月第1版第1次印刷
印　刷　山东韵杰文化科技有限公司
书　号　ISBN 978-7-222-22724-8
定　价　98.00元

目录

绪言篇

叙事篇 从大兴安岭到第聂伯河

综论篇

张信刚，世界知名生物医学工程专家、香港城市大学荣休校长及讲席教授、英国皇家工程院外籍院士、国际欧亚科学院院士。先后任教于美国纽约州立大学布法罗分校、加拿大麦吉尔大学及美国南加州大学。自 1990 年起，先后出任香港科技大学工学院创院院长、美国匹兹堡大学工学院院长、香港城市大学校长。曾担任香港文化委员会主席、香港创新科技顾问委员会委员等公职。被聘为北京大学、清华大学、西安交通大学、东北大学名誉教授。2007 年退休后在清华大学、北京大学、山东大学、上海交通大学、中欧国际商学院及土耳其海峡大学讲授人文通识课程，并任北京外国语大学丝绸之路研究院名誉院长。获颁法国国家荣誉军团骑士勋章、中国香港特别行政区金紫荆星章、法国国家学术棕榈司令勋章。发表过英文学术论文百余篇、研究专著两部，获得一项加拿大专利。有关于教育、文化与文明的中英文著作十三部。

绪言篇

呼伦贝尔草原

1

草原丝路解析

丝绸与丝绸之路

中国黄河流域和长江流域的先民早在5000多年前就已经利用蚕茧制造出轻柔、鲜艳且耐用的丝织品。虽然中国位于亚洲大陆东部，受到喜马拉雅山脉和帕米尔高原的阻隔，与南亚的古印度文明、西亚的两河流域文明以及北非的古埃及文明来往并不多，但是丝织品至迟在公元前2世纪就已经通过陆上的道路和海上的航线传到了遥远的异域。

古代希腊人称中国为“赛里斯”（Seres），是从“丝”字的谐音而来，意为“丝之国”。他们猜测，丝的纤维是来自中国的某一种树木。

公元前50年左右，在罗马的上层人物中，

特别是妇女们，非常流行可以显露身材的丝衣。当年丝绸需要经过长途运输，而各地商人又逐一加码，因此运到埃及、希腊和罗马的丝绸十分昂贵。据说在罗马境内，一两丝值一两黄金。凯撒时代的政治家、演说家和作家西塞罗（Cicero）曾经写文章，提醒罗马人不要偏爱丝绸服装，以免耗尽国家的财富。

1870 年前后，德国地理学家 F. 冯 · 李希霍芬（F. von Richthofen）受普鲁士政府委托，到中国以及亚洲各地多次考察，其目的包括研究修建一条连通欧洲与东亚的铁路的可行性。他注意到，中国在汉朝时与中亚的河中地区（指今阿姆河与锡尔河之间的地带），以丝绸贸易为主要动力形成了几条交通路线。他在 1877 年出版的《中国：亲身旅行和据此所作研究之成果》（*China: Ergebnisse eigener Reisen und darauf gegründeter Studien*）一书中，使用了之前已有学者提出但是当时少有人知的“Seidenstraße”（**丝绸之路**）这个名词。

时至今日，**“丝绸之路”**在全世界已经是家喻户晓的名词。总体而言，它是指数千年来联系欧、亚、非三大洲的交通体系，可以很自然地分为**“陆上丝绸之路”**（以下简称**“陆上丝路”**）和**“海上丝绸之路”**（以下简称**“海上丝路”**）这两个使用不同交通工具，却又相互连接的交通网络。

陆上丝路可以再分为：

（1）本书详细介绍的**草原丝路**——由贯穿欧亚大陆北部的几大草原连接而成，长约一万公里，东端是大兴安岭和呼伦贝尔草原，西端是第聂伯河（Dnieper）下游的东欧草原（即黑海一里海草原）。这一东西向的狭长区域地势大致平坦，气候比较干旱，其亚洲部分的北部与西伯利亚的针叶林区（Taiga Zone）相接。用今天的国名与地方名来讲，**草原丝路**大致通过如下地方：（a）中国的内蒙古、宁夏、新疆；（b）蒙古国；（c）哈萨克斯坦的东南部、中部与西北部；（d）俄罗斯联邦的布里亚特共和国、伊尔库茨克州、图瓦共和国、阿尔泰共和国、巴什科尔托斯坦共和国、鞑靼斯坦共和国、楚瓦什共和国、萨拉托夫州、卡尔梅克共和国、达吉斯坦共和国以及北高加索其他地区；（e）乌克兰；（f）罗马尼亚。

（2）我将会另外写书介绍的**绿洲丝路**——穿过欧亚大陆中央地带，连接中国、中亚、西亚和东欧的道路网，经过许多温带农业区的城镇，其中还包括不少沙漠中星星点点的绿洲。

（3）**南方丝路**——两个南北走向，大致平行但又部分交错的道路网，没有明显的起点与终点，其中部分道路也被称作"茶马古道"。

至于**海上丝路**，其范围极为广泛，是连通亚、欧、非三洲的海上交通网络，涵盖日本海、渤海、黄海、东海、台湾海峡、南海、马六甲海峡、爪哇海、安达曼海、孟加拉湾、阿拉伯海、阿曼湾、波斯湾、亚丁湾、红海以及印度洋北部其他地区，还包括地中海东部。我计划另写一册我探索**海上丝路**的专书。

本书自东而西依次介绍**草原丝路**上具有地理、历史、文化和现实意义的地点。套用李希霍芬的书名，本书的内容主要是我"亲身旅行和据此所作研究之成果"，涉及各地的文化特色和

上　1987 年，乌鲁木齐市内的商品摊

中　乌兰乌德伊沃尔金斯克喇嘛庙

下　莫斯科河与红场

历史掌故，当然也包括我旅游时的观感和回忆思考后的再认知。

希望通过这些篇章，读者们能对**草原丝路**有一个鲜活而全面的认识。

体验丝绸之路

我对丝绸之路的兴趣，始于小学教科书里《班超投笔从戎》这篇课文。1960 年代在美国读工程博士时，我在旧书店里买到一本 1940 年出版的欧文·拉铁摩尔（Oven Lattimore）所著《中国的亚洲内陆边疆》（*Inner Asian Frontiers of China*），并且抽空读了它的大半。这本书开启了我对中国北部与西部边疆的认识之旅。半个世纪以来，我多次到亚洲内陆各地去旅行，也为此看了不少书，积累了相当多的知识。

初次亲身体验丝路风情是 1987 年夏天。我和妻子从兰州穿过河西走廊到敦煌，再到吐鲁番、乌鲁木齐和“丝路明珠”喀什。此后的三十多年中，我多次沿丝绸之路旅游考察。三十多年的旅游与阅读使我认识到，“丝绸之路”是货物贸易的通道，也是人口迁徙的途径，更是文明传播的网络：它对东北亚、东亚、东南亚、南亚、中亚、西亚、东欧、东北非和东非之间的文明交往起到过至关重要的作用。

我与**草原丝路**相关的旅行可以罗列如下：

- 1978 年，初次到呼和浩特；
- 1987 年到 2015 年，七次去新疆北部；

- 2009 年到 2015 年，五次到哈萨克斯坦；
- 2000 年和 2010 年，两度去莫斯科及其附近郊区旅游，并特别到喀山参观；
- 2005 年访问罗马尼亚；
- 2011 年访问乌克兰；
- 2012 年及 2015 年，访问蒙古国、俄罗斯的布里亚特共和国、伊尔库茨克州和图瓦共和国；
- 2018 年夏秋两季，三次到内蒙古各地；
- 2019 年秋，从莫斯科乘船全程游览伏尔加河；
- 2019 年秋，游览俄罗斯的卡尔梅克共和国。

张骞、希腊水手、游牧部族

张骞于公元前 119—前 115 年把丝绸带入中亚各国，于公元前 115 年又带领一队西域的官员和商人，载着西域的货物回到长安。而把丝绸带入今日伊犁附近的乌孙国，则开创了李希霍芬后来认定的“丝绸之路”。如上所述，我两千年前的同宗张骞所开辟的道路，其实是广义**“丝绸之路”**中的**“陆上丝路”**，再具体点说，就是**绿洲丝路**。

公元前 3 世纪，希腊托勒密家族统治埃及的时代，原来局限于地中海的希腊水手得以通过红海进入印度洋。他们发现了北印度洋中“季候风”（又称“贸易风”）的规律——夏季的风自西向东吹，而冬季的风则是自东向西吹。因此，只要按照

“季候风”的规律行船，就可以利用季候风每年穿越印度洋两次，而不必拘谨于贴近海岸线航行。这个发现大有利于阿拉伯半岛南部、波斯湾地区以及非洲东岸与印度之间的交往，也间接地有利于东南亚以及东亚近海地区与南亚和西亚的海上交通。这便是海上丝路的肇始。

二十几年前，在广州珠江岸边的南越王宫殿遗址里出土了秦汉之交时南越王赵氏父子藏有的埃及琉璃珠和波斯银盒。它们的存在说明：在张骞通西域之前一个世纪，红海西北端的埃及和阿拉伯海西部的波斯湾地区与珠江之间已经有人员与物品交流的海上航线。

然而，全部**丝绸之路**的历史并非始自上述希腊水手于公元前 3 世纪开创的海上丝路，而要再上溯将近两千年——即距今 4000 余年前（公元前 20 世纪）。游牧部族开通的草原丝路，才是丝绸之路真正的发端。

马匹、草原与游牧

草原丝路始于游牧部族在欧亚大陆北方草原上东西向的活动，当时他们主要的交通工具是马。

大概 6000 年前，人类最早在黑海之北的草原上驯化了马匹。驯化野马原本是为了吃它的肉，但后来发现马有不少特长，就改变了它的用途。

马的耳朵很长，还能转动方向，听觉十分灵敏；两只眼睛在头的两侧，所以视角很宽；脖子很长，头高昂时能够看得很远。一般而言，人没有马高，两只眼睛只能向前看，侧视范围不广，因此视觉远不如马。马的记性很好，能认路，所以我们常说老马识途。马被驯化后不久，人就发明了车轮，于是马又有了拉车的作用。战车出现后，马对人的重要性就更为凸显了。再后来，人发明了马镫，用马镫骑马冲锋陷阵，可以腾出双手弯弓射箭，是军事战争史上的重大跃进。

仅靠双腿走路的牧民，即使有牧羊犬帮助，也不能照顾超过一百只羊，且放牧的区域也被局限在其步行范围之内。骑在马上的牧民，则可以同时照顾几百头牛羊，也便于转换草场。牧民们夏天和冬天在不同的地方放牧，一则使草场得到轮休，二则为牲畜觅得更充足的食物来源。可见，游牧的三个要素是牛羊、马匹和草原。

没有到过草原的读者可能不清楚，不是所有大片的草地都可以称作草原，真正的草原也不都是“风吹草低见牛羊”。事实上，只有湿地中的草才能长到超过一人高。根据植被的不同，草原有不同的类型。其植被的多寡与种类（草、真菌、灌木、树；一年生和多年生的草，细叶和圆叶的草）取决于土质、海拔、日照和降雨量等多个因素。

一般来说，年平均降水量在 500 毫米以下的地方算是干旱区或半干旱区，不适于耕作，但可以放牧。全世界的草原大都在干旱区。降水量从 500 毫米到 350 毫米的，叫草甸草原，是草原中最湿润、产草量也最多的类型，适于放牧。如果降水量在 150 毫米以下，就属于荒漠草原，不适于放牧。草原上的植被与动物共同形成迥异于农耕文明的生态系统，也就是说，一方水土养一方驼、马、牛、羊、狼、兔、鼠等。

游牧文明

早期人类一般几十人，至多百余人为一群，觅食以采集果实为主，根据自然环境不同，兼有渔猎补充。大约一万年前，温带地区出现收集植物种子进行种植的有意识行为，大约同时期，人类开始驯养家禽与家畜。这就是历史学家所谓的“农业革命”。从此出现了定居的人口，因而也逐渐出现了房屋和城镇，进一步发展出庙宇和文字（今日以色列和土耳其境内都有超过 8000 年的城镇遗址）。

在北方较干燥地区的人口主要以放牧（牛、羊）为生。自从 6000 年前马匹被驯化为交通工具之后，游牧文明出现。既然游牧，民居当然就不能是固定的房屋，而是容易拆卸搬迁的帐篷。

为了找寻合适的草原，游牧部族聚散无常，难以形成人口庞大且疆域固定的国家；游牧者的政权形式一般是以某个强大部落为主导的部落联盟（汉文史籍有时称这些部落联盟为“行国”）。同理，游牧部族的血统和语言也难以保持长期的连续性。他们居无定所，行迹广大，有机会接触到各种不同的矿物，因此炼金术、青铜器以及锻铁等技术极可能是由游牧者发明并传播的。

手工业（如纺织丝绸）在游牧文明中较难发展，所以游牧者的生活用品无法自给自足，必须依赖定居人口。这就促使游牧民更倾向于从事对他们而言比较容易的长途贩运之类的活动。将欧亚大陆上贸易通道开辟的首倡之功归于游牧民，似乎并不为过。

游牧人口的社会组织基本上是半军事化，动员和搬迁均很容易，而且其大部分人口都善于骑射。不言而喻，相对于定居人口，游牧人口有明显的军事优势。因此，历史上无论是东欧、西亚、中亚还是东亚，游牧民经常南下掳掠抢劫定居人口的城镇。

历史中的草原行国

根据汉文史籍、波斯碑文和希腊人的记录，以及最近一个半世纪的考古发现，最早进行长途迁徙的游牧人口是月氏人（吐火罗人）。他们大约在4500—4000年前从黑海之北向东移动到今天中国新疆之北与蒙古国西北部的阿尔泰山地区，然后南下到新疆的东北部与甘肃的河西走廊。他们的后裔在塔里木盆地里建立了数个绿洲城邦，遂改为定居。考古学家认为，小麦就是3000多年前，由进入新疆及河西走廊的月氏人传入中原的，青铜器和马车也是如此。

大约距今3000年前，另一批源自里海北部的游牧者——“斯基泰人”（希腊史学家称他们为Scythians）——在今日西亚和中亚北部建立了历史上第一个草原帝国。大约 500 年之后，他们在中亚的后人败于波斯的阿契美尼德王朝，并向后者称臣进贡，被称为萨卡人（Saka）；汉文史书则称他们为“塞人”。考古学家近 100 年来在哈萨克斯坦西部、俄罗斯西伯利亚地区以及蒙古国的西北地区发现了超过 100 个斯基泰人留下的墓葬群，出土了极为精致的金制装饰品，大都是以动物搏斗为主题。根据史学家推断，马匹及马车最可能是由斯基泰人从东欧传入中亚和蒙古地区的。

继斯基泰人的草原帝国之后，伊朗高原出现了半游牧的安息（帕提亚）帝国（公元前 3 世纪中叶到公元 3 世纪初）。几乎同时，在蒙古高原东北部也出现了世界历史上赫赫有名的匈奴人。他们不但威胁到南部的秦汉帝国，势力范围还向西伸展到今日中国新疆和中亚地区。继匈奴帝国之后，北亚草原上先后崛起了鲜卑、嚈哒、柔然、突厥、回鹘、契丹和蒙古等一系列游牧政权。

这些游牧民族在不同时段中推动了欧亚大草原交通系统的繁荣。如果没有他们开拓的道路系统以及对东西文化交流做出的贡献，我就不可能从 1978 年开始，持续漫游草原丝路长达 45 年。

图瓦博物馆内展出的斯基泰人服饰及考古发现

2

陆上丝路的历史线索

人口迁徙

经纬、线索与陆上丝路

陆上丝路主要经过欧亚大陆的中央地带，这片区域在人类文明发展中至关重要。该地区情况非常复杂，要想了解其今日，必须对它那纷繁的历史有一个整体的把握。

为此我读了不少有关丝绸之路的著作，有一天“顿悟”出一条“线索”来。这条线索可以说是欧亚大陆中央地带的人文历史之“纲”。纲举则目张，一旦发现其中的“经”与“纬”，历史之“网”就清晰可辨了。

在说明这些“经”与“纬”之前，先说几句闲话。欧亚大陆中央地带的历史和丝绸之路（主要是指陆上丝路）无法分割，而华夏民族和邻近民族的关系也一如丝绸制品的经纬般紧紧地“纠缠”在一起。中国曾享有丝绸这项“知识产权”长达三千余年。根据唐玄奘所说，如果不是一位嫁到于阗的中原公主偷带蚕和茧出境，被有组织的粟特商人秘密运到今天的乌兹别克斯坦，中国对中亚、西亚和欧洲的巨额丝绸出口垄断可能还要继续多个世纪。

在以上三段文字中，“经纬”（經緯）、“线索”（線索）、“纷繁”（紛繁）、“纲”（綱）、“网”（網）、“丝绸”（絲綢）、“关系”（關係）、“纠缠”（糾纏）、“组织”（組織）、“继续”（繼續）这18个字（的繁体字）都有“纟”部，可见丝绸对中华文化的影响之深。今天中国人谈“丝绸之路经济带”和“海上丝绸之路”时，除了要修建21世纪的“路”，还要拿得出匹配21世纪的“丝绸”才行！

地理决定历史

我对人类历史的认识之一是：“地理环境是历史发展的基本要素。”

在欧亚大陆中央地带的北部，大约北纬45度—50度之间（乌鲁木齐在44度附近），横亘着一片西起多瑙河，东至大兴安岭的欧亚大草原，由乌克兰草原、南俄罗斯草原、哈萨克草原、准噶尔草原和蒙古大草原、呼伦贝尔大草原等组成。这片广阔无垠的空间自5000年前起就是游牧和半游牧民族生活的地方，也是连接欧亚大陆东西部的第一条通道。由于中国的丝绸等货物是游牧民族经由这条草原通道传入西亚的，这条路线也被称为**草原丝路**。

公元前 2 世纪，张骞通西域，开启了穿过沙漠与绿洲的更为人熟悉的**绿洲丝路**，其主干大约在北纬 35 度—40 度之间（喀什在 39.5 度附近）。绿洲丝路上的居民主要是定居的农业人口，当然也有工匠和从事长途贸易的商人。

这两条大致平行的东西向通道，使欧亚大陆中央地带成为各种文明相互交往的轴线和枢纽；欧洲、中东、印度和中国的文明在这个区域汇集并得到发展，再向不同方向扩散。因此，了解这个地区的民族形成、语言变化、宗教思想、政治制度、经济活动的根本线索就是不同时间段的人口迁移。

欧亚大陆人口迁移的“经”与“纬”

现代智人（Homo sapiens）在约 10 万年前就从东非进入欧亚大陆，并开始向欧亚大陆各个方向扩散。大约 4 万年前，有少量人群偶然从东南亚进入了大洋洲的澳大利亚；1 万多年前，又有零星人群从东北亚进入了北美洲的阿拉斯加。但这不属于本书讨论的范围。本书所说的“**人口迁移**”是指始于距今大约 5000—4500 年前，大规模有意识的人口长途迁徙。马是那个时代人口迁徙所仰仗的主要交通工具。

彼时，在南俄罗斯草原上有一批浅肤色、深目眶、高鼻梁，操印欧语系诸语言的游牧部落；在蒙古高原北部的草原上

卡尔梅克共和国毡帐里的狼头、“佛光普照”和成吉思汗像

有一批棕黄皮肤、黑头发、宽面颊，操阿尔泰语系诸语言的游牧部落。这些草原部落自距今4500年前起，一批又一批或自西向东、或由东往西迁徙。这就是欧亚大陆上人口迁移的“纬”。其实北部草原游牧者和南部定居农业人口在更早的年代即有交往的记录，但是有目的且大规模的人口迁移要从4000年前开始计算。这一时期的人口迁移多数是北方游牧部落南下，偶尔也有南方农耕居民北上。这些南北方向上的移动构成人口迁移的“经”。欧亚大陆中央地带的历史和人文地图就是由上述“经”和“纬”交织而成。

本书旨在介绍**草原丝路**。但是如第1章所述，北方草原上的游牧人口与温带农业区的定居人口的交往中，商品贸易、文化交流以及武力冲突无法截然分开——我们不能只看丝绸之路上人文地理之“纬”，而无视其自然地理之“经”。故此，本章所叙述的人口迁移包括草原丝路与绿洲丝路这两个大致平行而又相互穿插的陆上道路网络。

从希腊史书、波斯碑文，特别是汉文的记载来看，两千多年前的学者们对这些“经”和“纬”就已有了初步的认识。通过比较与综合，19世纪的语言学家和人类学家们进一步掌握了印欧语系和阿尔泰语系各个民族的情况，缕清了他们迁徙史的基本脉络。20世纪以来，大量考古发现使我们对这幅缤纷多彩的历史织锦有了更为清楚的认知。下面我按照三个时段，叙述中央欧亚地区的人口迁移。

（一）距今 4500—2300 年前：印欧语系部落前后四个波次自西向东的迁移

· 月氏人（吐火罗人）——一批说西部原始印欧语的族群在大约 4500 年前东移到阿尔泰山北麓；另一批操原始印欧语的群落大约在 4200 年前越过阿尔泰山进入天山北麓，之后又由此进入河西走廊（早期月氏人的部分后裔在公元前 2 世纪被匈奴人击败后进入伊犁河流域，又被乌孙人驱赶而迁到今天的阿富汗，他们被近代欧洲学者称为吐火罗人，在汉文史籍中则被称作大月氏人）。这些印欧语系族群带来了家马和青铜器。部分月氏人在大约 4000 年前进入此前可能没有人类痕迹的塔里木盆地，建立了楼兰、焉耆、龟兹等绿洲国，并转为定居农民。据考证，正是这些说印欧语的东来人口把西亚的小麦带到了东亚。

· **雅利安人**（Aryans）——操东部原始印欧语系语言（后来演化为印度–伊朗语）的部落于大约 3800 年前驾着牛车马车进入伊朗高原（包括阿富汗）和中亚草原，他们被称为雅利安人。约 3300 年前，一批浅肤色的雅利安人从阿富汗穿过兴都库什山脉的隘口南下到印度河流域和恒河流域，逐渐征服了深肤色的本地原居民达罗毗荼人（Dravidian），把雅利安人的信仰和经文传给达罗毗荼人，并与他们逐渐融合而形成了我们今天所知道的印度教文明。早期雅利安人有口传的长篇史诗，分别是祆教（Zoroastrianism，又称琐罗亚斯德教，俗称拜火教）和婆罗门教（Brahmanism，即印度教的前身）古典经文的来源，因此古波斯文明和印度文明的同质性颇高。

· **斯基泰人**（Scythians）——这是古希腊史学家使用的名词，指操东部伊朗语（印度–伊朗语分化成伊朗语后，又分化为西部伊朗语和东部伊朗语）的一个分布非常广的人群。他们从距今约 2900 年到 2100 年之间在黑海和里海的北部与阿尔泰山北麓之间频繁移动，其中的一部曾经因把持了草原丝路的贸易而聚集了大量的财富，建立了人类史上第一个草原帝国。考古发现证明，斯基泰人在许多地点都修建过王陵，收集了大量精致的黄金饰品。距今约 2500 年前，操西部伊朗语的波斯阿契美尼德王朝建立后，斯基泰人曾向波斯称臣。波斯人的铭文中把斯基泰人称为萨卡人（Saka），而后来中国的《汉书 · 西域传》则称他们为塞人。张骞通西域之后，汉帝国与几个由斯基泰人建立的王国都有往来，其中有我们熟悉的乌孙（今伊犁河流域）、康居（锡尔河流域北岸，今哈萨克斯坦东南部）等政权；西汉时的疏勒（今喀什）以及于阗城邦国（今和田）也是斯基泰人建立的绿洲王国。隋唐时代活跃在丝绸之路上的粟特人（Sogdians）和斯基泰人在血缘和语言（都是东部伊朗语）上的关系颇为密切。

· **希腊人**（Greeks）——亚历山大东进到今天的塔吉克斯坦时，于公元前 327 年迎娶了粟特公主罗珊娜。他在亚洲的 10 年间建立了许多以他为名的城市，班师时又在各地留下了不少希腊官兵。其中一些希腊人在今天阿富汗北部、乌兹别克斯坦和塔吉克斯坦一带建立了大夏国（Bactria）。不久，印度的阿育王（Ashoka）以武力推行佛教，中亚的希腊–大夏人（Greco-

Bactrians）也因此转奉佛教。但他们对神祇的看法与早期佛教徒迥异，因此他们根据希腊神像的造型和雕塑工艺为佛陀塑像，创造了著名的犍陀罗（Gandhara）佛教艺术。这种艺术后来更是远播中国、韩国、日本和越南等地。这部分希腊人口数量很单薄，不久就与当地人融合或消失在日后的移民浪潮中。

（二）公元前2—8世纪：阿尔泰语系人口分三期由东向西迁移

·**匈奴人**（Xiong-Nu）——匈奴人起源于今天的蒙古高原（那时“蒙古”一词尚未使用，此处是借用近代名词），是一个游牧民族。已经发现的匈奴人墓葬大多在贝加尔湖之南，色楞格河之西和杭爱山脉之北的地区。他们的语言属于阿尔泰语系的蒙古语族。匈奴之东是东胡，之西是属于印欧语系的月氏人以及斯基泰人，这些人都是游牧者。蒙古高原之南是华夏族（后称汉族）农耕人口；农耕文明与游牧文明的互补性很高，因此汉地对匈奴人的吸引力很大。战国时期，匈奴利用华夏各国相互征战无暇北顾之机，渐次向南推移，度过阴山，直逼河套地区。秦亡后，匈奴又进一步发展，将力量伸展到河西走廊与天山北麓。汉武帝时，国力充足，将士用命，将匈奴势力击败并使之分裂；南匈奴后来降汉，北匈奴退回大漠。东汉时，北匈奴再度被驱赶，于是逐渐向西移动。他们的西迁开启了许多游牧部族波浪式的大迁徙，以至于欧洲受到来自乌拉尔山区的“蛮族”入侵。此为中央欧亚历史之一“纬”。而在今日中亚五国的区域，匈奴的出现迫使一部分原来的居民向南迁徙，对今日的阿富汗、巴基斯坦和印度西北部造成了冲击，可视此为欧亚大陆中亚地带历史中的一“经”。

· 嚈哒人（Hepthalites）——中国史籍中的嚈哒人原属于蒙古语族，后来移居中亚，因此很可能曾与操东伊朗语的当地部族联合并且通婚。公元 2 至 6 世纪，他们在中亚地区极为活跃，击败由大月氏人（吐火罗人）建的贵霜（Kushan Empire）帝国，占领了今天阿富汗和乌兹别克斯坦的大部分地区之后，他们又深入印度西部，建立王国。公元 6 世纪时，中国南梁曾遣使与其联系。这时嚈哒人的统治地区东起葱岭（今帕米尔高原），西至里海。突厥人兴起后，西突厥进入嚈哒人统治的地区，双方发生冲突，后来西突厥人联合嚈哒人之西的波斯人，共同击溃了嚈哒。自此，嚈哒人将自己在欧亚大陆中央地带的舞台让给了突厥人。

· 突厥人（Turkic peoples）——突厥人起源于蒙古高原北部叶尼塞河上游，5 世纪时是阿尔泰语系突厥语族的柔然人组建的部落联盟中的一员，因为善于锻铁而被柔然人称为“锻奴”。他们于 6 至 7 世纪时建立了自己的汗国，分为东西两部。东突厥在与隋和唐的交往中，经历了从强势的一方到被征服成为附庸者的历史过程。西突厥则在击败嚈哒后持续向西和向南两个方向迁移，成为影响欧亚大陆中央地带的新力量之一。其中一部进入了乌拉尔山地区与伏尔加河流域，另一部分突厥语部落则南渡锡尔河进入了波斯人的世界。最西的一部分突厥语部落于 11 世纪末进入小亚细亚和高加索地区，逐渐在军事上征服并且在语言上同化了那里的原居民，建立了 15 到 19 世纪雄视东欧、北非与西亚的奥斯曼帝国，其主体后来成为今日的土耳其民族。从 10 世纪开始，散布中亚、西亚各地的突厥语族裔逐渐放弃萨满教信仰而皈依伊斯兰教。他们持续向锡尔河以南地区和帕米尔高原以东地区的人口发动战争，致使中亚的大部分地区逐渐突厥化和伊斯兰化。今天中亚五国中有四国的主要人口属于操突厥语的民族，只有塔吉克斯坦的主要人口操波斯语（属于伊朗语支）。在中国新疆，原来主要信奉佛教的居民于 10 世纪后逐渐被从蒙古高原进入天山南北麓的信仰摩尼教以及佛教的回鹘人（突厥语族人口的一支）征服，加上后来西征滞留本地的蒙古人，融合成为近代维吾尔民族的先民。这个使用维吾尔语（近代回鹘语）的新民族在语言上和宗教上都经历了颇为漫长的（11—15 世纪）融合与冲突。在时间上，现代土耳其民族和维吾尔民族的突厥化和伊斯兰化过程颇为相似。然而在这两个地理区域形成的两个新民族的血统和文化底色却颇为不同。土耳其民族是乌古斯突厥人与希腊人、亚美尼亚人以及某些巴尔干民族和高加索民族长期融合而成；维吾尔民族则是回鹘与葛逻禄突厥人、吐火罗人、斯基泰人、羌人、汉人以及蒙古人融合形成。这两个民族大多数人信奉相同的宗教，而语言方面既有历史渊源，也有明显的差异。

（三）公元 8—20 世纪：阿拉伯人、波斯人、蒙古人、俄罗斯人先后入侵

· **阿拉伯人及波斯人**——阿拉伯人在征服波斯之后，于公元 7 世纪进入中亚。这时迁来的人口主要是军人和宗教上层。虽然在总人口上属于少数，但由于伊斯兰教的缘故，外来的少数人口在文化上却对这一地区产生了深远的影响。由于伊朗人素来有自己的行政体制，阿拉伯人的政治力量自 9 世纪起便逐渐势衰。公元 751 年，中亚的石国（今塔什干）发生内乱，唐朝驻龟兹（今新疆库车）的安西节度使高仙芝率军前往平息。在怛逻斯（Talas），唐军与阿拉伯军遭遇，此役唐军大败。被阿拉伯军俘虏的唐朝军人中有造纸工匠——这是中国造纸工艺外传的起源，也奠定了阿拉伯–伊斯兰文明后来得以灿烂发展的物质基础之一。安史之乱时，唐朝廷于 755 年请中亚的大食（阿拉伯人和波斯人）军人东来协助平乱。这应该是阿拉伯人和波斯人群体首次穿过河西走廊进入中国的中原地区。

· **蒙古人**——13 世纪蒙古人三次西进，建立了世界历史上幅员最为辽阔的帝国。两个世纪后，成吉思汗为蒙古各部族所订的律法仍然存在，但是西征的蒙古人本身却逐渐在语言上突厥化，并在宗教上实现了伊斯兰化。以今日乌兹别克斯坦的撒马尔罕为首都，于 14、15 世纪之交雄霸中央欧亚西部的帖木儿自称是蒙古贵族，他的先人乃出身蒙古别部的巴鲁剌思部（Barlas Tribe），他本人说中亚地区的突厥方言和波斯语，并信仰伊斯兰教。帖木儿的第六世孙巴布尔的母系是成吉思汗

位于费尔干纳盆地的胡达亚尔汗宫

的苗裔。16 世纪初，巴布尔亡国被逐，逃亡到费尔干纳盆地，之后再南下阿富汗，最后进入北印度，创建了著名的莫卧儿（Mughal，波斯与印度对蒙古的称呼）帝国；而原来帖木儿帝国的核心地区（今乌兹别克斯坦）则出现了数个由从钦察草原（Kipchak Steppe）南下的游牧民建立的汗国，其祖先都可追溯到成吉思汗之孙拔都——这是欧亚大陆中央地带移民历史中的又一个“经”。中国新疆部分地区、吉尔吉斯斯坦和哈萨克斯坦东南部，在几个世纪里连续被成吉思汗之子察合台的后裔统治。从 13 世纪一直到 20 世纪，成吉思汗后裔（黄金家族）的政治力量在这个地区一直保持着绝对优势，甚至有“非黄金家族后裔不得称汗”的传统。最后两个有黄金家族背景的汗王是 1920 年被苏维埃政权废黜的布哈拉（Bukhara）的埃米尔（Emir）和 1930 年被民国政府军人废黜的第九代哈密王。

· **俄罗斯人**——俄罗斯人（包括由不同斯拉夫人口组成的军事化殖民者哥萨克人）自 15 世纪在伊凡大帝（伊凡三世）领导下摆脱蒙古-鞑靼人的控制之后，逐渐向东扩张。伊凡大帝的孙子伊凡四世（伊凡雷帝，即“恐怖的伊凡”）于 16 世纪击败喀山汗国后，俄罗斯的东扩进入新的阶段，至 17 世纪，其势力已进入外兴安岭；沙俄 18 世纪征服了今哈萨克斯坦大部分地区，19 世纪征服新疆以西和阿富汗以北的中亚地区。俄国十月革命之后不久，在苏俄中央政府主持下，今天中亚五国的范围内开启了大规模的民族识别和划界工作。苏俄当时的（也是第一任）民族事务委员会委员斯大林在此项工作中起到了重要作用。这次识别与划界奠定了今天中亚五国的疆界和民族分布。1991 年苏联解体，刚独立的中亚五国境内都有相当高比率的俄罗斯人口，虽然许多俄罗斯人在独立后陆续迁离，但俄语仍然是该地区重要的族际交流语言。苏联解体之后，俄罗斯在西边失去了面对欧洲的纵深，在南高加索地区也失去了与伊朗和土耳其之间的传统缓冲带，直接面对冲突不断的格鲁吉亚与阿塞拜疆。2014 年起，克里米亚的归属问题成为俄罗斯与同宗同源的乌克兰公开决裂的导火索。2022 年初，俄罗斯军队进入乌克兰，使它与北约及欧盟国家进入尖锐的对抗。无论欧洲的局势如何演变，俄罗斯的东部地区仍然会是草原丝路的重要部分，也会是陆上丝路的关键地区。

3

草原丝路上的族群和语言

种族与族群

当今大多数人类学家都同意，在 5 万至 10 万年前现代智人走出非洲之后，至少在距今 4 万年前他们就已经能够用语言彼此沟通。到了距今 2 万年前，已经有许多说不同语言以及有不同体貌特征的现代智人在亚非欧大陆的各个地方聚居。

19、20 世纪的体质人类学曾经认为，草原丝路的北部、中部、东部和东南部主要是肤色不深不浅、中等鼻梁、少体毛的“东亚（蒙古）人种”，而西部主要是肤色较浅、深眼眶、高鼻梁、多体毛的“欧罗巴（高加索）人种”。

从 21 世纪初经过多国合作完成的人类基

因图谱来看，今日欧亚大陆上的大多数人都有混杂的基因来源。从现代遗传学的角度来看，决定鼻梁、眼皮、目眶、毛发和肤色的基因只是人类身体中几万个已知基因中的很小一部分。因此，根据肤色、眼、鼻、毛发、额头等做出的“人种”或“种族”划分，并没有生理学上的重要意义。然而，在政治和社会动员中，这种分类却往往能够起到相当大的作用。绝大多数东亚人口都自认为是“黄种人”，绝大多数的中国人自认并且彼此认同是汉族。然而，目前世界上超过12亿的汉族人口之间并不必然有共同生物学意义上的远祖，他们共同具有的是经过长期融合而产生的族群历史经历与文化认同。

无论如何，体质表征不是区别族群的主要因素。语言、宗教、风俗、共同的历史经验是构成一个民族或族群的更重要的具体依据。在族群形成过程中，较难确定但却颇为重要的是心理认同。一个不使用蒙古姓氏、不会说蒙古语、不信奉佛教也不尊奉萨满教的人，完全有可能出于家庭历史或其他原因而自认为是蒙古人。

从以上提及的诸多因素来看，陆上丝路地区的族群分布情况极为复杂。如我在第2章指出的，把草原丝路与绿洲丝路的人口断然分开很不合理。同时，族群分布的地图和行政区的地图虽然有关系，但一般而言，二者非但不一致，而且经常会因人口迁移或政治因素而改变。同样，语言分布地图和行政地图也大多不一致，而且会随时间而改变。

族群的形成与语言当然有紧密的关联。但如上所述，族群的界别还包括主观心理因素。族群的识别在盛行“认同政治”的今日，无疑具有超过学术讨论范围的政治意义及社会敏感性。因此，以下简介首先涉及与族群形成密切相关的语言问题，主要聚焦于21世纪初陆上丝路的语言分布。

草原丝路地区的主要语言

今日的陆上丝路地区存在着欧亚大陆的众多族群与语言。整体而言，陆上丝路地区的人口所说的语言，主要可以分为五大类：（1）汉藏语系；（2）阿尔泰语系；（3）印欧语系；（4）乌拉尔语系；（5）高加索语系。

1. 汉藏语系

使用汉藏语系（Sino-Tibetan language family）语言的人口在14亿以上，主要分布在中国和缅甸，也包括印度、尼泊尔、不丹、孟加拉等国的部分地区，是世界上除印欧语系之外使用人口最多的语系。全中国的汉族和以汉语为母语的回族人口，西藏、云南等地的非汉族人口，以及不丹和缅甸主要人口的语言都属于汉藏语系。

汉藏语系语言的特点是每个音节都有特定的音调，每个字都是单独存在，文法的表达（如时态、单复数）需要加另外的字，而不是把这个字变形或变音。2021年发表的一项科学研究显示，汉语与藏语都在大约5000年前出自黄河流域，因为农业技术的传播而逐渐扩散到各地，并且出现了各自的分支。

但是，学者对于这个语系的定义和分支有争议。多数中国学者认为汉藏语系包括四个语族，即汉语族、藏缅语族、苗瑶语族、壮侗语族。而有些西方学者则根据对语法与词汇的分析，认为苗瑶语族和壮侗语族应该属于南亚语系（Austroasiatic language family）。

也有学者认为，泰语、老挝语、缅甸东部掸族的语言以及中国境内傣族的语言彼此非常相似，而且和壮语及侗语关系很密切，所以这些语言都应该属于汉藏语系的壮侗语族。也就是说，中国南方的非汉语人口的语言和缅甸、泰国、老挝的语言都属于汉藏语系。

总之，汉藏语系和南亚语系的许多语言处在相近的地理区域，有不少类似的特质，所以它们很可能在 8000—5000 年前是同源。此外，还有一个“南方语系假说”认为，南亚语系以及汉藏语系的语言与在东南亚和大洋洲极普遍的许多种南岛语系语言也属于同源。

2. 阿尔泰语系

语言学家估计，许多至少在 5000 年前就已出现于亚洲北部的语言，都源自阿尔泰山脉现在已经无法考据的“原始阿尔泰语”，因此这些语言被称为阿尔泰语系（Altaic language family）。这个语系语言的共同特点是，文法语义的表达是在一个词根上黏着不同的词缀。这就是语言学家所称的黏着性语言

（agglutinative languages）。近几个世纪以来，阿尔泰语系语言在中央欧亚地区的分布极广，东起太平洋之滨，西至多瑙河畔都有说阿尔泰语言的人群，总数应该超过 2 亿人。

阿尔泰语系人口分散，分为四个语族：（a）满–通古斯语族；（b）蒙古语族；（c）突厥语族；（d）高丽语族（有争议）。

为了方便大家了解中央欧亚的语言状况，我根据自己的理解做出以下虽不算科学却有助于理解和记忆的分类：

（a）满–通古斯语族的使用人口少，大致可分为南北两支，南支有满语、锡伯语（近 200 年来，其使用人口主要分部在中国新疆）和赫哲语等；北支有鄂温克语、鄂伦春语等，使用人口主要分布在西伯利亚以及中国的黑龙江省和内蒙古自治区。

（b）蒙古语族的使用人口目前大约有 1000 万，地理分布广泛。大致可以分为北部的布里亚特蒙古语，东部的达斡尔语和科尔沁语，西部的卫拉特（在新疆）–卡尔梅克（在伏尔加河下游）蒙古语，东南部的察哈尔蒙古语（内蒙古标准语）和中部的喀尔喀蒙古语（蒙古国标准语）。另外，阿富汗以及中国的新疆、青海、甘肃也有一些规模较小的人口使用蒙古方言。

（c）突厥语族分布地区极广，从黄河上游到多瑙河下游都有使用人群。由于多个世纪以来许多突厥语民族的混居、迁徙、融合，其语种十分庞杂。大致可以分为：乌古斯突厥语支（土耳其语、阿塞拜疆语、土库曼语、撒拉尔语等）；察合台突厥语支（乌兹别克语、维吾尔语等）；钦察（“克普恰克”）突厥语支（哈萨克语、吉尔吉斯语、卡拉卡尔帕克语、鞑靼语、巴什基尔

呼伦贝尔鄂温克博物馆里的满文手抄本

语等）；西伯利亚语支（阿尔泰语、图瓦语、西部裕固语等）。

（d）今日在朝鲜半岛和中国境内接近鸭绿江和图们江的地区普遍使用的朝鲜语也是黏着性语言，并且也遵循主词–宾词–谓词（SOV）的次序，因此被多数语言学家认为是阿尔泰语系的一支。但是，朝鲜语的许多词汇是由汉语转借，某些语音的规律受到汉语的影响。

必须强调的是，语言学不是民族学，更不是遗传学。说近似语言的人未必有相近的血缘。语言传播和借用是通过生活上的相互接触，而非经过基因交换完成的。

3. 印欧语系

印欧语系（Indo-European language family）是全世界覆盖面最广、使用人口最多的语言，据估计有 30 亿人。语言学家认为这个庞大的语系大约在 6000 年前源自黑海以北，即今日南俄罗斯及乌克兰地区，后来向东扩展到今日伊朗、阿富汗、巴基斯坦、印度、尼泊尔、孟加拉国和斯里兰卡，向西则扩展到几乎全部欧洲。近几个世纪，通过欧洲人的海外殖民，印欧语系的几个语言又传播到美洲、非洲和大洋洲。

为方便大家了解陆上丝路，我根据自己的理解对印欧语系做出以下简述。

许多语言学和人类学的学者都支持“原始印欧语”假说：所有印欧语系的语言（现存的和已消失的）都是由同一个地区的同一群人逐渐散布和演变而来。最早的使用人群很可能是生活在黑海和里海之北的草原上的“高加索人种”（尽管严肃的科学家已很少使用这一名称）。由于南俄草原上的居民首先驯化了马，后来又学会了驾驭马车和牛车，所以他们开始四处迁徙，其移动的速度和距离远超过去其他任何部族。他们的迁移分为三波：

第一波是在距今约 6000 至 4000 年前。说原始印欧语的人分批离开黑海以北的家乡，向各方迁徙；其中一批在距今4200年前到达阿尔泰山南北麓，被19世纪的学者称为吐火罗人（Tokharians）。大约同时，另一部分人迁往安纳托利亚，这就是最早在今日土耳其境内建立王国的赫梯人（Hittites）。如果是这样，吐火罗人和赫梯人的语言应该有相似之处，现有的证据证实了这一点。

第二波大约出现在3800年前。一批操印欧语系语言的人向南迁移到了里海之东，他们说的语言随着时间的推移已经与第一波外移人口的语言有所不同，这就是印度–伊朗语的开端。这些人和希腊人、意大利人、日耳曼人的祖先是差不多同时离开黑海–里海草原的，因而彼此的语言应该有很多相似之处，现有证据也支持这个推测。

第三波发生在大约3000年前。这批人口的迁移方向不同于第二波外移印欧人口，他们进入了欧洲西北部和东北部。这就是凯尔特（Celtic）语族、波罗的语族和斯拉夫语族的源起。

总之，印欧语系包括：(a)吐火罗语族（已不存在）；(b)安纳托利亚语族（已不存在）；(c)印度–伊朗语族；(d)希腊语族；(e)罗曼语族；(f)日耳曼语族；(g)凯尔特语族；(h)波罗的语族；(i)斯拉夫语族；(j)其他少数语族（如阿尔巴尼亚语、亚美尼亚语）。

印度–伊朗语族分为印度语支与伊朗语支。印度语支又包括从古代梵语和巴利语衍生的印地语、乌尔都语、旁遮普语、古吉拉特语、孟加拉语等。伊朗语支有东伊朗语族和西伊朗语族之别，前者包括（阿富汗和巴基斯坦的普什图人说的）普什图语言、（塔吉克斯坦少数人口说的）帕米尔语等，后者则包括今日伊朗的官方语言——波斯语（源于波斯湾东岸地区），以及几个世纪来在阿富汗、伊朗等地通用的达利语（与波斯语非常近似）、塔吉克语（原来与波斯语有异，10 世纪起受到波斯贵族在中亚建立的萨曼王朝的政治影响而改变，目前与波斯语几乎无差别）、俾路支语、库尔德语等。

19 至 20 世纪，欧洲学者从考古文本中破解了已经消逝多年的吐火罗语族文字。北大已故的季羡林教授在德国学习的就有吐火罗文和梵文。我有几位曾得到季羡林教授亲炙的朋友，都成了当今研究古代西域文明的资深学者。

现存吐火罗文的文本大多是 6 至 8 世纪的遗物，出土地点主要在新疆。目前多数学者倾向于把吐火罗语归为三类：吐火罗语 A（新疆塔里木盆地东北部的焉耆语）、吐火罗语 B（新疆塔里木盆地西北部的龟兹语）、吐火罗语 C（新疆塔里木盆地东南部的楼兰语）。十分可惜，今天大多数新疆人，无论是维吾尔族还是其他族裔，都不认识甚至不曾听闻这些对人类文明起过重要作用的新疆古代语言和文字。

4. 乌拉尔语系

乌拉尔语系（Uralic language family）以俄罗斯和哈萨克斯坦境内的乌拉尔山脉而得名，因为许多学者认为该地区就是“原始乌拉尔语”的故乡。其实，各种乌拉尔语系语言早就在欧亚大陆不少地方传布，包括俄罗斯北部和西伯利亚。它们还影响了属于印欧语系的波罗的语族语言及斯拉夫语族语言。今日属于乌拉尔语系的语言包括 9 世纪时由马扎尔人带到中欧的匈牙利语（即马扎尔语），以及波罗的海地区的芬兰语和爱沙尼亚语。乌拉尔语系语言的特色是名词、代名词在文法上有众多的格（Case）。梵语有 8 个格，拉丁语有 6 个格，印地语有 3 至 4 个格，德语有 4 个格，现代英语的名词已经不分格，代名词有 3 至 4 个格，而今日的芬兰语还有 15 个格，匈牙利语有 17 个格。

5. 高加索语系

在里海与黑海之间横亘着长逾 1000 公里的高加索山脉。这里的原住民虽然数目不多（不超过 1000 万），却说几十种差异极大的语言，而这些语言又不属于上述这些语系，所以语言学家们无可奈何地将它们统称为高加索语系（Caucasian language family）。今天高加索南部的语言被称为卡尔特维利语群（Kartvelian），其中最主要的是格鲁吉亚语。高加索西北部的主要语言是切尔克斯语群（Circassian），包括阿布哈兹语（Abkhazian）、尤比克语（Ubykh）、卡巴尔德语（Kabardian）等。高加索东北部的主要语言是达吉斯坦语（Dagestanian），此外还有车臣语、印古什语等。

叙事篇

从大兴安岭到第聂伯河

· 内蒙古与宁夏段

· 蒙古高原、贝加尔湖与阿尔泰山脉段

· 准噶尔盆地段

· 天山与哈萨克草原段

· 乌拉尔河、伏尔加河、黑海-里海草原段

内蒙古与宁夏段

上　迷人的根河湿地

下　呼和浩特充满草原特色和科技感的建筑

4

呼伦贝尔草原的召唤

草原丝路最东端

天苍苍，野茫茫

我中学时候就知道呼伦贝尔草原，当时认为草原就是“天苍苍，野茫茫，风吹草低见牛羊”的地方，因此对草原产生了一种浪漫的感情。随着对丝绸之路展开研究，我才认识到，草原对人类文明的意义。

欧亚大陆上有一条东西走向、长达一万公里的草原地带。从交通的角度讲，在相对平坦的草原上来往比在干旱沙漠里或高山峻岭中行走要方便得多。人类驯服了马匹以后，在 4000 多年前，这个狭长的草原带上就形成了东欧与东亚之间的交通干道，即今人所称的草原丝路。

横贯欧亚大陆的草原丝路的东端就是位于

大兴安岭西北部的呼伦贝尔草原。

呼伦贝尔草原东西宽约350公里，南北长约300公里，包括林缘草原、草甸草原、沙地草场等多种类型。其域内水源很丰富，有几千条河流和许多湖泊（“呼伦贝尔”的名字就来自境内的“呼伦湖”与“贝尔湖”），是中国最大而且最适于放牧的草原，也是世界四大草原之一。呼伦贝尔草原和同样位于内蒙古境内的锡林郭勒草原（主要有草甸草原、典型草原和沙地疏林草原，也是世界四大草原之一）相连接，而这两个草原和蒙古国东部的大草原也是相连的，可以统称为东亚大草原。

令人遗憾的是，中国大部分的草原都在退化。一方面是人口增加，城镇和矿场的兴起挤占草原的空间；另一方面是气候的变化令草原植被普遍减少，趋向荒漠化。所以，内蒙古的牧业在逐渐甚至是急剧衰退中。当然，蒙古国草原退化的程度就更是令人担心。

北方民族的摇篮

以呼伦贝尔草原为主的东亚大草原在不同时代孕育了诸多牧人群体，他们是草原丝路的重要开拓者。这个地区也是匈奴、鲜卑、柔然、突厥、回鹘、契丹和蒙古在兴盛之前游牧过的地方，是这些民族崛起的“龙兴之地”。这些牧人组成的“行国”，曾以少数人口统治过中国北方的众多人口，参与了今天中国性格的形成过程，也深刻影响了欧亚大陆的历史进程。

匈奴于公元前 3 世纪崛起，前 2 世纪后被汉帝国遏制。公元 1 世纪，汉帝国的力量到达塔里木盆地和天山北麓，并且屡次出兵漠北，匈奴被迫逐渐向北向西迁徙，或是南迁内附。公元 4 世纪，慕容鲜卑和拓跋鲜卑先后崛起于大兴安岭，各自建立起自己在中国北方的政权；后者从前者那里夺得了山西北部后，建立了统治中国北方约 190 年之久的“魏”（北魏及其继承者东魏和西魏、北齐和北周），推行佛教，并且主动汉化，与南方的宋、齐、梁、陈共治当时的华夏文化区。5 世纪，与拓跋鲜卑有渊源而且臣属于拓跋魏的柔然，开始活跃于大漠南北，从北方对拓跋魏压迫进逼，双方发生了多次战争。6 世纪，被柔然人称为“锻奴”的突厥人在蒙古高原兴起，建立突厥汗国，继而分裂为东、西两部；东突厥南下阴山，被唐降服；西突厥各部越过葱岭（今帕米尔高原），继续西进，并且重组为统治西域的西突厥汗国。8 世纪，回纥人进入漠北，取代突厥，与唐友善，自请改名回鹘。

契丹人早先在大兴安岭以东半农半牧，臣服于回纥人。其原本分成八部，9 世纪初形成统一的联盟，首领每三年选一次。10 世纪初，迭剌部酋长耶律阿保机当选首领后，改变规矩，自己称汗，定国号为“契丹”；10 世纪中叶改称“辽”，中心迁移到呼伦贝尔草原和蒙古高原，进而统治中国北方大片地区。公元 1125 年，大兴安岭之东的女真族所建的“金”取代了统治中国北方将近两百年的辽国。1234 年，与南宋隔淮河而治的金朝亡于从呼伦贝尔草原兴起的蒙古。

上　呼伦贝尔草原上的羊群和马匹
下　草原上的敖包

13 世纪，蒙古帝国勃兴，先后灭西夏、金、大理、宋；从 1219 到 1260 年的 40 余年间，蒙古人又三次西征，他们统治的区域包括长达一万余公里的全部草原丝路，领有今日中国、中亚各国、伊朗、土耳其部分地区、俄罗斯及高加索地区其他部分、乌克兰和白俄罗斯的领土，并且覆盖了今日叙利亚之外的全部绿洲丝路。14 世纪，统治穆斯林地区的蒙古人纷纷皈依伊斯兰教，其中统治突厥语民族所在地区者则自我突厥化，但蒙古上层（特别是成吉思汗的黄金家族）维持政治力量长达 500 余年。16 世纪，欧洲人经海路到达亚洲东部，陆上丝路逐渐衰落。16 至 18 世纪，俄罗斯征服伏尔加河流域的鞑靼人及西伯利亚草原的哈萨克人。大约同一时期，清朝先后控制今天的东三省、内蒙古、蒙古国与天山南北麓。

呼伦贝尔市 / 海拉尔区

过去十多年里，我曾几次计划去呼伦贝尔参观，可惜每次都因为临时生变而没能成行。我一直想把多年来在丝绸之路上的经历与心得写出来，所以就不能不对地理位置和历史作用都很重要的呼伦贝尔草原有直接的观感。四年前，我下决心一定要完成多年的心愿——2018 年 8 月，我终于去了呼伦贝尔。

我的运气很好，理想国的负责人刘瑞琳女士恰巧是呼伦贝尔人。通过她和一位老同学的联系，我获得了热情的接待和专业的导览。

呼伦贝尔市是内蒙古自治区的一个地级市，面积约26万平方公里（与英国差不多大），人口只有250多万（2018年），每平方公里还不到10个人！大兴安岭纵贯全境，把呼伦贝尔市分为三部分：西部是呼伦贝尔草原，中部是大兴安岭林区，东部是低山丘陵和河谷平原。大家到呼伦贝尔都希望能看看草原，事实上，就我的经历而言，呼伦贝尔市所辖多个旗、县级市和镇都各具特色，其风貌不止于草原。

呼伦贝尔市政府位于海拉尔（区）。海拉尔是一个相当繁盛的地方，街道宽阔整齐，中心区有高楼大厦，也有一个很大的成吉思汗广场。市郊建有主题公园，还有一座颇具规模、四通八达的飞机场。

令我印象最为深刻的是呼伦贝尔民族博物馆。这个博物馆共三层，每层的展厅都有地域特色和民族特色。我最感兴趣的是“中国北方古代民族摇篮”展厅——本文上一节的标题得自这个展厅。

金帐汗蒙古部落

酒店里的旅游小册子介绍，呼伦贝尔草原最美的地方就是位于草原腹地的莫尔格勒河，而最著名的旅游景点是那附近的“金帐汗蒙古部落”。

既然离海拉尔不远，当然要去参观。这里河流弯弯曲曲地流淌在如茵绿草之间，见者心旷神怡。被河流切割成多块的草原上形成不少起伏有致的缓坡，感觉很“养眼”（粤语“看起来很舒服”）。虽然还是八月天，但在这里一点也感受不到暑热难耐。然而，如果我有更好的预见能力，我应该在观罢美景之后，就立刻拍照走人。这样省钱、省时间、还省事——最重要的是，不会破坏目前为止对这里堪称完美的印象。

可是，在好奇心的驱使下，我买了景区的门票。进去方知，这里的确是不折不扣的旅游热点。景区有许多帐篷，大都有金黄色圆锥形的顶，建筑很现代很坚固，和我以前见过的“蒙古包”大不相同。不远处还有一个超大型金色帐篷，像是个表演场所。许多游客在帐篷前面嬉笑拍照。这些景象和游客的谈笑声把我买票入场之前的悠闲兴致扫掉大半，所以我决定随便看两眼就走。

沿着原路回头，到入口时，那位收票的中年妇女见我刚进去就出来，就很友善地问：“老大爷，怎么不多看看呢？待会儿还有表演呢！”

我很不好意思地说了一声，“我还要赶路”，就出了门。

重返先前自然美景的位置，眼睛又是一亮，心里也畅快了，刚才的失望一扫而空，便跟自己说：“单凭这个风景，也绝对能充抵刚才的票价！”

晚上在酒店上网一查，发现成吉思汗的确可能在这一带的草原上驻扎过，而且正因为他先在呼伦贝尔草原秣马厉兵，才会有后来的节节胜利。但是没有人知道他当时驻军的准确地点究竟在哪里。

大约 20 年前，旅游业在内蒙古开始兴盛，一批开办旅游景点的人选了这个美丽景区，建起现在游人如织的“金帐汗蒙古部落”。从商业上看，这完全是合理的选择！我看到的情况也证实了，他们不止有眼光，还有营运能力。但他们绝没想到，有一天，一个对呼伦贝尔草原近乎崇拜的爱较真的“老大爷”居然没有被这些金帐篷吸引，甚至对这个景点的名称也不能认同。

“钦察汗国”是成吉思汗之孙拔都率领包括许多说突厥语的军队，征服了欧亚大草原西部的钦察草原之后，于 1243 年在伏尔加河地区所建；中国历史上称之为“钦察汗国”，而西方人一般称它作“Golden Horde”（金帐汗国）。统治东欧的历代汗王才是“金帐汗”。“铁木真”在呼伦贝尔草原时还没被蒙古部落选为“成吉思汗”，当然不会料到，他的一个孙子日后会在东欧的钦察草原上建立一个被欧洲人称为“金帐汗国”的政权。那么，何以一个 21 世纪在呼伦贝尔草原上修建的“蒙古部落”巨型帐篷竟然以“金帐汗”为名？

5

额尔古纳河右岸

中俄自然分界线上的跨界民族

《尼布楚条约》

17 世纪后半叶，中国清朝的康熙皇帝和俄罗斯的彼得大帝同时在位。此时清朝力量早已向西进入蒙古中部，俄罗斯势力则到达蒙古之北的贝加尔湖。不久彼得大帝势力再东扩，进入中国黑龙江流域，并占领江北的尼布楚与雅克萨两城，修建堡垒，引起了康熙帝的注意。1685 至 1687 年，康熙派数千人出征，两次攻陷雅克萨，击毙俄军多名，俘虏数百名。之后经过多次谈判，清朝与俄罗斯于 1689 年在尼布楚城签订了《尼布楚条约》。

这是中国第一次根据在欧洲方兴未艾的所谓国际法的精神签订的国际条约。其正本是拉丁文，另有满文与俄文副本。《尼布楚条约》第一次用“中国”一词代表清朝所统治的国家。条约容许双向贸易，但不许私自越境。最重要的是，该条约划定了两国国界：其一是外兴安岭以北属俄罗斯，以南属中国（中国获得了外兴安岭和黑龙江之间的领土，因此收复了雅克萨城）；其二是额尔古纳河以西为俄罗斯领土，以东为中国领土。外兴安岭的陆上边界线不易勘定，双方屡有争议，而后来中方指控俄国人经常私下移动界碑（刻有拉丁文、俄文、满文、汉文），争端更多。这些争端持续到 1858 年签订《瑷珲条约》，俄罗斯终于得到他两百年来所觊觎的领土——双方边界南移到黑龙江，外兴安岭全部归俄罗斯所有。

不过，额尔古纳河三百多年来一直是中俄之间的界河。这条河是自然的分界线，不需要界碑，也不易越界，所以双方三百多年来在这一带基本上相安无事。

额尔古纳市

额尔古纳市是呼伦贝尔市下辖的一个县级市，在呼伦贝尔市的西北部；其西面的界线就是整条额尔古纳河的右岸。额尔古纳河从南到北约 1500 公里，之后在北端与俄罗斯境内的石勒喀河（Shilka River）交汇而合为黑龙江。这个县级市也很大，面积将近 3 万平方公里，但人口只有 8 万左右（2018 年）。

“额尔古纳”是蒙古文，意为“捧呈”或“敬献”，可见额尔古纳河流域确实是受蒙古文化影响的地方。成吉思汗（铁木真）刚当上乞颜部的汗的时候，就在这一带活动过。后来他的势力向西扩张到今天的蒙古国，他在那里被各部落的代表推选为蒙古大汗，从此就以“成吉思汗”闻名于中外历史。

额尔古纳市辖有不少市镇，其中最大者当属市政府所在的额尔古纳市区，距离额尔古纳河右岸大约有 60 公里。虽然这里地广人稀，但是市区的人口相对集中，一排排六七层的住宅楼颇成规模。市区的近郊还有一个工业园。我没看到什么工厂，却看到了一个俄罗斯民族文化景区。

俄罗斯民族文化景区的存在明显不是因为俄罗斯民族的文化在这里生了根，而是因为最近内地人对于到内蒙古这样的边区旅游的兴趣很高，在无须越过国境的情况下，如果能欣赏到一河之隔的异国风情，岂不是有更强的吸引力？旅游业的收入对额尔古纳地区非常重要，所以在距离俄罗斯边境还有六七十公里的国道上，我就见到一个红色的俄罗斯式建筑群。

这个园区中令我颇有兴致的是一个列巴文化馆。列巴就是形似山丘的大面包，直径一般大约 20 厘米。至于“山丘”的高度，各地不等。这种沉甸甸的面包是俄罗斯的饮食文化特色之一。究其来源，可能是东正教徒在宗教典礼中习惯将象征耶稣圣体的面包分给信众吃，而且有时还需要蘸盐。我去过七八次俄罗斯，也没真正吃过这种列巴。额尔古纳市的列巴文化馆，不外乎是让游客可以现场感受一下所谓的俄罗斯风情。这个文化馆的许多女服务员看起来像是俄罗斯人。我观察了一阵之后

上　参观俄罗斯风情文化园。文化园里有一座以列巴为主题的文化馆
下　额尔古纳市区的商店和俄罗斯风情建筑

确认，她们的主要任务并不是向参观者讲解文化，也不是售卖列巴，而是应邀与来体验异国情调的游客一起拍照。

这个列巴文化馆在列巴制作方面确实颇为正宗，游客可亲眼观看大型开放式厨房里如何现场制作列巴。民以食为天，在呼伦贝尔大草原上的额尔古纳市，享受舌尖上的俄罗斯，何乐而不为呢?

鄂温克人

鄂温克人（意为住在大山里的人）早期在贝加尔湖以东、外兴安岭以南的各处过着游猎生活，并以驯鹿为主要生活资料来源和交通工具。几百年前，他们并没有国家和边境的观念，自从中、俄以额尔古纳河为界之后，一部分鄂温克人留在俄罗斯，另一部分住在中国，成了不能随意跨界的“跨界民族”。目前在俄罗斯境内的鄂温克人大约有 6 万人，在中国境内则略少于 4 万人。近百年来，额尔古纳河右岸的鄂温克人先后受几个不同的政权或势力（清政府、东北军阀、日本占领军、伪满、国民政府等）统治，也曾遭受过不少迫害和歧视。

清朝初期，一部分鄂温克人参加了清军，有些人还立了战功，成为高级将领。平定新疆准噶尔和台湾的林爽文事件（天地会掀起的大规模抗清活动）的海兰察就是其中最著名的代表。乾隆时代，部分鄂温克人被调到新疆北部驻防，所以今天还有一些鄂温克人在新疆，但他们大多数已经和锡伯人融合为一了。

在俄罗斯境内的鄂温克族现在多半说俄语、使用俄文，还有极少数说自己的语言并使用西里尔字母拼写鄂温克文，他们的信仰也多半从萨满教改为俄罗斯东正教。中国境内的鄂温克族没有自己的文字，有一段时间曾经用满文的字母拼写鄂温克语。鄂温克语是满–通古斯语族，通古斯语支的一种，所以使用满文字母不乏理由。

在呼伦贝尔市辖区的鄂温克人，有的在大兴安岭，也有不少在额尔古纳河右岸。我去了内蒙古鄂温克族自治旗的行政中心巴彦托海镇（在呼伦贝尔市中南部），目的是去看鄂温克博物馆。博物馆建筑颇新，也很有规模。展品可谓丰富，文字解说也言简意赅。刚进去的时候没有什么人，我买了一本纪念画册，预备慢慢地消化那几个展厅。还没看多久，有一批 VIP 在众人的簇拥下进入我所在的展厅。一位打扮入时的工作人员用扬声器背诵了一段欢迎套语加上一些解说词。此时我才明白，原来内蒙古自治区为了庆祝鄂温克族自治旗成立 60 周年，从首府呼和浩特派出一个代表团前来祝贺。于是，我这个独行侠就被卷入到这场官方的祝贺活动中了。

鄂温克人在 100 年之前主要捕猎并饲养驯鹿，但也以猎熊、鹿等野生动物为生。他们在追踪猎物的过程中发明了一种在树木上刻写的符号系统——与其说这是文字，不如说更像是一种指示路线的信号。

最近 20 年来，鄂温克人在国际上颇受注意。首先是一些人类学家、语言学家和文化学者，到内蒙古与黑龙江对鄂温克人做田野调查，特别是研究他们生活方式的转变。其次就是得益于一本获得茅盾文学奖的描写鄂温克人的小说。小说的作者是黑龙江籍的女作家迟子建，她花好几年的工夫做了深入研究，写了一本对鄂温克人原有生活方式充满感情的《额尔古纳河右岸》。本篇文字题为“额尔古纳河右岸”，固然是因为我要讨论的主题就在此地，另一个原因就在于我十分喜欢这本独特的小说。

“我是个鄂温克女人”

迟子建的小说以第一人称叙述，主角是一位九十岁的老人，她是鄂温克酋长的女人。小说里，她自述的第一句是：“我是个鄂温克女人。”第二句话是：“我是我们这个民族最后一个酋长的女人。”

2005 年前后有一个颇受注意的新闻，是关于最后一批在山中的鄂温克人搬到草原上，居住在整齐的屋子里，开始过城镇生活的报道。

《额尔古纳河右岸》其实是鄂温克民族的史诗兼鄂温克民族文明转变的调查报告。作者没有使用文明史的名词术语，也没有引用人类学理论，而是用很多人的遭遇和命运编织了一个引人入胜的故事，借以说明人与自然密不可分的关系，以及人类各族裔发展过程的差异。

开章不久，这位老年妇女就自述道，她生下来那天，父亲猎获一头黑熊，得到了宝贵的熊胆。对鄂温克人来说，能够得

上、下　鄂温克博物馆里的鄂温克族历史与风情陈列

到熊胆是非常可庆的事，同一天又有一个女儿诞生，这实在是个吉祥的日子。

书中还提到，鄂温克人很崇拜黑熊。他们吃黑熊的肉时，特意模仿乌鸦的叫声，想让死去的熊误以为吃它肉的是一群乌鸦，而不是鄂温克人。这个可爱的细节反映出，当时一些鄂温克人的生活还处在半原始的游猎阶段。

而今天鄂温克人面对的困境就是，如何既保存原有的生活方式，又能避免被周围已进入后工业时代并且正在高速信息化的人口边缘化。

6

从室韦到满洲里

国际口岸的异国情调

2018 年 8 月中旬，我包车沿着中俄边境在额尔古纳河右岸走了近 1000 公里的路。这一路印象深刻，收获丰富，心情愉快。

在本书第二部分——叙事篇的头三章里，我用了一个俄罗斯套娃的方法陈述我对呼伦贝尔的认识，希望读者们也能从中得到一些体会。这个“三层套娃”的外面第一层是介绍呼伦贝尔市的整体面貌和它的首府海拉尔区以及一个旅游景点。第二层写我在额尔古纳河右岸的观察，包括对额尔古纳市的介绍，还特别提到额尔古纳河右岸的鄂温克族。本文是第三层，我把注意力集中到额尔古纳河边上的几个市镇，并且抒发一些感想。

室韦的友谊桥

室韦是一个小镇，也是一个国际口岸。它位于呼伦贝尔市的西北部，接近整个呼伦贝尔草原的最北部。这个小镇历史悠久，从 2 世纪开始就有东胡和其他民族在这里聚居，隋朝的史书称之为室韦。室韦和鲜卑差不多同时兴起，后者是单一民族的名字，前者则更近似一个对东胡衍生族群的泛称。

今天的室韦镇，整个市容都是俄罗斯风格，尽管商店的招牌、酒店的名字都是中文的，街上也几乎看不到欧洲人的面孔。它的另一个特点是那座跨越额尔古纳河的“友谊桥”，桥边立的石碑记录了额尔古纳市与对面的俄罗斯地方合作建桥的原委。

室韦之南大约六七十公里处有一个很别致的地方——“恩和俄罗斯族民族乡”。这是全中国唯一一个俄罗斯人占多数的行政单位，人口两千多。据朋友讲，这里住的是十月革命后来华的俄罗斯人的后代，虽然有不少人已经和本地人通婚，但还是大致保留了俄罗斯人的血统和生活方式。对我来说，听到俄罗斯人说流利的普通话并不新奇，但是和俄罗斯长相的人用东北口音“唠嗑”，确实很够劲儿。

从室韦向南行车不远，可见四块耸立于公路和额尔古纳河之间的大型方牌，上面分别写着“蒙兀室韦”四个字。这就勾起了我的历史兴趣。

蒙兀室韦作为一个部族，在隋唐时期就已经进入史册，可

上　中俄 111 号界碑，远处是室韦的友谊桥

下　从室韦向南行的路上，写有“蒙兀室韦”的大型方牌

以说是契丹人的祖先，也可以算是鲜卑人的别支。到了 12 世纪，聚居在室韦邻近的部落形成了“蒙兀室韦”身份认同，他们后来成为在成吉思汗时代开始形成的“蒙古人”的组成部分。当今的地方政府希望借此历史渊源来引起旅游客人的兴趣，所以就把大字招牌建在路边。

黑山头口岸

沿着额尔古纳河南行，在室韦和满洲里之间有一个黑山头口岸，这个口岸虽然有少量边境贸易，但是最近这几十年来，更多是作为中俄两国官方商洽事宜的地点。室韦的口岸和友谊桥我都领略过了，所以对这个口岸兴趣并不强烈。可是黑山头口岸附近的黑山头古城，却引起了我的兴趣。

成吉思汗成为大汗之后，就把这一带封给了他的大弟弟——拙赤 · 哈萨尔。后者在根河、得尔布干河、额尔古纳河、哈乌鲁河四河交汇处的东部台地上建了一个城，其遗址就是黑山头古城。古城附近的湿地非常好，风景怡人，距离根河湿地（即额尔古纳湿地）不算很远。这块湿地里有超过一人高的草，理论上“风吹草低见牛羊”在这里是可能的，但因为湿地四周多水，就算是站在高地也压根儿见不到什么牛羊。

其实，黑山头古城就是一个很小的方城，四面都有城墙、城门，城墙外有护城壕沟，没有其他特别好看的地方。只是大家认为成吉思汗的弟弟在这里住过，乃是此城的建城者，所以今天愣是把这里打造成了一个旅游景点。

除了呼伦贝尔草原之外，最能让我想到“风景如诗如画”这几个字的地方，非根河湿地莫属了。一望无垠的大草原固然让人有一种开阔的心情，但是其视觉的组成往往过于单调。草原的湿地则迥异，尤其是根河湿地——一大片有坡有水的草原，既有高度的区别，又有不同颜色的植被，还有从树林和灌木丛中蜿蜒流过的溪水。据说这里的河道有一处可见九曲十八弯，我没有数出来，但相信这个数目传达出来的迷人画面我已经领略到了。

满洲里今昔

在近现代的呼伦贝尔地区，地理位置和历史意义最为重要的应该是满洲里。满洲里地理位置优越，首先，它距离呼伦湖很近，而呼伦湖是中国第五大湖，内蒙古第一大湖；其次，满洲里是中东铁路（即中国东方铁路）的起点站，也是中俄交通的要道。

李鸿章与帝俄的外交大臣及财政大臣于 1896 年签订了《中俄密约》。1897 年俄罗斯开始施工兴建从满洲里到绥芬河的中东铁路，1903 年通车。之后，俄国人又修建了由哈尔滨到大连的铁路。自修建中东铁路起，大批中国人就开始聚集满洲里，并进入俄罗斯境内打工或是做小生意。我祖父的一位堂兄就离开了辽宁老家，来到满洲里附近做小买卖。

我父亲的家族是 19 世纪从山东招远闯关东，落户到了辽

上　室韦口岸

下　根河湿地留影

上　满洲里口岸

下　满洲里市扎赉诺尔新区猛犸公园

宁辽阳。前三代都在辽阳县城附近一个乡村里种菜。家中的男子每天清早推着车到城里卖菜，妇女则在家里织造装谷物的麻袋。我曾祖父是第三代，家境逐渐小康。1905 年废科举之后，清政府开办了公立学校，有些年轻人因此有机会上学。我的祖父就念了小学和师范学校，成年后又考入日本人开办的南满医学堂，从此改变了他和他后人的生活方式。

民国成立两年前，满洲里暴发瘟疫，许多人都搭乘新建的铁路南下，疫情迅即传到东北各地，甚至进入了华北地区。清政府派了一个毕业于剑桥大学的广东籍医生伍连德到满洲里指挥防疫。他在满洲里做了中国第一例尸体解剖，确定瘟疫影响肺部，最初是由西伯利亚的旱獭（皮毛可以制成衣帽）所致，可以人传人。所以他下令封城、焚尸、烧毁病人衣物。不知道我父亲的那位堂伯父在这次鼠疫中的遭遇如何。

我和满洲里还有过一次擦肩。2012 年夏，我到俄罗斯的布里亚特共和国首府乌兰乌德访问，原计划是从那里坐飞机到满洲里，参观呼伦贝尔草原。但是每三天才有一班的飞机临时取消了，三天后的飞机也未必有位子，因此我改变了行程，乘坐 15 小时的长途汽车去了蒙古国的乌兰巴托。如果那时就来了满洲里并参观了呼伦贝尔地区，或许会看到更为原生态的边境，但是一定没有这次本地朋友为我安排的介绍和导览。塞翁失马，焉知非福？

2018 年的满洲里从市面上看，简直就是一个俄国城市。虽然没有东正教大教堂，但是火车站、商店、酒店几乎都是俄罗斯风格，其中也包括不少俄文招牌。这些建筑很明显是最近这些年才盖的，且多为刻意模仿俄式建筑，并非原生如此。

这一切都很容易解释：许多自驾到满洲里的国内游客未必有签证或是语言能力去俄罗斯那边旅游（而且据说也没什么好看的），所以满洲里（还有额尔古纳市区和室韦）的商人就设法创造了几个让游客们享受“异国情调”的地方，买一点俄罗斯纪念品（哪怕是中国制造的）聊以安慰。对于内蒙古这样一个本来是靠牧业，后来靠矿业和农业，现在寄希望于绿色旅游来促进经济增长的地区，在中国境内创造一个俄罗斯风格的城市，是完全可以理解的。

在一条繁华大街上，我在一家自称正宗的俄国餐馆门前徘徊了几趟，又翻阅了门前的餐牌和照片，决定进去吃我在满洲里的唯一一顿晚餐。餐馆里面的服务人员居然不少都是俄罗斯人，虽然他们不会说中文，但有些能说英文。进餐时，有俄罗斯乐手演唱俄文歌曲、演奏俄罗斯音乐。整个餐厅确实颇有俄罗斯氛围，味道也算正宗而可口。可是一走出这家餐厅，再和附近的一些“俄罗斯餐厅”对比，就知道满洲里“具有中国特色的”俄餐还是居大多数。事实上，国内的游客真正吃过或是能“欣赏”俄国大餐的未必很多，所以各个餐厅有他们自己的目标顾客群也完全合理，这就叫作“市场经济”。

总之，满洲里是个绝对值得一去的地方。它的表面是俄国的，里子是中国的，表里合一之后，就是一次颇有意思的旅游体验。

猛犸公园的俄式建筑

7

赤峰的两堂课

红山文化与辽上京

偶游赤峰

2018 年 6 月，我邀请内蒙古师范大学的陶格图教授到香港做一次专题演讲。当时我提到我两次计划去呼伦贝尔草原都未能成行，已经打了“是否绝对该去”的退堂鼓。他答道：“当然非去不可，可我老家赤峰也很值得看！”说老实话，我之前没有这样的打算。我知道赤峰的名字，也知道它的大概位置——赤峰位于辽宁之西与河北之北，在我心中那不算是草原地区，而是农耕的平原地带。我多年来想去呼伦贝尔，主要是想见识一下它的草原之美，也因为它是草原丝路的东端起点，而赤峰和草原丝路似乎无关。但是，陶教授接下来的话立即就打动了我："红山文化主要就集中在赤峰！"我 2001 年在沈阳的博物馆里看到过红山文化的展品，深知红山文化在中华文明中的重要性。

陶格图教授回到内蒙古之后，给我介绍了他的一位中学同学——赤峰日报社的摄影记者呼格先生。所以我在 2018 年 8 月去呼伦贝尔之前，先去赤峰参观了三天。

赤峰新市区确实很新，而老城区也不老。虽然主人一家请我吃了一顿可口的蒙餐，但整体来说，在赤峰的街道上，蒙古文化不占主流。直到主人带我去看了设计新颖、藏品古老的赤峰博物馆之后，我才醒觉到，我之所以会萌生赤峰蒙古文化不足的印象，是因为近百年来人口的变化，以及中国近年来经济的高速发展，使这里原有的蒙古文化被遮掩了。

赤峰博物馆的内容十分精彩，我在里面仔仔细细地看了两个多钟头。展览分四部分：第一部分是"日出红山"，介绍以红山文化为代表的新石器时代文化；第二部分叫"古韵青铜"，介绍一些北方青铜文化；第三部分叫"契丹王朝"，系统性地介绍了辽代的种种；第四部分叫"黄金长河"，展示赤峰地区从辽、金、元到清的文物和民族风情。

此外，我还去了同样新颖的契丹博物馆，里面的收藏很多，极富历史和教育价值。

在参观这两个博物馆时，我意识到，当初我以赤峰与草原丝路关系不大为由而不考虑来访是不正确的。契丹人（可能是鲜卑的后裔）是源自呼伦贝尔的一个部落群，后来发展到了赤峰附近，建立了辽国，统治了半个中国。当时的宋和西域的联系被西夏阻断，而辽在漠北（蒙古高原）的势力很强大，能够通过天山之北的草原与西域甚至欧洲进行贸易。女真人（金人）灭辽之际，许多契丹人并没有归顺于金。辽的一部分皇族从漠北向西迁徙；宗室重臣耶律大石在天山之西的楚河流域建立了统治中亚长达 80 余年的中国式王朝，史家称为“西辽”（即 Kara Khitai，或译“黑色契丹”）。辽国把宋朝每年进贡的丝绸、茶叶、糖等中原物产贩卖到波斯甚至欧洲等地，形成了固定的贸易路线，对西方认识中国产生了很大的影响。斯拉夫人一直到今天还把中国叫作 Khitai，因为他们最开始认识的中国人就是契丹人。今天，总部在中国香港的国泰航空公司的英文名是 Cathay Pacific Airways。“Cathay”是西欧人对“Khitai”的发音，最早是马可 · 波罗在他的书里开始使用的。如果没有草原丝路的联系，东欧人和马可 · 波罗绝不会用契丹（Khitai）来称呼中国。

红山文化

红山文化是指距今 6000—5000 年前，在今内蒙古自治区东部、辽宁西部的广阔区域上发展出来的母系社会部落群的文化。经过几十年的考古发掘，目前找到了确切的证据，足以界定红山文化的东、南、西、北界线：最东到辽河的西岸；最南可以到渤海湾的沿岸；最西到燕山山脉，进而到华北平原，即

上　参观赤峰博物馆
下　赤峰博物馆内，兴隆洼文化遗址中出土的石雕人像

河北张家口一带；最北到西拉木伦河以北，逐渐深入到内蒙古草原。也就是说，红山文化和内蒙古的草原之间没有明显的界线。其生产方式主要是农耕，但是也兼有畜牧、渔猎等。根据最新的研究，红山文化发掘的人骨 DNA 与今天在西伯利亚北部的雅库特人（操阿尔泰语系突厥语族中的雅库特语）类似。也就是说，红山文化的创造者和今天西伯利亚与中国境内的某些游牧民族的祖先有一定的联系。

对于红山文化的来源以及它和中原文化的关系，学者们目前还没有准确和一致的看法。红山文化可能是由黄河中游的仰韶文化（距今约 7000—5500 年）与赤峰附近的兴隆洼文化（距今约 8000—7500 年）以及赵宝沟文化（距今约 7500 年）接触后碰撞而来，也可能是直接由兴隆洼文化和赵宝沟文化发展而来，目前还难下结论。但可以确定红山文化有以下几个特征：母系社会；农耕为主；住在半地穴式的房子里；器物属于新石器时代，有造型非常生动的优质彩陶和纹陶。

红山文化最富特色的文物当属精致的玉器。学者们认为这些玉器为祭祀所用，同时确也发现了祭坛、庙宇等遗迹。最让我吃惊的是，红山文化中的一系列动物玉雕中，有一种不曾存在，或者是从来没被真实描述过的龙的形象。红山文化考古发掘出的最珍贵的文物，就是一个形似拉丁字母“C”的龙形玉雕，专家认为这是一件礼器。它半具象半抽象，有龙的鼻子，但是也有某种动物的鬃毛。这个龙还不是我们今天熟悉的龙形，专家根据其形象，将其命名为玉猪龙。

玉成为礼器，体现了红山文化的发展程度，而龙形玉雕则打破了前人对龙之来源的认知。汉族往往自称是龙的传人，在汉族还没有出现、没有定型的上古时代，仰韶文化里就已经有了龙形象的存在——那里的龙是“S”形，而不是“C”形的。我们现在常见的龙的造型，已经混合了多种动物的特征，包括牛的头、鹿的角、蛇的身、鱼的尾等。从混合造型这一特点来看，华夏民族在本源上可谓多元，华夏民族的龙形象征，也融合了不同部族的图腾而逐渐成体。从多元一体这个角度来看，红山文化并没颠覆我们对华夏文明本质的认识，而是做出了极有意义的补充。

辽上京与辽朝

从赤峰市中心上高速公路向北行驶约两小时，过西拉木伦河后，向东北继续走，就进入巴林左旗（林东镇）。林东镇的南郊（距赤峰市中心约 270 公里）有一大片荒凉的断壁残垣，就是享国祚近 210 年的辽国的上京遗址。

辽上京的所在地水草丰足，地势易守难攻。最早是耶律阿保机在当地建立了一座龙眉宫。公元 918 年，辽朝以龙眉宫为基础建造了一座城池，名为皇都，是辽代的第一座都城。938 年，皇都更名为“上京”，其治所名为“临潢”，所以上京又称临潢府。

上京遗址在河水的冲刷中已颓塌不堪，仅能看出它是南北相连的两座城，呈“日”字形，周长 12 公里。北城是契丹皇族居住的地方，有四道门，城外有护城河。南城是汉城，是汉人和商贾聚居的地方，现在还残存三段城墙。1120 年，辽上京被金兵攻占；元代时，这里被废弃。关于这处遗址，有一个历史细节值得记录在此。

1120 年，金太祖完颜阿骨打带兵攻打辽国北部，兵势旺盛。辽遣使求和，准备谈判。此时宋也派出赵良嗣出使金国，希望能与金协力攻辽。

赵良嗣的本名是马值，世代为辽国大族，曾任光禄卿。女真建立金国后，宋派使臣童贯访辽上京。马值私下求见，陈说辽国上层如何腐败，亡国乃是必然，并献上“联金灭辽”之计，以便宋可以收复燕（幽）云十六州；于是童贯私下把马值带回宋京。马值事宋之后，改名李良嗣，并有机会觐见宋徽宗。徽宗赐他姓赵，于是他又改名赵良嗣。1120 年，赵良嗣奉派使金，金太祖完颜阿骨打正领兵攻辽上京，就请辽与宋的使臣一起看他演兵。金兵表现得骁勇善战，于是辽上京守将投降献城。胜利后，完颜阿骨打高兴地邀请赵良嗣同入皇城西偏门，并置酒款待。赵良嗣在席间即兴咏诗一首：“建国旧碑胡月暗，兴王故地野风干。回头笑向王公子，骑马随军上五銮。”末句很自鸣得意地说他随着金军登上辽国的五銮大殿。这首诗现在刻于石碑上，竖立在原来辽皇城的西偏门附近。《宋史 · 奸臣传》里是否列入了赵良嗣，我没查过，但他后来被宋廷贬到郴州并被处死，却是事实。

身后为辽上京博物馆

辽上京遗址是国家重点文物保护单位。在它附近还有一座新建的规模庞大而设计别致的“辽上京博物馆”。博物馆的正厅有八根汉白玉柱子，代表契丹八部；馆徽是镇馆之宝——契丹银币的造型，银币上刻着“天朝万岁”四个契丹大字。我去参观时，有机会仔细看了“辽上京历史文物陈列”中多不胜数的汉文、契丹文原件，以及服饰、壁画、浮雕等。

辽朝幅员广阔，民族成分复杂，主要生产方式大致有渔猎、游牧和农耕三类。契丹人与北方各民族以游牧为主，汉族与原渤海国的民族则主要从事农耕。在开拓疆域的同时，辽的统治者吸收各族的治国经验，以完善辽朝的统治机构。耶律阿保机早就定下“因俗而治”的国策，即“以国制治契丹，以汉制待

左上　辽上京博物馆的鎏金面具
右上　辽上京博物馆的契丹文原件
右下　辽上京博物馆展出的哈拉海场辽墓壁画

汉人”的基本原则，其统治机构的设置与此相适应。辽朝的政治体制融合了契丹体制与唐宋体制而形成南北院制，即北面官制和南面官制。北面官治理宫帐、部族之事，南面官管治汉人州县、租赋之事。

辽朝的法律也使用双轨制度。对契丹人用属人主义，对汉人用属地主义。早期存在民族歧视——契丹制度较为宽松，而汉地由于继承历代法律，法例较为绵密。立国大约 100 年后，契丹人犯法也用汉律来断，反映了汉人地位的提升。

我原本对于辽代的政法制度和学术成就所知甚少。经过赤峰三日的熏陶，我愈发相信，不同文明的互相借鉴与相互适应是人类文明发展的根本规律。

8

呼和浩特今昔

自归绥演变而来

初饮青城曲酒

1978年夏天，我回国讲学，一家四口也顺便到各地探亲、访问、旅游一个多月。在北京和许多亲戚见面之后，又到呼和浩特探望我的一位舅舅。

我舅舅是在上海长大的。1948年夏天，他和我在我外祖父家里同住过一段时间。那时他在清华大学读书，放暑假回家，而我才读完小学二年级。1978年，他在内蒙古水利厅任处长。我们四口人在舅舅家吃了一顿舅妈做的晚饭。

那个时候中国大陆的居住条件普遍相当简陋。他是一个处长，全家五口住在一间独门独

1978 年的呼和浩特五塔寺

上　1978 年的呼和浩特城
下　今天的呼和浩特

院的平房里，虽不宽敞，也不特别拥挤。但是屋子里没有厕所，只有一个墙外几家共用的公厕。很小的前院左方种了几株玉米，右边还养了几只母鸡。我们吃饭之前，恰有一只母鸡下了蛋嘎嘎叫，让我五岁的儿子兴奋莫名。

晚饭时，我舅舅特别开了一瓶呼和浩特产的青城曲酒，非常烈，可能有 60 度。我已经记不得我喝了多少，只记得喝得很兴奋。我舅舅兴致也很高。他在“文化大革命”期间，因为一件冤案被关在水利厅的“牛棚”里一年多，然后又被下放到鄂尔多斯的一个农村里好几年。他提起早期在内蒙古的工作情况和“文化大革命”时的坎坷经历，不免唏嘘。舅甥二人三十年后重见，谁能怪我们多喝了一些呢？

即使如此，我们还谈了不少关于内蒙古和呼和浩特的历史与文化。毕竟我是第一次到呼和浩特，而他在呼和浩特已经 27 年了。我记得最清楚的莫过于他解释青城曲酒的来历：“呼和”就是蒙古语“青”的意思，“浩特”就是“城”，所以青城曲酒就是呼和浩特的曲（粬）酒。

给我留下深刻印象的另一点是我舅舅谈到呼和浩特的地理位置——位于蒙古高原的南缘，也就是说不在真正的蒙古高原；战国时赵长城的位置都要比呼和浩特更北。

这些年来，我通过自己的阅读和观察得知，呼和浩特这一带在漫长的历史上其实是汉族和北方民族长期共存并且相互拉锯的地方。直到最近这几百年，呼和浩特建城，才成为蒙古民族最重要的聚居地。

归绥与呼和浩特

今天的呼和浩特城承自明清，只有几百年的历史，但早在拓跋鲜卑建立北魏之前，其始祖拓跋力微就将都城定在了今天呼和浩特之南不到30公里的盛乐。而到了契丹建立辽朝时期，这里就有了一座相当规模的丰州城，至今仍有当时的一座白塔寺作为历史的见证。明朝取代元朝之后，元朝廷重返蒙古高原。但是过了100多年时间，蒙古政权（北元）分裂为二：东部叫鞑靼，西部叫瓦剌。双方斗争很激烈，最后甚至取消了国号，恢复到部落的状态。16世纪中叶，一位成吉思汗黄金家族的后代在年纪很轻的时候，被他的婶婶拥立为汗，这就是达延汗。达延汗长大以后按照草原收继婚制的风俗娶了婶婶，很有作为，带领军队统一了东部蒙古的全部地区。再过几代，他的一个后人俺答汗，带领他本来住在今天呼和浩特一带的土默特的农耕部落，统一了明朝之北几乎所有蒙古地区。也就是说，明朝的北部疆域从东到西所面对的都是俺答汗统治的地方。俺答汗在位多年，请汉族工匠在今日呼和浩特所在地修建了很壮观的城市，并且建了蒙古地区第一座黄教的喇嘛寺——蒙古人真正成为藏传佛教的信奉者始自俺答汗。

蒙古出于需要，一直希望跟南方的明朝进行贸易。明朝因为可以自给自足，所以往往以拒绝贸易，甚至以拒绝其朝贡为手段，遏抑北方的蒙古。贸易的摩擦也往往引起军事的摩擦。

明朝万历年间，蒙古族首领在俺答汗所建城市的基础上建

上　左侧为绥远城将军衙署

下　呼和浩特清真大寺的中式建筑

成了一座城，称为归化。清朝乾隆年间，这里已经完全归清朝所属了。清政府在归化的边上又建起了一座新城，叫作绥远。民国成立后，于1928年把归化和绥远合成为一个新的城市，叫作归绥市，是内蒙古最重要的城市，它当时所在的省是绥远省。（绥远、察哈尔、热河是国民政府在内蒙古地区所设的三个行省，都在今天内蒙古自治区的中部。）

我1978年看到的呼和浩特，就是从归绥演变而来的内蒙古自治区首府。易名之后又经过了几十年，此地还是灰蒙蒙的，虽然它叫作青城。

时隔好几十年，我于2015年又去了呼和浩特。这一次我的舅舅年事已高，住在医院里——他曾经脑出血，血压一直很高。这些年我跟他在美国、中国香港和中国台湾都见过面，只是没有到呼和浩特重逢。这一次我做了录音，他又跟我谈了一些他的经历，还有他对呼和浩特以及内蒙古的一些见解。自1951年清华大学毕业至2015年，他已经在呼和浩特生活了超过一个甲子的岁月。我对青城以及内蒙古的认识，许多都来自我舅舅和表弟。

青城之南的青冢

中国人几乎无人不知王昭君到匈奴和亲的故事。但是王昭君为什么被送去和亲？她身后埋葬在哪里？她和亲的历史作用又是什么？

王昭君是湖北人。她去北方和亲之后，与夫君呼韩邪单于感情很好，并不是很幽怨。但有一句诗在我心中仍然留下了深刻的印象，就是杜甫的“独留青冢向黄昏”。这里说的青冢就是昭君墓。

王昭君的墓在呼和浩特之南，我当然去参观了。为什么她的墓叫作青冢呢？据说在秋天草木枯黄的时候，只有昭君墓上面还草木青青，因此叫作青冢。这个现象是后人捕风捉影附加的还是真的历史现实，我也不清楚。但是“独留青冢向黄昏”这句诗从盛唐到今天已经流传了一千两百多年，绝非近来互联网上的“标题党”用手指头敲键盘杜撰出来的。

王昭君是汉元帝竟宁元年（公元前 33 年），被送到北方嫁给匈奴单于。许多人会觉得这是汉朝以和亲换取和平，但我认为这次和亲并不是如此。

汉朝对匈奴有三个政策：一是动用军队，二是笼络其同盟，三是和亲。汉武帝时，三策混合并用。汉武帝派了他的侄女刘细君到乌孙去嫁给乌孙王，目的是要中立乌孙，削弱匈奴在西域的力量。刘细君年方二十几岁，却去嫁给年逾七十的乌孙国王。不久老国王去世，她按照当地习俗嫁给了老国王的孙子，因此感到非常不堪，心中幽怨，思念故里，写下“吾家嫁我兮天一方，远托异国兮乌孙王……居常土思兮内心伤，愿为黄鹄兮归故乡”这样的诗句，流露她自己的心声。

几十年之后，汉武帝又派了另一位他本家的公主——解忧公主，带着一位名叫冯嫽的侍女前往乌孙和亲。解忧公主是一位政治家和外交家，而她带去的侍女冯嫽后来嫁给了乌孙的一位大将军，几次在关键时刻显露她的机智、勇敢和对汉朝的无比忠诚。这两位古代女子在西域发挥了汉朝军队难以起到的作用。

到了王昭君的时代，汉和匈奴的力量对比已经逆转，与高祖刘邦白登山之围的情况完全不可同日而语。因此，昭君出塞与其说是去和亲以求安宁，不如说是予匈奴以奖励。其实，呼韩邪单于也是想用求娶汉朝公主这个方法表现他对汉朝的亲善。

你中有我，我中有你

实际上，王昭君做到了这一点。所以今人在论及汉胡关系时，要分清楚，不同时间段的南北力量对比有所不同，关系亲疏也有所不同。更重要的是，经过长时间的冲突与和平共处，许多对立势力都会进入“你中有我，我中有你”的融合过程。

许多汉人感觉历史上的北方民族很野蛮，攻下城池后经常掳掠烧杀，这并不等于北方民族就没有自己的法律和行为准则。《史记 · 匈奴列传》里面介绍了匈奴的法律，其中一条就是：“拔刃尺者死。”在《汉书 · 匈奴传》里面也有类似记载。这句古文并不难理解：两个人如果有冲突，先拔刀出鞘超过一尺的人，就要处死，理由是意图杀人。所以唐朝的杜佑编的《通典》，宋朝郑樵编的《通志》，都没有对这一条特别加注。可是到了当代，也许是因为一般人古文读得少了，竟然有所谓的“学者”对“拔刃尺者死”做了不同的解释。一位研究匈奴史的教授把“拔刃尺者死”解释为“拔刀杀人，伤痕超过一尺的就太凶残了，所以要判死刑”。这位学者在翻译中加了一些自己的想象，比如，假定刀已“出鞘”，并且有“伤痕”。而司马迁写的是“拔刃尺者”，不是“伤人尺者”。

因此，王昭君和亲乃是增加彼此的了解。今天，只有增加彼此的了解，才能够看清历史的真相。否则，让偏见和误解传布下去，既不忠于历史，也无助于当前社会。

1978 年参观呼和浩特城南的昭君墓

9

包头与鄂尔多斯

走西口到康巴什新区

包头市简介

我最早知道包头是在中学时代地理书上："包头位于河套地区，地处黄河之北、蒙古高原之南，是一个皮毛贸易的中心。"包头历史悠久，秦始皇修建了著名的从咸阳到九原的秦直道。所谓九原，就是今天包头九原区。包头有座著名的寺庙，叫作五当召，是北方地区藏传佛教的最高学府，颇具盛名。

我第一次去包头，是 1978 年拜访包头市郊的一座扬水站。那是一个不大不小的水利工程项目，把黄河一个支流的水泵上来，浇灌附近的农田。扬水站的蓄水库像一个小湖，里面养了很多鱼。负责人招待我们一家吃全鱼餐。

时值夏天，房间里苍蝇非常之多，所以主人建议我们每个人拿一把苍蝇拍，把苍蝇先解决掉，再开始吃鱼餐。我对这一餐印象非常深刻。另一个印象深刻的原因是，这座扬水站的设计和预算是我在内蒙古水利厅的舅舅负责批准的。这是我对包头的第一个印象。

包头原来是个蒙古名字，其汉语的讹音读成“包头”，其实在蒙语中是鹿的意思，所以包头又被称为鹿城。今天在包头市中心有一座雕塑，上面就是一只鹿。

包头在最近几十年里把一个以牧业贸易为主的城市，变成了重工业中心，建立了包括包头钢铁集团、内蒙古第一机械集团在内的诸多重工业基地。这是我的第二印象。

最近听说，包头的金属矿藏非常丰富，尤其是稀土矿的储藏量特别多。但是，在过去几十年里，包头的稀土矿藏由于没有得到清楚的认识而未被分别提取利用，从而形成了规模庞大的破坏环境的“尾矿”。这些“尾矿”极可能就是当今全世界最大的稀土矿藏。这应该是我的第三个印象！

2018 年我又去了一次包头，这次看到的是一个逐渐走向现代化的大都市，是交通枢纽、重工业中心、商业中心，也见到了城市里方兴未艾的文化旅游和绿色旅游服务业。重工业在包头仍然有相当重要的地位，但是开采稀土造成的污染实在太厉害，相应的技术也不具备。包头的稀土要开采不难，但要有效开采且不破坏环境就非常难。

走西口到包头

包头和呼和浩特是内蒙古自治区最大也最重要的两个城市。由于 200 多年来人口结构的改变，汉族目前占包头总人口的 95% 左右。清朝经过早期几代皇帝的统治，没有大规模的内战，人口增加很快。乾隆时代，全国人口已超过 3 亿，而可耕地的面积和土地承载力却完全没有以相应比例提高。在这样的情况下，人口密集的区域出现了朝三个方向的自发疏散：一是闯关东，二是走西口，三是下南洋。

所谓走西口，就是山西、陕西，加上小部分河北的人口迫于生活需要，在没有政府组织和劝说的情况下，自发向北面迁徙。西口就是今天内蒙古一带，在赵武灵王的时候这里本就是华夏族的居住区。这一带在唐朝的时候被称为朔方地区。到了宋以后，由于契丹人、女真人和蒙古人的统治，才出现了北方民族大量南迁的现象。

总体而言，明清两代汉族人口增加很快，在工业化之前，与养育人口的耕地和粮食的增长是不成比例的。因此，15—19 世纪的中国印证了 18 世纪经济学家和社会学家马尔萨斯的“人口论”，即人口按几何级数增长，而生活资料（如粮食）则按算术级数增长。由此可见，贫穷是人类共同的而且必然的一段命运。中国各地的农民根本不知道什么人口理论或是政治经济学，只知道家乡没饭吃，就到有饭吃的地方讨生活。除了走西口的陕西人和山西人之外，山东人、河北人闯关东，福建、广东人

2018 年的包头钢铁集团。此时的包头已成为重工业发达的现代城市

去台湾、下南洋，两湖两广的人大量向云贵高原迁徙。

除了向边疆迁徙外，内地省份的人口也有大规模的相互流动。例如四川就因为明末战乱人口损失太多，所以在清康熙的时代，有“湖广填四川”的号召——今天四川人口非常之多，多半是最近两三百年才去的。古时候以修建都江堰的李冰父子为代表的四川人口的后代，在今天的四川可能并不多见。湖北、湖南人口向云贵高原和广西移动，把今天的贵州、云南、广西变成了主要是汉族的人口聚居地。这些人口的移动都有些自然地理和经济的元素。人口移动的结果必然形成不同文化的相互交叉，起初可能是隔阂和冲突，后来则从通婚变成交融，最后融合到不能分出彼此。

驴肉火烧

在包头看了很现代化的街道以后，我决定去老包头的所在地寻找一些旧物。据表弟说，包头旧城有一家非常有名的小餐馆，经营全包头或者全内蒙古都响当当的驴肉火烧。我很小的时候在山东济南吃过驴肉，但在 2018 年之前都没再吃过。终于，我们在一条旧街道上找到了那家驴肉餐馆。除了吃到驴肉火烧，还叫了一碟炸蝗虫——目前，驴肉和蝗虫恐怕还没有被认为是危险的食物。值得一提的是，在伊斯兰教的规定里，驴肉、马肉是不能吃的，整个欧洲世界也几乎没有吃驴肉的习惯。但是在中国北方，驴肉、马肉是司空见惯的食品。蝎子、蝗虫也有很多人愿意吃。在广东更是什么都吃。有一个说法：四条腿的，广东人不吃桌子；水里游的，广东人不吃潜水艇。这当然是个笑话。但也说明在一个悠久的农业社会里，经常有灾荒或者食物供给不够的情况下，各地中国人不免就开始尝试不同的食材，也就有了吃各种各样奇怪的动物或植物的习惯，并且往往还把它们变成珍品，比如燕窝、鱼翅。这个习惯究竟好不好，很难断定，它对近来大家都关心的流行病学有何影响，也没有足够的证据。但是，我知道驴肉火烧绝对好吃。下次如果有机会去包头，希望再去吃一次。

鄂尔多斯草原

鄂尔多斯草原是在高原上。“鄂尔多斯”是蒙古文“很多的宫帐”的意思；书上告诉我，这一地区以前叫作伊克昭盟。唐朝时本地隶属于朔方区，最著名的朔方节度使就是郭子仪。安史之乱的时候，唐肃宗也曾经逃到今天的鄂尔多斯避难。

最近这十几年来，鄂尔多斯的名字经常在媒体上出现，都与崭新的城市建设有关。主要说的是一些经营煤矿赚了钱的商人用大手笔打造了一座新的鄂尔多斯城，新城名叫康巴什新区，请非常好的建筑师建设了很多住宅和办公大厦，还有一些雕塑和博物馆。鄂尔多斯的新城区在老城区的南边，老城区叫东胜，设立于清朝。我两个都去了，当然新城区是比老城区要好。但是有一点，房子是用来住的，不是用来炒的。前几年风闻的空空没人住的“鬼城”我没见到，我去的时候，喝到了装在保温桶里的免费雀巢咖啡，还吃了一次味道很棒的阿尔巴斯山羊肉。传闻中的“鬼城”的空荡景观，似乎并不明显，也绝对不希望以后见到。

成吉思汗陵

据说成吉思汗在世的时候有一次经过鄂尔多斯草原，觉得这里水草丰美，就说：“将来我死了，希望葬在这里。”1227 年，成吉思汗在远征西夏的路上逝世，他的后人秘而不宣，把尸体运回蒙古某地，但又在今天的鄂尔多斯替他修了一座陵。还未来得及正式建灵堂的时候，继承成吉思汗之位的窝阔台就把成吉思汗的灵柩和他以前用过的遗物放在了白颜色的帐篷里面供奉。这就叫作“八白室”——八座白颜色的毡帐。忽必烈继位以后把“八白室”变成了一个祭祀他两代先人的地方，又规定了很多祭礼的细则，一年四季要进行祭祀。从此“八白室”被当作蒙古民族朝拜的圣地，谁掌握了“八白室”谁就等于是蒙古民族的正统。“八白室”于 15 世纪又搬迁到今天的鄂尔多斯，16 世纪初回到成吉思汗第十五代的孙子手上。至此，“八白室”再次归于成吉思汗的黄金家族。

从成吉思汗去世以后，就有一些精选的忠贞之人替他守灵。守灵的人慢慢就成为一种特殊的群体，被叫作达尔扈特人。他们在大殿里面主持各种各样的祭祀，扮演不同的角色，有的奏乐、有的唱诵等。今天的成吉思汗陵在鄂尔多斯偏南的地方，里面的工作人员仍然是达尔扈特人，拿公务员标准月薪。2018 年我去参观的时候，的确感受到成吉思汗的影响力之大。这座最近才重新修缮扩建的成吉思汗陵，非常的宏大、庄严而有威仪。

“十字莲花”

20 世纪初，中国还没有保护文物的意识，许多在中国境内的传教士或者其他欧美人，已经开始从事考古研究。他们在包

上（左右） 2018 年参观康巴什新区，风格各异的新建筑
下　康巴什新区的雕塑

上　成吉思汗陵
下　成吉思汗陵园门牌楼

头找出来一枚几万年前旧石器时代的人齿。在鄂尔多斯则发现了许多枚金属做成的装饰品。经过辨认后，这类装饰品被赋予“十字莲花”之名，相信是一部分蒙古人信仰了基督教的景教之后留下的。十字是基督教的代表和象征，衬在一个莲花的背景上刻下来，用绳子绑在腰上，作为一件装饰品，也是一个吉祥物。

世界上各种宗教中彼此共存的也不少，但能够融合的不多。在印度，后起的印度教（或称新婆罗门教）把佛教的一些教义融入自己的宗教中，此外佛祖和一些重要的佛教神灵（如观音等），也进入了印度教的神灵体系。蒙古人的“十字莲花”应该是源自类似的现象——这些信仰基督教的蒙古人并不摒斥莲花这个佛教或者印度教的象征。我 2018 年参观成吉思汗陵的时候，脑中就闪出来以前熟悉的这个“十字莲花”符号。成吉思汗在征战四方的时候，经常召集一些有宗教信仰的人在他面前各自陈述自己的宗教观点。比如丘处机（长春真人）曾向他宣讲道教，耶律楚材这位信仰佛教的契丹人曾向他宣讲佛教。成吉思汗也请过不少基督教的教士在他面前宣讲基督教。其实，蒙古部落集团中的汪古部和克烈部都信仰基督教中的东方教会（即景教）。所以从宗教史和比较宗教学上来讲，成吉思汗是有容乃大的人物。虽然成吉思汗的巨大影响不容怀疑，但是他对宗教本身（教义、宗教发展）的影响并不大。后来的蒙古战士们，应该是无意间在“八白室”停居的鄂尔多斯草原上散落了许多枚“十字莲花”来陪伴他老人家，也是对这位“世界征服者”别有意义的祝福和致敬吧！

10

不教胡马度阴山

谁才是胡人?

在唐朝的诗人里，杜甫、李白自不用说，除他们之外我很喜欢的一位诗人是王昌龄。他的许多诗作描写的就是我很感兴趣的边塞人情风物，其中有两句非常引人，就是“秦时明月汉时关，万里长征人未还”。这两句诗视野广阔，跨越千年，把时间的先后杂糅起来，虚实融汇，描绘出一幅万里征人迈向无限遥远之地、消失在未知的天涯的画卷，极富文学张力，对读者有很强的启发力和感染力。有时我自己写文章或做演讲，也是一下“秦时明月”，一下“汉时关”，一下又“万里长征”，让自己的思绪游走于不同的地方和事件之间。所以我曾自诩我的演讲和文章是“昌龄体”（其实这段破题文字就属于“昌龄体”）。

但是王昌龄这首七言绝句的下两句就切中本篇主题了："但使龙城飞将在，不教胡马度阴山。"不论是在初唐、盛唐、中唐，还是在晚唐，许多诗人都有关于征战，关于胡人的作品。这说明唐朝的胡汉关系密切而复杂，处于对峙而又相会相知的状态。

阴山在哪里？

阴山，严格说来是由一系列的山峰组成的东西走向的山脉。它横亘在蒙古高原的南缘，河套平原的北边。其特点是北麓比较平缓，从北方的草原登上山脊很方便；南麓则比较陡斜，兵马如果从山上冲下来就很难阻挡。从经济地理来看，阴山北边比较干旱，只能供游牧；而阴山的南麓，面对河套平原，进而连接华北平原，农牧皆宜。所以北方胡人冀求到阴山之南放牧，自有其逻辑。说到"胡马南牧"，最早在文字里提出这个概念的人应该是汉朝的贾谊。他在《过秦论》里面写道："胡人不敢南下而牧马。"从汉唐以降直至明朝的中原政权（元朝除外）都要面对这个问题，因此历代政府才会修建新长城、修补旧长城。

谁才是胡人？

既然秦、汉、唐、宋、明，历代历朝都要在北方布置防御，防止胡马越境南牧，那么，究竟谁是胡人呢？从秦到明，历时

背后为坐落于六盘山山口的萧关

1800 年左右，胡人究竟是指哪些人？

胡人，是从汉人的角度出发的称谓，即华夏区域以北或以西的人口。他们的骑兵曾经多次南下，占领了长城以内的华夏地区。那么，胡人的根源在哪里？胡人的生活形态如何？汉文的史籍里有相当多的记载。一般的汉族学者都是依赖这些汉文史料来构建自己心中的胡人，或者构建某个北方民族的族源以及他们兴起后的迁徙路线。

在人类的事务中，每一个部落或是民族都有自己的叙事取向。在持续将近 2000 年的胡汉关系中，汉族人都认为，汉就是“我”；胡是“他者”。汉人的一个说法，“非我族类，其心必异”，就是这种思想的反映。这当然是一种对“他者”的思想假设。

可是，“汉”又是谁呢？胡和汉到底区别在哪里？如果以种族体征的区别为标准，以“黑眼睛、黑头发、黄皮肤”为汉人特征，中国历史上绝大多数的胡人也是这样的。如果是以语言为标准，那么，汉族的南方跟北方语言也有相当大的区别，何况还有许多“入于汉”的胡人以及“汉儿学得胡儿语”的情况。如果是生活方式的区别，不少汉人也从事牧业，而不少胡人族群也属于半牧半农的生产形态，甚至渤海国和“熟女真”基本上就是农业社会。因此，民族的区分，最主要的还是心理认同。根据韩愈对《春秋》的解释，早在春秋时代，孔子就提出：“夷狄入中国，则中国之，中国入夷狄，则夷狄之。”孔子还说：“微管仲，吾其被发左衽矣！”他没有提出眼睛颜色和鼻子高低是“华夏”和“夷狄”的差别，只觉得披发左衽的就是夷狄。这说明，他老人家是以生活方式和心理状态区分“我”和“他者”。

如果古代也能验血的话，唐代汉人的 DNA 跟孔子时的“华夏”人一定有区别。其原因就在于魏晋南北朝这近 400 年；五胡十六国占据了包括孔子老家山东在内的中国北方，人口大量流动，胡人与汉人大量通婚。胡人迁到平原地带自然不会继续游牧，而是改为农耕；跟汉族来往增多，自然就会说汉语，并使用汉字。因此“汉族”的内涵会随时间而改变。在“胡马南牧”现象非常突出的时代，也就是辽、金、元的时代，胡汉之间的 DNA 区别进一步缩小，而此时的“汉人”与唐代的“汉人”肯定也有不同的 DNA（以及生活习惯与语言表达方式）。

不论“胡”还是“汉”，从贾谊写“胡人不敢南下而牧马”的时代，到明朝土木堡之变，双方都有了变化，虽然彼此仍有区别，但纵观历史，这些区别趋于减小，而彼此的生活方式与心理状态则逐渐趋同。

为何不能“度阴山”？

从秦汉时期开始，一直到明朝末年，汉人的皇帝、官员、学者以及一般百姓都有一个概念：胡人总是想抢占汉人的土地，经常要建立他们的政权来统治汉人。胡人确实屡屡南度阴山，掳掠财物和人丁。所以，中原国家上下一致的态度就是要阻挡他们这样做。

事实上，牧民和农民是互相需要的。即使农民定居耕田，农业社会仍然需要马匹、皮革、肉类。而北方游牧民族需要农业民族的纺织品、手工艺品、药材、茶等。所以其实双方互相展开贸易很自然，且对彼此有益。但总体而言，牧民对农民的需求和依赖大于农民对牧民的需要和依赖。中原政权的统治者因此就往往以拒绝贸易作为要挟北方游牧民族的手段。而游牧民族此时只有两个选择：第一是循别的方向去找寻机会，第二就是强行“胡马度阴山”。

胡马不能度阴山的结果

任何一个政策的实施都有成功和失败两种可能。在近 2000 年的胡汉交往中，“不教胡马度阴山”兼有成功与失败。

假如胡马度了阴山，中原政权就受到冲击，华夏民族的生活方式，甚至语言、服饰都会有所改变。最明显的当然是南北朝的时候，彼时出现了所谓的五胡乱华，即整个北方由一系列的少数民族主政的局面。其中扮演了很重要角色的是鲜卑族。慕容鲜卑建立的前燕是最早把自己的制度和华夏族的制度统一起来的北方民族政权。后来在更北方的拓跋鲜卑建立了代国，开始采取二元的统治方式和二元的生活方式；之后拓跋鲜卑统一了前燕，在大同建立了魏，再将都城南迁到洛阳，统治中国北方将近两个世纪。

之后由契丹人建立的辽、女真人建立的金以及蒙古人建立的元（还有其后的蒙古集团），都是“胡马度阴山”的结果。

但大多数时候，华夏中原政权很稳定，经济力量充裕，长城发挥作用，有足够的边防来阻止胡马度阴山。游牧民族的本质就是需要游牧，一旦他们有迫切的需要，而南下又受阻，他们就会向别的方向发展。

他们向北去不了多远就会遇到森林带和冻土带，那里既无法游牧也没有可以交换或抢劫物资的机会。所以唯一可行的就是向西去。

北方草原上的游牧者向西会经过整个准噶尔草原到中亚的

宁夏博物馆收藏的古书经卷

哈萨克草原，直至更远的黑海–里海草原。所以当中原人口有效地阻挡“胡马度阴山”的时候，胡马就会向西移动，从而多次引起欧亚大陆上大规模的人口迁徙、文化交流和社会变动。

简单说，历史上的匈奴人、柔然人、鞑靼人、突厥人、契丹人（西辽）在中亚发挥了很大的作用，他们在一千多年里，把东亚发明的马镫和双弧弓传到了西方，而胡马既南渡又西迁的蒙古人甚至把火药、印刷术和纸币也传过去了。这就造成了西方和东方的文明交流以及技术转移。

长城的目的是阻挡胡马南牧，当它发挥作用的时候，东方的游牧民族就会向西迁移，所以乌拉尔山以西到巴尔干半岛的广大地区的国家大都是在这些西迁的游牧民族影响之下建立起来的。

从这个角度来看，草原丝路岂止是一条贸易通道，它更是欧亚大陆文化和人口交流最便捷的战略选择，历史也无数次证明了这一点。

11

缘何“踏破贺兰山缺”？

《满江红》之谜

贺兰山中的岩画

贺兰山位于内蒙古自治区和宁夏回族自治区的交界处，是阴山山脉之西的一条山脉，南北走向，长约220公里，主峰敖包疙瘩海拔约3556米。贺兰山是所在区域内地理和气候的重要分界：山之西是腾格里沙漠，现在属于内蒙古的阿拉善左旗；山之东的银川平原则被誉为“塞外江南”。

贺兰山脉西麓比较平缓，东麓则陡峭险峻，垂直落差约2000米，与银川平原相接。从军事角度看，阴山和贺兰山一方面是河套平原北面和西面的两道屏障；另一方面，如果北方或西方的骑兵从阴山或贺兰山上冲下来，山下的

贺兰山岩画

步兵守军就很难应付这种进攻。这就是历史上多次围绕着阴山和贺兰山发生战争的重要原因。

今日的贺兰山完全一幅和平景象，不同于历史上兵戎相争的形象。最近几十年，学者乃至游山客在山中发现了大量的岩画。贺兰山主要是石质，所以在山上作画需要很尖锐的工具。贺兰山岩画主要有两种制作方式：一种是凿刻，另一种是磨刻。前者的特点是斑点痕迹比较清楚，但比较粗糙，后者是先凿后磨，线条粗而深，凹槽较为光洁。岩画的分布颇广，除了附有西夏文的近千年的新岩画之外，大部分是早期游牧民族所作，以人面像和游牧生活为主，形象生动而富想象力。这些岩画常

上　贺兰山西夏文题刻与岩石画像

下　参观位于贺兰山岩画遗址公园内的银川世界岩画馆

年裸露在户外，碳十四断代法的测量结果误差颇大，是故对于贺兰山岩画确切的创作年代和创作人（群），至今仍然没有公论，只能大概判断成画于距今 1 万年到 3000 年前。现在已成立专门的贺兰山岩画保护区，有十二个山口的岩画都做了统计和调查。

我在贺兰山里还看过一个世界岩画展——贺兰山的岩画区有一座博物馆，复制了世界各地的岩画，集中陈列展览。值得一提的是，这里还展出了中国台湾甚至香港的原始岩画，超出了我对港台历史的固有认知。

匈奴至西夏的统治

秦朝建立以前，刚刚崛起不久的匈奴就已经占领了这一地区，所以贺兰山里面应该可以找到匈奴人的遗迹。不过匈奴的统治中心不在这里——中国古代以贺兰山侧为统治中心的就只有西夏一朝而已。西夏由党项人建立，但其统治范围内也包括汉、回鹘和吐蕃等族的人口。

早期党项人的活动范围在四川的松潘高原一带。唐安史之乱后，他们陆续迁入陕北。因为参与平乱有功，有位党项首领被封为夏州节度使，其率领的党项人被称为“定难军”，臣服于唐。党项人的语言属于汉藏语系的羌语支，所以党项人和羌人关系最近，而羌人跟藏人关系也比较近，因此党项与藏人也有血缘关系。

唐灭亡后，夏州节度使由一个党项族的李姓家族世代出任，他们臣服于五代的后梁、后唐、后晋、后汉、后周，后来又臣服于赵宋。宋想要收回夏州节度使的权限，将其变成地方上一个行政单位。当时的夏州节度使李继迁不愿意从属于宋，就在此自立为夏王，因此宋多次伐夏。因其地在宋之西，而宋不愿承认大夏的国名，所以称之为西夏。著名的文人范仲淹曾经被派来这里主持对西夏的军事行动，留下了“浊酒一杯家万里，燕然未勒归无计。羌管悠悠霜满地。人不寐,将军白发征夫泪。”的名句。

经过几十年的斗争，西夏不但没有被宋消灭，反而更加强大。它的领土鼎盛时包括河西走廊的大部分，也包括今天内蒙古、甘肃、青海的一部分和今天宁夏的全部。李继迁之孙李元昊在公元1038年称帝。李元昊去世以后，因为梁太后专政，后党与拥护李家的“皇党”互相敌对。宋朝利用这个机会，再度出兵伐夏。

西夏实行的是“番汉联合”的政制。前面说过，它的统治阶级以党项族为主，但是其他的民族也有一席之地。这个制度有一部分可能借鉴自辽。在制度方面，西夏从李元昊称帝起，就希望能够将国家建成一个以佛教为国教，崇尚儒家，并采用汉制的中央集权国家，但遭到一些贵族的反对。可想而知，西夏的汉化过程并不顺利。文化方面，在李元昊的时代，西夏就已经发明了自己的文字。五代十国之前统治过中原的北方民族大多只用汉字，东突厥汗国可能是唯一的例外。但是从辽代开始，契丹人创造了方块形的契丹文字，后来金也自创了方块形的女真（金）文。西夏的文字是用来表述党项语的方块字，同样明显受到了汉字的启发，但造字时又刻意回避跟汉字有任何雷同的地方。所以西夏字远看是一片汉字，近看没有一个字认识，甚至没有任何一个偏旁或部首与汉字相同。

金灭辽之后，西夏很快就与金建立了同盟关系，共同对付宋。但是在金的后方，新崛起的蒙古又逐渐侵蚀了金的大部分土地。这时西夏和蒙古就有了正面的冲突。蒙古曾经六次攻打西夏，而西夏和金的联盟却没有发挥任何作用。不久，西夏内部发生弑君的内乱，加之经济崩溃，于公元 1227 年为成吉思汗所率领的蒙古军队所灭。然而，成吉思汗也死在这场征西夏的战争中（见第 9 章）。

《满江红》

岳飞是北宋最后一代的军人，也是南宋第一代军人。北宋灭亡后，宋朝宗室南迁临安（今杭州），徽宗第九子，钦宗之弟赵构以绍兴为年号，建立起南宋朝廷。南宋很快就组织了四次北伐，出身军人家庭的岳飞每次都积极投军。第一次北伐时，他还是弱冠之年，而他去世时也仅仅三十九岁，正值壮年。

南宋几次北伐失利，岳飞写下了著名的《满江红》，抒发愤懑与理想。这首词被一些文史专家质疑并非岳飞所作，其中最主要的质疑证据就是本章的主题——“踏破贺兰山缺”一句。

质疑者认为，当时岳飞的主要目标是收回开封，而他在距离开封只有几十里地时，被宰相秦桧连发十二道金牌急招班师。岳飞曾经豪言要直捣“黄龙府”（金朝的大本营），但是在《满江红》里他写的“踏破贺兰山缺”跟伐金、恢复宋朝江山有什么关系呢？又或者，是否在直捣黄龙的路上也有一座叫贺兰山的隘口？——还真有人查出来，河北张家口附近有座山，也叫贺兰山。

我不相信岳飞地理常识这么差，也不相信他的目标是要打到河北一座几乎没人知道的贺兰山去。“驾长车，踏破贺兰山缺”是他胸怀壮志，誓要收复大宋江山时抒发的情绪和愿望，是文学的夸张表达。

《满江红》的第一句，“怒发冲冠”，就是文学的夸张。再生气，头发也不会把帽子顶上去。所以“怒发冲冠”这四个字，和李白的“白发三千丈”都是一种文学夸张，但是其中的意境是可以理解的。

《满江红》的最后一句话是“待从头、收拾旧山河，朝天阙”。岳飞对自己事业和人生目标的总结也就是这句话。他希望能够恢复宋朝的旧疆土。宋朝的疆土当然也包括被西夏占去的部分，何况北宋时，中原王朝甚至认为西夏全境所辖之地都应该属于宋。岳飞因为抱有这样的想法，才会用“贺兰山”代表要收复的领土山河。

当然，还有另外一些人批评其用词完全没有照顾到不同民族的感受。用今天的尺度来衡量一位近千年前的古人，确实可以得出这样的印象：作家席慕蓉就表示绝不肯唱这首歌。我可以理解并且尊重她，但是我不觉得“饥餐”“渴饮”是岳飞真正想要做的事情。岳飞表达的是他的情绪，是对敌人的一种愤恨，也符合当时汉族人口把北方非汉族人口都称为“胡人”的时代用语。古今中外，历朝历代，任何战争前线的军人都会仇恨对手，不然怎么能够杀敌呢？匈奴在宋朝时早已消失几百年了，而“胡虏”是个统称，所以岳飞这两句话仅仅是一种感情上的宣泄。岳飞处于乱世，未及弱冠而从军，但是他没有机会完成“精忠报国”的心愿。

据学者考证，岳飞的母亲在他少年时亲手刺在他背上的是“尽忠报国”四个字。后来宋高宗又赐他“精忠岳飞”四字作为表扬。后来民间就普遍传说，岳母在岳飞背上所刺的是“精忠报国”四字。

历史上许多文人名将都湮没在滚滚江河水中，而当时主战的岳飞和主和的秦桧，在近千年中国百姓心中却成了最为简单、清楚的“忠”与“奸”的代名词，深深烙印在中国人心中。岳飞的事迹及他的《满江红》能够历经千年沧桑，传颂至今，可谓公道自在人心。

2023 年初，张艺谋导演的电影新作《满江红》在全球上映，票房收入极高。几乎所有中国人都对这部影片的片名和故事背景耳熟能详。电影虚构的情节错综复杂，紧张悬疑，时时令观众猜不透也喘不过气来。然而它的主题却非常明确：赞颂“精忠报国”，鄙夷“暗中通敌”。任何观众都不可能看不懂这个主题。

可是这部电影也可能有预料不到的副作用：引起某些不熟悉历史的观众对北方民族的误解。

1125 年，金（女真人建立）在宋的支持下灭了统治中国北方二百余年的辽（契丹）。之后金人占领开封，灭北宋，并以淮河为界与南宋分治中国长达百余年。1234 年，蒙古灭金，继续与南宋对峙。

在金即将亡于蒙古之际，一位金朝的国史院编修，著名的文学家和历史家元好问（山西人；根据他的姓氏与籍贯，很有可能是改姓元的北魏皇族拓跋氏的后裔），在今日江苏连云港写了一首《横波亭》七言律诗，结尾为“倚剑长歌一杯酒，浮云西北是神州”，以饮酒长歌的豪情，诉说神州沦陷的愤懑。

金朝的文人元好问和宋朝的武将岳飞，在中国历史上的地位极不一样，但是他们对各自心中的故土神州的感情，却颇为相近。南宋建立后，从今日浙江杭州率兵北伐的岳飞，要打到西北部的贺兰山；刚亡国不久，身处今日江苏连云港的元好问，却将连云港西北之土地视为他的故土神州。今天如果岳飞和元好问能够复活并且相见，岳飞断断不会把这个比他迟生一个世纪的山西人（极可能有鲜卑人血统）看作事奉金朝的敌人，而元好问也绝不会怪罪岳飞因为要“收拾旧山河”而渴望领兵攻入“黄龙府”，吊打金兀术（完颜宗弼）。

波斯萨珊王朝的鎏金银壶，收藏于宁夏固原博物馆

12

银川之行

被低估的西夏王朝

塞上江南

2012年秋天，我应邀到宁夏回族自治区的首府银川为第三届中–阿（阿拉伯国家）经贸论坛做一场主题演讲。这是我第一次去宁夏，所以特意多留了四五天参访。宁夏是中国人数比较少、面积也比较小的一个省级自治区，不过首府银川却有220万人（2012年），也算是一个大都市了。

银川市位于宁夏回族自治区的北部，黄河河套地区的西南部。它的西北是贺兰山，东部是鄂尔多斯高原，南部是宁夏的山区。银川地区土地肥沃，沟渠纵横，灌溉方便，所以有“塞上江南”的美誉。秦朝时，银川就已经建立了城池，古时曾经以兴庆府、怀远镇等为名，民国时改称银川。

银川近年来的发展可谓日新月异。文化上，它有宁夏大学和专业标准的博物馆；地理位置上，银川自古以来就是丝路交通的重镇之一——从银川向南，可以到固原、天水、兰州，连接绿洲丝路；向西北则可以到黑水城，然后进入草原丝路。

本章的题目意在突出银川的两个特点：第一，它在历史上曾经是西夏王朝的首都；第二，它是今天宁夏回族自治区的首府。

西夏王陵与西夏王朝

1038 年，党项族的首领李元昊建立大夏，宋朝称之为西夏。西夏定都今天的银川，时称兴庆府。李元昊将其祖父、父亲的灵柩移到银川，安葬在贺兰山的东麓，这就是西夏王陵的开端。1227 年蒙古灭西夏之后，西夏的末代国王投降，但是不久即被杀害，不知葬在何处。此后，西夏的历代王陵惨遭蒙古军蹂躏。明朝时，有人重新发现了西夏王陵。其后这里虽屡遭盗墓，但是始终没有发现有价值的陪葬品。直到 20 世纪，才有考古学家正式关注这些造型奇特的建筑。

西夏王陵群中的帝王陵墓有 9 处，现在能查到的陪葬墓有 254 个，总面积约 50 平方公里，是中国最大规模的帝陵之一。由于西夏在中国历史上的存在感较低，所以一般读者对于西夏的情况并不十分了解。事实上，西夏的重要性不下于大理，也未必低于辽国和金国——至少北宋的时候，西夏一直被视为相当大的威胁。

著名的文人范仲淹，就曾经在西北领兵防御西夏。依北宋惯例，范仲淹以文官的身份到西北方督军，指挥与西夏的作战。他虽然是一个著名的文人，写过愁肠婉转的词，但又是难得的军事天才，在布兵排阵、操练实战等方面都有杰出的表现。当时宋人皆赞他，“小范老子腹中自有数万兵甲”。

西夏立国将近200年，和辽与金的时间差不多，不过统治的面积则比后二者要小很多，但是对于宋来说，仍然不是小到可以轻视的对手。辽和金的辖区面积都曾超过宋，只是宋的国土比较丰饶，人口众多，经济实力远胜北邻。西夏偏于一隅，却能够长期和辽、北宋以及金、南宋先后形成三足鼎立之势，必有过人之处。我认为西夏的成功可以归为以下几点：

第一，地理。西夏地形险要，且宜农宜牧，经济上基本可以自给自足。这是西夏得以立国并且能够长期生存的基本条件。

第二，西夏王朝重视选贤举能，招降纳叛。除了育人才、兴学校、重视儒家和佛教的思想影响外，西夏也很重视从宋朝投奔而来的文臣武将。对这些投奔过来的人，或者是登坛拜将，或是委任公卿，可谓推诚不疑。对于在战争中被俘的宋朝将官，如愿投降，不但不杀，反而加以礼遇和重用。

第三，作为羌人一支的党项，和汉族以及其他民族能够保持长期的友好相处，坚持民族和谐的原则。西夏是个小国，人

上　位于贺兰山东麓的西夏王陵风景区

下　宁夏固原博物馆

力物力均不可与宋、辽、金同日而语，但也正由于这个缘故，它经常处于高度警惕的状态，居安思危，未雨绸缪，反而克服了不少困难。

最后，也是至关重要的一点，就是在两宋时期两次三足鼎立的过程中，尤其是在辽、北宋对峙或者金、南宋对峙尖锐时，西夏每次都充分高效地发挥自己的制衡作用——西夏的统治者总是根据自己的实力以及辽-宋或金-宋的强弱，或同盟或敌对，灵活调整对外战略。

我在张掖时曾参访过一尊西夏时代的大卧佛，在银川和固原的博物馆里也看到过西夏时代的工艺品和宫廷用品，无不匠心独运，精巧绝伦。某种程度上可以说，西夏是被大多数国人低估了的非汉族政权。

南关清真寺与回族的社会存在

元朝时，许多中亚人和西亚人经陆路进入中国，被称为色目人，其中绝大多数是穆斯林。他们是蒙古人以极少数人口统治庞大的汉族人口所依仗的力量之一。这些色目人曾被派到全国各地协助元朝统治，经过 700 年的繁衍，这些回族的先民在中国形成了几个较为集中的聚集区，其中最主要的就在宁夏、甘肃、陕西等地。

明末清初，银川城的南门外就由穆斯林集资兴建了一座大型清真寺。1915 年该清真寺搬迁到城区，这就是南关清真寺。

中华人民共和国成立后不久，南关清真寺得到扩建。然而在“文化大革命”期间，该寺被摧毁。“文化大革命”结束后，南关清真寺于 1981 年获得重建。

重建之后的清真寺比旧有南关大寺更为雄伟壮观，但是也改成了以阿拉伯式为主，兼有中式建筑的风格，与以前的波斯–中国风格的清真寺迥异；最近两年，南关大寺又做了建筑形式上的改变，取消了阿拉伯形式的鸣经楼。

在我参观过的宁夏回族自治区的诸多清真寺中，位于宁夏中部吴忠市的同心清真大寺无论是其中式的门楼，还是其错落有致的建筑群，确实都比银川的南关清真寺更吸引我。不过南关清真寺因为地处银川，享有更高的国际知名度，受到阿拉伯国家的重视和资助，所以重建时才选择了阿拉伯式的清真寺建筑。后者最近的改变不知是出于什么原因。

宁夏是一个回族自治区，但是宁夏的回族人口大约是 250 万，远低于宁夏的汉族人口（大约 420 万）。另一方面，目前全中国以汉语为母语的穆斯林超过 1000 万人，宁夏的回族人口仅占全国回族的四分之一左右。

宁夏以及全国其他地区说汉语的穆斯林分属不同的教派，主要是逊尼派，也有部分什叶派。苏菲主义在 14 世纪前后传入，元朝以后流行于新疆、甘肃、宁夏等地，影响颇为深远。然而，无论哪一个伊斯兰教派，他们的思想和仪式都是外来的，而不是内生的。因此吾邦的伊斯兰宗派是流而不是源。

伊斯兰是 7 世纪时阿拉伯社会的产物，在中土大规模传播

同心清真寺的中式门楼与中式亭台

是在 13、14 世纪。这时，元明社会正处于宗亲制和威权主义的强烈影响下，所以很容易就把他们的宗教组织和这种宗亲制结合起来。苏菲教团里面也就有所谓“老太爷”“二爷”等反映家长权威的个人崇拜与等级制相结合的组织形式。

也有不少穆斯林知识分子致力于将伊斯兰教的基本教义和儒家思想（特别是理学）结合起来，这就是所谓“以儒诠经”的伊斯兰教当地化的尝试。江苏、河北、甘肃、云南都出现过通晓阿拉伯文、波斯文，又具有明确吾邦身份认同的回教大儒，如刘智、王岱舆等“回儒”代表人物；宁夏几所重要的经学院也培养了大量的“阿訇”和宗教学者。

就人口分布而言，回族在全国形成“小集中、大分散”的格局。在社会生活中，从语言到工作岗位，回族早已融入主流社会。

多个世纪以来，丝绸之路的作用，以及中华文化本身的包容力，使穆斯林在中国历史上既能够以平等地位融入主流社会，又保留了自己的信仰和习惯。这是一个相当独特且难得的融合典范。第二次世界大战后，纳粹主义彻底失败，欧美各国犹太裔人口的处境大为改善，逐渐类似于中国穆斯林的社会地位与存在。这一点，欧美国家的人（包括犹太人）不会知道。而中国人——不论是汉族还是少数民族——也很少注意到。

蒙古高原、贝加尔湖与阿尔泰山脉段

在成吉思汗像上俯瞰蒙古高原

13

且说蒙古高原

12 世纪以后成为蒙古人的故乡

“蒙古”意味着什么?

开章明义，我们必须先确定“蒙古”这两个字意味着什么？这个名词是什么时候开始出现的？

蒙古始自成吉思汗。13 世纪初，他统一了我们今天所称的蒙古的各个部落之后，立国号为蒙古，这是“蒙古”第一次作为一个正式的政权名称和民族名称问世。

“蒙古高原”一词为欧洲人最早使用。因为蒙古人曾经三次西征，在东欧统治斯拉夫人很长时间，当时的意大利和中欧等地也受到蒙古人的冲击或威胁。蒙古西征后不久，欧洲文艺复兴萌芽，世界历史随后进入所谓的“地理大发现时代”：欧洲人对全球的地理都感兴趣，当然也包括对他们影响颇大的蒙古人的家乡，于是把蒙古人的故乡定名为“蒙古高原”。也就是说，13 世纪西征的蒙古士兵并不知道自己的家乡叫作蒙古高原。

除了作为地理名词，蒙古在今天仍然是一个国名——如今在蒙古高原上的国家就叫蒙古国。众所周知，蒙古还是一个族名，特指成吉思汗建立起来的部落集团（以及后来的国家）中的主体人群。他们被社会学家和人类学家称为蒙古民族（蒙古人）。

蒙古还有一重含义，即是一种语言和文字。今天中国的内蒙古地区仍然使用 13 世纪所创的回鹘式蒙古文字。蒙古国近年也宣布要在 2025 年停用（从俄罗斯引入的）西里尔字母拼写的蒙古文，恢复使用回鹘式蒙古文。

18、19 世纪时，欧美的许多语言学家对世界的各种语言加以分类。他们把东北亚大部分民族的语言归为阿尔泰语系，认为这些都是阿尔泰山附近早期居民所用的语言的分支，因为这些语言在构词、语法以及基本词汇上有类似的地方。除了有争议的高丽语族外，阿尔泰语系下有三个语族，当今使用人口最多的是突厥语族，第二多的便是蒙古语族，蒙古语即是这一语族的代表。中国境内有些少数民族，比如达斡尔族、东乡族、保安族的语言，以及东部裕固语也属于蒙古语族。当然，历史上属于蒙古语族的语言就更多了。第三个语族叫作满–通古斯语族，主要是满语以及中国东北和西伯利亚东北部的少数人口使用的语言，包括鄂温克语、鄂伦春语、赫哲语等（见第 3 章）。

此外，“蒙古”一词还关乎人种学的概念。19 世纪没有 DNA、遗传基因这些知识，当时欧洲的体质人类学家为了对人种加以界定，就按肤色与面型将全世界的人类分类。这个分类传入中国后，在中国语境里比较常用的是黄种人、白种人、黑种人——这几个词在欧洲语言里也用，但不如在中国普遍。用学术术语来表达的话，白种人即高加索人种（Caucasoid）；东亚和东南亚的民族多被归类为蒙古人种（Mongoloid），包括蒙古国人、绝大多数中国人，以及韩国人、日本人、越南人、缅甸人等；非洲撒哈拉沙漠之南的人口以及澳大利亚的原住民被称为尼格罗人种（Negroid），尼格罗是拉丁文中“黑”的意思。由于 20 世纪考古学、遗传学和语言学的进步，以及出于对大批不同人口的尊重，学术界大多已不再使用以上的简单分类。

杭爱山与斡难河

蒙古高原的面积非常大，有 200 万平方公里，包括今天的蒙古国，也包括今天俄罗斯联邦内的布里亚特共和国、图瓦共和国，以及今天中国的新疆和内蒙古的一部分。蒙古高原上的高山不多，却分布着众多的河流湖泊。这片区域中最有历史意义的地区就是位于蒙古国中部的杭爱山脉和东北部的斡难河地区。

绘有蒙古文等多种文字的牌匾

杭爱山在汉文里也称为燕然山。此山脉为西北至东南走向，大概有 700 公里长，主峰鄂特冈腾格里峰高逾 4000 米。杭爱山脉是不少河流的发源地，也是两种河流的分水岭——杭爱山以北的河流多注入北冰洋，以南的河流多为蒙古内流河。著名的鄂尔浑河即发源于此山。鄂尔浑河流域是早期突厥人（Kök-Turk）的发源地。另一条发源于杭爱山脉的著名河流是色楞格河，它流经蒙古国首都乌兰巴托的东北部，向北注入贝加尔湖。

西汉时，匈奴的主要活动范围就在蒙古高原。汉武帝命令卫青和霍去病深入漠北驱逐匈奴。所谓漠北，就是蒙古高原。东汉时，窦宪和耿秉领军进入蒙古高原，大败匈奴，20 多万匈奴归顺汉朝，没有归顺的匈奴人则向北、向西逃逸。此役得胜后，窦宪在杭爱山的石头上刻下了班固所撰的《封燕然山铭》，这就是著名的“勒石记功”。这件事在历史上有明确记载，但始终没有实证，一直到 2017 年考古学家才在蒙古国发现如今字迹已不清楚但仍然依稀可辨的铭文，正式证实了“燕然勒功”的史实。

斡难河，也称鄂诺河、俄依河、敖嫩河，据说是成吉思汗幼时成长的地区。斡难河水浅不易行船，主要用于灌溉和捕鱼。关于蒙古的三大历史著作之一,《蒙古秘史》的开篇就提到斡难河。成吉思汗去世之后，他的衣冠冢及陵墓设在今天内蒙古的鄂尔多斯，但是他的遗体被秘密运回斡难河一带埋葬。虽然经过许多考古学家的长期努力，他的遗体埋葬地点目前还是没有正式发现。10 多年前，一批美国考古学家 [主要是华裔科学家林宇民（Albert Lin）] 利用遥感仪从卫星上测验，据说发现了最可能埋葬成吉思汗的地方，但是蒙古国政府尚未批准实地挖掘，目前仍无法确切证实。

斡难河还与另一个著名的历史事件相关：元朝灭亡后，蒙古上层从大都（今北京）撤回蒙古高原，继续以“元”的名号对抗明朝。明成祖朱棣曾经几次带兵北伐，试图消灭北元，其中一次（1410 年）打到了斡难河并且获得大捷，史称斡难河之役。

蒙古高原上的族群

有关蒙古高原的记载，绝大部分出现在汉文史籍里。而汉文史书通常只记载与汉族有交往的人口，或者对中国历史有一定作用的人物和事件，因此关于北方游牧民族的记载并不完备，甚至在不同的史书中还多有抵牾。现在人们认为，蒙古高原上最早成立的游牧政权是匈奴。匈奴败亡后，曾经被匈奴打败的东胡的一支——乌桓——在蒙古高原崛起。其后，在蒙古高原东北部的呼伦贝尔草原兴起的鲜卑族进入蒙古高原中部，又南下进入中国北方。鲜卑族的一支叫柔然。当南下的鲜卑逐渐衰落时，柔然统治了蒙古高原的大部分，并且向西扩展到中亚。与柔然同一时期在蒙古高原的还有铁勒和高车。

6 世纪，有一个部分发源于鄂尔浑河，部分发源于今天俄罗斯境内的叶尼塞河的部落群，被称为突厥。突厥人认为他们的祖先源自蒙古高原的于都斤山（位置至今有争议）。突厥人到了蒙古高原之后变得十分强盛，建立起以其为核心，融合了草原各部族的游牧集团政权，继而挥师逐步西移，在大约 500 年的时间里征服了中亚和西亚大部分地区，并进入今天的土耳其。

突厥向南向西移动之际，在蒙古高原东北部，与突厥有世仇的回纥顺势崛起。他们与唐朝交好，协助唐朝消灭了后突厥汗国，之后向唐自请改汉文名为回鹘，意指勇猛如鹘。继突厥而兴的回鹘人占领了蒙古高原，但在 9 世纪，蒙古高原又被来自更北方的黠戛斯人进占。回鹘人南下进入河西走廊，经历漫长的历史后，成为今天维吾尔族的起源之一。10 世纪，兴起于东北呼伦贝尔草原的契丹人进入蒙古草原，建立了契丹（后改国号为辽），逐渐统治了中国北方。关于契丹人的族源有许多说法，目前并没有明确定论。但可以确认的是，契丹人的语言属于蒙古语族，契丹与鲜卑和柔然之间应该有一定的承袭关系。

在蒙古高原东北部，外兴安岭以南地区，有一个由鲜卑人与其他更早期的东胡人混合而成的部落集团，叫作蒙兀室韦（见第 6 章）。唐朝时，蒙兀室韦的各个部落在今天呼伦贝尔或额尔古纳河一带生活。到了 12 世纪初，他们进入蒙古高原的东部，逐渐又深入到高原的中部，这才到了今天蒙古国的范围内。所以，蒙古高原真正成为蒙古人的家乡是 12 世纪以后的事。

哈拉和林及上都

成吉思汗建立蒙古之后，决定定都哈拉和林（今天蒙古国首都乌兰巴托西南约 365 公里处）。历经两三代人的时间，哈拉和林建设成为一个当时非常先进，甚至是非常豪华的城市。13、14 世纪时，有不少欧洲人慕名来到这里，有些是奉天主教教皇或者法国国王的命令前往哈拉和林的传教士。他们的目的一则是传教，二则想要了解蒙古的情况。此外，还有些如马可 · 波罗一样的商人，为了牟利和出于好奇而来到哈拉和林。

蒙古人三次西征，每次都带回来许多不同地方的工匠，所以哈拉和林是由这些作为俘虏的工匠设计和建造的。马可 · 波罗在他的游记里记录了一部分这种人：有一个长期在匈牙利当金匠的法国人，在蒙古人打到匈牙利的时候成为俘虏。他因为会做金首饰，所以就被带到了哈拉和林，从事金匠工作，并因

乌兰巴托市区内，还有从前的中式建筑

此遇到了一些亚美尼亚和波斯的工匠。

忽必烈继任大汗后，着手准备征服南宋，他并不住在哈拉和林，而是住在今天河北省之北，内蒙古锡林郭勒盟的正蓝旗辖区内，当时称为上都。元朝建立后，首都定在大都（今北京），上都变成元朝皇家贵胄的避暑之地，有打猎的山林，有蒙古包，也有华丽的欧式建筑。

欧洲也有不少人去过上都，马可·波罗就在那里觐见了忽必烈。后来欧洲人把“上都”写成“Xanadu”，并对它产生了一种神话般的遐想。这个欧洲词汇又被20世纪的中国文人译为“仙那度”。总而言之，后来欧洲的文学里面经常有人写到仙境一般的Xanadu，一如最近的一个世纪里，西藏经常被写成香格里拉（Shangri-La）那样。明朝取代元朝之后，上都被废弃，一直到19世纪80年代才被指定为中国的文物保护单位，并入选联合国教科文组织的世界遗产名录。

蒙古国的沿革

14世纪末期，明朝推翻元朝的统治后，蒙古上层北迁到哈拉和林，仍然自称元朝，明朝则称之为北元。北元的力量不久分裂成两股：西部是瓦剌，后来称为漠西蒙古；东部称鞑靼，后来形成漠北蒙古。明末，女真人建立了后金，他们的第一步就是从今天的东三省向西扩张，首先遇到的就是漠南蒙古人，即今天内蒙古的蒙古族。女真跟漠南蒙古人素有联姻的传统，努尔哈赤、皇太极的皇后都是蒙古族。清朝入关后，王室更是把与蒙古统治阶层的联姻制度化。

后金在入关之前就已经巩固了他们在漠南蒙古的势力，并且因为姻亲关系，称一个蒙古土默特氏的部落为叶赫氏（实则是异姓叶赫，有别于源自长白山的同姓叶赫），列入正黄旗。此举等于承认这部分蒙古人为满人皇族。清初的著名词人纳兰性德便出身于异姓叶赫氏，幼时与康熙皇帝同受教育。所以满八旗其实是一个政治和军事联盟，不是纯粹基于血统或族源的联盟。今天的内蒙古在有清一代，一直是中央紧密掌控的地区。17 世纪，崛起于新疆的漠西蒙古准噶尔汗国曾一度控制漠北蒙古，挑战清朝，但被康熙帝击败。自此，整个漠北蒙古和漠西蒙古同归清朝管辖。漠南蒙古地区被称作内蒙古，漠北蒙古地区则为外蒙古。

14

在乌兰巴托看成吉思汗

征服者的军事政治天才

乌兰巴托，游牧者的城市？

蒙古国是世界上人口密度最低的国家之一，156.65 万平方公里的土地上只有 320 多万人口（2019 年），平均每平方公里才两人。在人们的印象里，蒙古人似乎都是游牧民族，每个人都拥有大片的牧场来饲养牲畜。这虽然并不是完全错误的认知，但是一到乌兰巴托人们就会明白，蒙古国也是有大城市的。蒙古国总人口的 45% 左右都在首都乌兰巴托，还有 25% 的人口住在其他市镇里，只有 30% 的人口是真正意义上的游牧或半游牧人口。即便如此，马文化仍然是蒙古国的主要特征。

乌兰巴托的市政建设只能算是差强人意，

上　乔伊金喇嘛庙博物馆外立面上的牌匾

中　博物馆内部陈设

下　博物馆内的四山神面具

上　乔伊金喇嘛庙博物馆入口

下　乌兰巴托现代化的一面

但是国会大厦、中央政府的建筑相当富丽堂皇，附近有一个以苏赫巴托尔（蒙古人民党创始人）命名的广场，堪称宏伟壮观。广场四周则分布着国家历史博物馆、歌剧芭蕾舞剧院、蒙古国立大学以及乔伊金喇嘛寺博物馆等建筑。

2012 年 8 月底，我第二次到乌兰巴托，对这个有超过 100 万人的大城市的基础设施建设之差有了切身体会。有一天连下了两三个小时的雨，雨停后一摊摊积水漫在街道上无法疏通，行人只能绕道而行，甚至有一些打扮摩登的女士选择蹚着污水过马路。我那次在乌兰巴托总共只待了四天，就遇到过一次大规模停电，万幸乌兰巴托大酒店有自己的备用发电机，没有让我在黑暗中思考太久。

乌兰巴托城在对不同文化的兼容并包方面还是有国际大都市的气质的。街上行人的衣着与中、日、韩、俄的城市里没有明显的不同。餐饮方面，且不说中、日、韩、俄等邻国的特色饮食，这个内亚国家的首都竟然也有法国、意大利、美国风味的饭店。酒吧、咖啡馆和卡拉 OK 厅在城市中也较为常见。可以说，休闲娱乐和旅游行业在这个一百年前 30% 的男子是喇嘛、过半人口是牧民的国家里，已经成为新兴经济产业的一部分了。

承蒙乌兰巴托一家中资公司的善意，有一辆小汽车供我驱使，他们还委派了一位来自内蒙古的蒙古族职员照顾我。我从这位中资公司人员处紧急补习了一下蒙古国的情况，结合这几天的所见，我对蒙古国的状况有了一个初步的判断：该国已经有了现代社会的雏形，但是目前的现代化程度相较其庞大的国土面积，又实在低得不成比例。全国最发达的首都乌兰巴托目前的建设水平尚且乏善可陈，其他地方就更可想而知。很明显，主要是它的人力资源还不足，而人力资源不足的基本原因是蒙古全国的生态环境承载能力很低。过多的人口无法与脆弱的自然环境相适应。如果大力发展矿业、建筑业、制造业等工业，不但需要更多的人口，还需要这些人口有更高的专业素质且更加集中，这必然会对本就脆弱的生态环境造成沉重负担，而其结果则是人口平均生活质量下滑，生存更加困难。这似乎是一个难以打破的恶性循环。

巨大的成吉思汗像

离乌兰巴托市区约 50 公里处，有一座 30 多米高的圆形建筑，这就是成吉思汗像参观中心：这座建筑的平顶上有一座高达 10 米的成吉思汗骑马像，由不锈钢制成。参观者可以从马的肩部和颈部走入马头，然后俯瞰四周全景，目之所及有 200 多个蒙古包。参观中心本身就是一处展览馆，有不少铜器时代的文物复制品和其他关于蒙古的陈列，游客也可以穿上传统蒙古服装拍照留念。

成吉思汗骑马巨像是蒙古国的现代图腾，象征着成吉思汗在蒙古人心中的崇高地位。有一位蒙古学者认为东亚一共出过三个影响世界的伟人：释迦牟尼、孔子和成吉思汗。这个组合听起来有些突兀，但是细想一下也不无道理。一个目前只有 320 多万人的国家，历史上能出现像成吉思汗这样的人物，当然让他

上　距离乌兰巴托不远，巨大的成吉思汗骑马像
下　成吉思汗和他的战友们

们无比骄傲——尽管他并非宅心仁厚，也算不得睿智哲人。

成吉思汗无疑是历史上一位卓越的领袖、战略家和政治家。他能够从蒙古一个小部落的领袖成为所有蒙古人共尊的大汗，并且奠定了史上版图最大的帝国——大蒙古国的基础，无疑有着惊人的天赋。大蒙古国在建国后不久就开始扩张，在成吉思汗的运筹帷幄下，先后灭了契丹亡国后建立的西辽、金，以及中亚大国花剌子模——每个对手都比当时的蒙古要强大得多。自中亚回头以后，在他生命的最后一段，蒙古军队几乎灭了西夏。以上还仅仅只是他的个人成就——他的子孙两代建造的全世界历史上幅员最辽阔的大帝国，则是蒙古人的另外一项成就。我们所谓“世界历史的进程深受蒙古人的影响”，主要就是指受到成吉思汗及其子孙们在几十年内建立起来的蒙古帝国的影响。

美国历史地理学者拉铁摩尔在其名著《中国的亚洲内陆边疆》里对成吉思汗给予了非常高的评价。他认为，论军事天才，对当时技术的掌握及其改造应用，成吉思汗比亚历山大、汉尼拔、阿提拉和拿破仑都要高明。而从征服结果来看，拿破仑的帝国只占据了欧洲的一部分；亚历山大的帝国虽然有“横跨欧亚非”之称，也只是占有欧洲的一小部分、埃及以及西亚、中亚部分地区。蒙古帝国则要比前述任何一个帝国都辽阔得多。

因此，今天蒙古国修建的这座硕大无朋的成吉思汗像，按蒙古国目前的人口和国家总体实力来看，确实大得不成比例，但以历史上成吉思汗的成就来说，规模又恰如其分。

11 世纪末至 12 世纪初，正当金国把主要力量放在对付南宋的时候，北方草原上说蒙古语的部落正处在蒸蒸日上的整合期，但是各个部落互相争夺牧场和人畜的情况一直是阻碍草原民族壮大的原因之一。因此，无论客观上还是人们的主观心理上，都需要一个强有力的领袖将操蒙古语的各部落统一起来。成吉思汗就在这个背景下应运而生——时势造英雄，此之谓也。然而，后来成吉思汗却更有力地证明了英雄亦可造时势。这就不能不归功于他优秀的个人素质。我对此有几点总结：

第一，铁木真性格坚韧，但某种角度上又十分宽容。他创造了庞大的国家，统一了无数的人口，功成名就之际，那些于他微末时就追随他的老伙伴，几乎无人叛变，他也没有因为猜忌而杀过其中任何一个人。这和后来大兴酷狱滥杀功勋的朱元璋形成了鲜明对比。

第二，成吉思汗在许多方面都可谓从谏如流。在宗教上，他不抱守成见，而是提倡宗教平等与信仰自由；在器物上，他接受火药，制造火炮；和宋朝部队交战时，又吸纳了汉人擅长的攻城、筑桥等军事技术。

第三，军事上，他深知兵不厌诈，善于利用心理战和谍报信息。成吉思汗的很多信息来源其实就是丝绸之路上的商旅、战俘和投降的敌军，甚至有些还是他的敌人的臣属。

第四，成吉思汗基本上不打没把握的仗，所以每战必胜。“有把握”的重要表现之一，就是每战之前，必先找好同盟。灭金之前，他和汪古部联合，由汪古部带路去伐金。打西辽的时候，他让回鹘人带路，然后又让西辽人带路去打花剌子模。因此，他是一位善于筹划、善于赢得信任和尊敬的指挥者。

第五，成吉思汗不仅有武功，更有文治。他在推动蒙古人的组织制度进步方面可谓厥功至伟。成吉思汗改变了军队中原先以部落血缘为原则的组织方式，代之以不同的部落混合成军，用他最信任的人做万夫长，下面依次设千夫长、百夫长、十夫长，打破过去战士只听命自己部落领袖的状态。历史上许多游牧部落集团的军队都是由不同部落简单拼凑搭配而成，而蒙古军队则是由少数的蒙古人和加入蒙古集团的突厥语诸族出身的军人，以及每次战役俘虏归附蒙古的士兵组成。

最后，也是最重要的是，成吉思汗事业成功有三大法宝。首先是联姻（Quda）。姻亲关系是成吉思汗打造联盟的重要依仗。在世界历史上，联姻不算是什么新鲜的政治手段，但是成吉思汗运用起来格外得心应手。其次，他有一批结拜兄弟（Anda）。草原上结拜兄弟的风俗由来已久，延续至今。结拜兄弟（及其部落）是成吉思汗的崛起过程中的主要依靠力量之一（除了早期的札木合以外）。此外，还一种联系叫作 nökör，就是有一批听命于他、效忠于他的部下，是对他最为忠诚的“干部团”。不是所有领袖都能获得部下的效忠。他能够让这些部下都长期真心效忠于他，足见他的个人品质和号召力。

蒙古帝国与元代中国

世界上任何一个国家都有对自己本国历史的叙事角度和方

法，这就是所谓史观。华夏文化是中国的基础，虽然历史上中国的主体民族和生产方式鲜有改变，但是统治者却不一定全都是汉人或是在传统中原地区成长的人群。且不说南北朝时期，存在这种异族统治而又一定程度上华夏化现象的，在中国历史上最近的两个朝代就是元和清。

中原中心史观的叙事方式认为，元朝是中国的王朝之一——蒙古人入主中原，统治了中国的大量人口，并且逐渐汉化，采用了中国的政治制度和统治方法。的确，由于蒙古人早前的征服活动，中国的领土面积和人口得到很大的增加。但是如何看待同样是由蒙古人建立，但其领土却不在今日中国版图之内的钦察汗国和伊儿汗国呢？ 20 世纪前半叶中国官方和学者的解释是，元朝的疆域之广前无古人后无来者，西可以到乌克兰，北到西伯利亚的北部，只是后继的明朝控制能力有限，所以领土有所缩小。

但在蒙古国，人们认为，今天位于蒙古高原的蒙古国是蒙古人的发源地，是成吉思汗创立蒙古成为大汗的地方。蒙古人当初建立了领土辽阔、人口庞大的蒙古帝国，统治中国的元朝、统治波斯和西亚的伊儿汗国、统治东南欧和西伯利亚大部分的钦察汗国，以及统治新疆及其西方各地的察合台汗国，都是大蒙古国的一部分。因此，蒙古视角的历史叙事认为，虽然现在蒙古人退到了蒙古高原，但光辉的历史还是属于蒙古人。

以清朝来说，近年来极其令人瞩目的美国新清史理论就持与上述争议类似的观点。这里无法讨论争议的理据细节，但是

乌兰巴托国会大厦前留影

有一点应该明确，今天中国的面积和人口中的相当一部分是清朝时候固定下来的，这部分地区大致就是拉铁摩尔所称的“中国的亚洲内陆边疆”。这一地区在清朝是中国的一部分，今天仍然是中国不可分割的部分，这就是历史的连续性。

且让我尝试对清朝统治者的心态做一个总结：满族政权入主中原之后，主观上并不认为自己统治的是好几个不同的国家，而是认为自己统治的是一个由其先祖建立的统一国家，国家的最高统治集团就是八旗贵族。所以在《尼布楚条约》的满文版本中，涉及与俄罗斯相对应的中国国家名称时，所用的满文词，就是他们一向用来指称中国的“tulinbai gurun”一词，相当于现在英文里的China，指以汉族为主要人口的整个中国。由此可见，早在康熙时代，清朝皇帝就已经用“中国”这个词来代表其统治的国家。但是在元朝，没有看到类似于《尼布楚条约》的国际条约，也就是说没有任何一个元朝统治者通过对其他国家自称是代表中国，而将元朝（中国）与其他几个汗国作平等区分。

在今天，世界各国都承认蒙古国的领土和主权。全世界能够称为蒙古人的有1000万人左右，其中320万左右在蒙古国，600多万人在中国境内，其他小部分在俄罗斯。因此蒙古帝国和元代中国的关系（蒙古大汗即中国元朝的皇帝）是难以割裂的，况且蒙古帝国中人口最多、财富最大的部分在元代中国。然而，两者不一致，也不必一致。今天的蒙古是中国的邻邦，但是作为中国公民的蒙古人远远多过蒙古国的全部人口。这都是铁一般的事实。

15

枢纽城市乌兰乌德

贝加尔湖畔的布里亚特风情

苏武牧羊北海边

我小时候唱过一首歌："苏武牧羊北海边，雪地又冰天，一去十九年。渴饮雪，饥吞毡……"2012年夏天，我终于有机会到贝加尔湖之滨，并且在其东南部的大城——俄罗斯布里亚特共和国的首府乌兰乌德度过了非常愉快的四天。

我去贝加尔湖和乌兰乌德的主要原因并非是想要欣赏大湖的风光或是体验当年苏武的生活。其实，我一直怀疑苏武既然平日有羊可牧，为什么还会苦到"饥吞毡"的地步？至少"饥吞毡"不会是当时附近匈奴人的常态，否则他们怎么有力量威胁秦汉帝国？汉高祖何至于在平城被围困七日，面对断炊的窘境？一百年后，李陵为何会战败被俘，投降匈奴？

事实上，由于贝加尔湖的储水量极大，每年要到一月底才结冰。这里冬季的气温比西伯利亚其他地区要温和许多，而春夏之交也来得比较迟。这就使附近的牧民得到一个调适季节的好机会，成为诸多游牧部落都青睐的好牧场——对于匈奴人来说，这里是难得的宝地，而不是“渴饮雪，饥吞毡”的苦寒之地。

贝加尔湖畔的历史

我去的乌兰乌德，是一个首府城市，现在有飞机、火车、汽车连通俄、中、蒙的不少城市。历史上这里是草原丝路的重要枢纽之一。

既然大老远地跑到这里，当然也要去一睹当年苏武牧羊的北海——贝加尔湖——全世界最老（2500 万年）、最深（最深处逾 1600 米，平均深 730 余米）、蓄水量最大（占全世界地表淡水总储量的 20% 左右）的湖。动身前，我预约了一个在历史博物馆工作的兼职导游，他带着妻子和三个小男孩与我一起到贝加尔湖东岸游览，见到了色楞格河注入贝加尔湖的景况。导游的妻子是药剂师，两个人都是俄罗斯化了的布里亚特蒙古人。他们彼此以俄语交谈，两人都来自苏联时代没有宗教信仰的家庭。10 年前，他们两人在一位美国传教士的宣化下，领洗成为

与导游一家在贝加尔湖边

南方浸信会的基督教徒，因而结为夫妻。这一天和当地人的相处，使我了解到一部分俄罗斯新一代知识分子的想法：摒弃无神论，也不信奉当前与政府十分配合的俄罗斯东正教，但对西方文化却很好奇与憧憬。至于我自己，那一天最有趣的事，就是脱掉鞋袜，卷起裤腿，站在贝加尔湖清澈的湖水里。

离开乌兰乌德的前一晚，航空公司宣布第二天飞满洲里的班机取消，下一班要在三天以后。我被迫临时更改行程，第二天搭乘 15 个小时的长途汽车从陆路边境进入蒙古国。坏事也能变好事，长途汽车的路线正好经过色楞格河的河谷地带以及鄂尔浑河注入色楞格河的地区，而这两个地区分别是匈奴人和突厥人的早期集结地。

长途汽车一路上穿过许多村落和小镇，明显都是俄罗斯风貌的烟囱和教堂，在无际的原野上时隐时现。独自旅行的坏处是一路上没有人可以与我交谈（似乎也没有人能说汉语或英语），好处是能够全神贯注，观看景色。我用脑子和相机记录了采用新式农业机械耕种的农田，也拍摄了不少自然和田园风光，以及别具特色的加油站和路边餐厅。

尽管多年来我一直对西伯利亚南部和蒙古北部保有兴趣，读了不少这方面的书，也看过一些纪录片，但是真的走在这片土地上时，我的所见和往日得到的印象并不一致，尤其是那成片的现代化农田大大出乎我的意料。不过，我在车上的时间更多用在了饱览眼前的景观，进行历史的遐思，无暇去考虑几千年的传统牧区为何会出现大片机械化农田的事。

贝加尔湖之东是匈奴、鲜卑、柔然、突厥、契丹和蒙古兴盛之前游牧过的地方，对这些民族可谓有孕育之功。这些牧人组成的“行国”一再使中国北方、中央欧亚甚至是整个欧亚大陆的历史出现转折。

公元前 3 世纪匈奴兴起，前 2 世纪后被汉帝国遏制。公元 1 世纪，汉帝国的力量到达塔里木盆地和天山北麓，并且屡次出兵漠北，匈奴被迫逐渐北移并西移。4 世纪，拓跋鲜卑崛起于贝加尔湖南部，进而统治华北。6 世纪，突厥脱离柔然，雄立于蒙古高原，继而分裂为东、西两部；东突厥南下阴山，被

乘坐长途汽车前往蒙古国的路上，路边的加油站和餐厅

唐降服，西突厥越过帕米尔高原，继续西进。

8 世纪初，阿拉伯-伊斯兰力量进入波斯世界，直抵锡尔河与帕米尔高原；8 世纪后半叶，因为安史之乱而衰弱的唐朝逐步退出西域，吐蕃乘势进入河西走廊及塔里木盆地。10 世纪，中亚的突厥语民族开始伊斯兰化，并建立了喀喇汗国，开始了新疆长达 500 年的突厥化和伊斯兰化进程。

13 世纪初，蒙古崛起，40 年间三次西征。14 世纪，统治伊斯兰地区的蒙古人纷纷皈依伊斯兰，统治突厥地区者则伊斯兰化并突厥化，成功的本地化以及先祖的武威，使得蒙古上层

（主要是成吉思汗的苗裔——黄金家族）得以维持政治统治长达500余年。16世纪，欧洲人经海路到达亚洲东部，陆上丝绸之路逐渐衰落。16至18世纪，俄罗斯征服伏尔加河地区的鞑靼人及西伯利亚草原的哈萨克人；同一时期，清朝先后统一漠南蒙古、漠北蒙古与天山南北麓。

17世纪末，俄罗斯势力进入贝加尔湖附近，逼近外兴安岭。19—20世纪，俄罗斯逐步侵占中央欧亚的大部分，比肩亚历山大帝国、蒙古帝国等曾经横跨欧亚两洲的大帝国，其遗产由苏联继承。

20世纪末，苏联解体，中央欧亚进入新时代。如此曲折恢宏的历史，我怎能对西伯利亚和蒙古不感兴趣？

乌兰乌德印象

乌兰乌德在贝加尔湖的东南，是个半新不旧的中型城市，市容相当整洁，其中一条主轴干道颇有特色，吸引了不少参观者——主要是俄罗斯国内各地的游客。距市中心区不远处，有一片以蓝色为基调的俄罗斯教堂和住宅区，非常美丽壮观，适宜拍照，但是这片俄罗斯风光和作为自治共和国底色的布里亚特蒙古特色完全不协调。它们令我想起在摩洛哥看到的情况：每座历史古城旁边都有一个街道整齐宽广的新市区（Ville Nouvelle），里面主要的居民是欧美人或是本地的富裕人家。

乌兰乌德市内居民大约有40万（2011年），其中25万是俄罗斯族，15万左右是布里亚特蒙古人（蒙古人口有两种来源：布里亚特属于“林中的百姓”，过去以打猎为生；另一种蒙古人口的来源是“毡帐的百姓”，主要以放牧为生）。城里除了俄罗斯东正教教堂，也有藏汉蒙合璧的佛教寺庙。虽然街上蒙古面型的人很多，但在三天的时间里我几乎没有听到过任何人用蒙古语交谈，反而全都是俄语。

布里亚特共和国以及乌兰乌德市的官方并非没有为保护文化古迹而努力。在市郊相当大的一片土地上，有一座布里亚特民族文化展览村。其中兴建了许多寺庙、屋宇、佛像。然而很明显，这不是任何意义上的自然村落，而是将不同元素从不同地方集中到这里，人为构成的一座露天民族文化博物馆。

目前世界上说各种蒙古语的人口大约1000万，地理分布很广。蒙古语可以分为多种方言，包括中部的喀尔喀蒙古语（蒙古国标准语）、东南部的察哈尔蒙古语（内蒙古标准语）和北部的布里亚特蒙古语等（见第3章）。

有趣的是，我在布里亚特的首府乌兰乌德街上虽然没有听到过蒙古语，却意外听到了两次汉语对话。

第一次是在城中心的巨型列宁头像附近，两个说汉语普通话的年轻女郎手提购物袋在给彼此照相。我上前询问是否需要帮忙拍照，答案是一如预料的肯定。于是有来有往，我也请她们给我照了相。攀谈中得知，她们是天津一所大学俄语专业的本科生，到乌兰乌德来做交换生，趁着还没开学，先到城中心

上　乌兰乌德的主干道，游客众多
下　以蓝色为基调的俄式教堂

上　乌兰乌德市内特色建筑
下　乌兰乌德伊沃尔金斯克喇嘛庙

观光，顺便购买生活用品。

第二次是一位推着婴儿车的少妇对着车里看来不足一岁的小家伙说：“宝宝热不热？妈妈好热。”也不知小宝宝听懂没有，反正我懂了，就随口回答说，我不用推车，不觉得热。这回妈妈和小宝宝都注意到了我！于是又合影留念。她是内蒙古呼伦贝尔人，嫁到这里两年多了。据她说，满洲里和呼伦贝尔都有一些女孩嫁到俄罗斯，主要是赤塔、乌兰乌德和伊尔库茨克这些邻近的大城市。她是蒙古族，已经能说布里亚特蒙古语，但是显然汉语是她更熟练的语言——不然她不会跟儿子用汉语抱怨天气热。我预料，如果这个小家伙在乌兰乌德长大，尽管他的“母语”是汉语，他将来还是会以俄语为第一语言，而布里亚特蒙古语和汉语应该都不会掌握得太好。

16

伊尔库茨克掠影

西伯利亚的巴黎

哥萨克人来此抽税

伊尔库茨克是俄罗斯在西伯利亚东部最早建立的据点。1556年，在沙皇伊凡四世（“恐怖的伊凡”）的指挥下，沙俄从鞑靼人那里夺得了伏尔加河中游的重要城市喀山。大批俄罗斯人从此开始进入伏尔加河流域，并且向东扩张。

这比美国人渡过密西西比河向西扩张的时代要早大约200年。但是俄罗斯人的东进比美国人的西进更加方便，因为伏尔加河之东有一张已存在多个世纪的现成道路网——草原丝绸之路。

伊凡四世征服喀山约100年后，俄罗斯向东向南扩张领土的先锋部队——哥萨克兵团——在贝加尔湖南部的两条河流交界处建立了一座小堡垒作为据点。这两条河就是伊尔库特河以及叶尼塞河的支流安加拉河。在俄语中，伊尔库特河所在的地方叫作伊尔库茨克，这便是这座新城市名字的由来。此地本来主要居住的是布里亚特蒙古人，但是俄罗斯人在此建立碉堡后，开始对本地人的贸易抽税，特别是兴旺的皮毛贸易。同时，俄罗斯人也在此从事黄金贸易，获利甚丰。

殖民活动需要有来自中心地带的可靠支撑和后援，所以在 18 世纪末期，俄国就修了一条从莫斯科到伊尔库茨克的大路——西伯利亚大道，同时正式派出东部西伯利亚的总督驻节伊尔库茨克。

十二月党人带来高雅

18 世纪初，俄罗斯的彼得大帝将首都从莫斯科迁到西部的波罗的海之滨，力促俄罗斯人学习西欧。19 世纪初，俄罗斯上层已经相当西欧化，法国文化更是风靡沙俄的上层阶级；这一时期的俄罗斯贵族彼此之间的交谈与书信用语，经常是法文而不是俄文。但拿破仑违背与沙皇亚历山大一世的同盟协议（平分欧洲，拿破仑当西欧的皇帝，亚历山大一世当东欧的皇帝），领兵入侵俄罗斯，不啻是对仰慕法国的俄罗斯上层的一记重击。由于俄罗斯的严冬与过长的补给线，拿破仑被迫撤军，俄军与奥地利等国乘势追击。俄国曾以战胜者的身份，在 1814 年军事占领巴黎四个月。

颇为讽刺的是，许多作为胜利者的俄罗斯高级军官在目睹法国，尤其是巴黎之高雅繁华后，反而更希望能够推动俄罗斯朝着法国的方向改革。他们组织了一个秘密社团推动改革。此外，许多沙俄的上层贵族也在目睹法兰西的繁华之后，更加倾心于法国文化并支持法式的改革。

沙皇亚历山大一世也鼓励他的官员们进行改革。他于 1825 年去世后，因为没有男嗣，其二弟康士坦丁在宫廷运作之下，主动放弃了皇位，于是其三弟尼古拉被推举为沙皇。尼古拉一世即位不久，一部分军官率领 3000 名士兵，于 1825 年 12 月 26 日（俄历 12 月 14 日）包围参政院的广场，拒绝向沙皇效忠，扬言要在俄罗斯建立君主宪政政府。

参与这次事件的革命派被称为“十二月党人”。尼古拉一世镇压了这次叛变，处死了 100 多名参与兵变的主要十二月党人，并且把其余的参与者和同情十二月党人的知名贵族全家放逐到西伯利亚，其中的主要目的地就是伊尔库茨克。

这些十二月党人都是家境优渥又饱读诗书的俄罗斯上层人物。因为伊尔库茨克盛产木材，他们到那里之后，纷纷修建了自己的木制房屋，并把钢琴、绘画、珠宝、书籍等带了过去。他们经常在不同家庭的豪宅中举办“沙龙”，俨然过着圣彼得堡的生活。所以伊尔库茨克的城市文化因为十二月党人的到来而明显提升，当然这也加速了东部西伯利亚的俄罗斯化。

19 世纪中叶，伊尔库茨克发生了一场大火灾。从总督的官邸到这些十二月党人的私宅，连带一些珍贵的绘画、书籍和档案，几乎全部付之一炬。今天在伊尔库茨克还能够看到十二月党人的一些资料，全都收藏在当时唯一的非木质建筑——一位伯爵的宅第里。我去参观的时候拍了不少照片。而不幸中的万幸在于，这次火灾是照相机发明之后的事，所以有些十二月党人的相片和其他记录能保存至今。

将反对者放逐到西伯利亚的俄罗斯沙皇不只有尼古拉一世。自从西伯利亚大道通行之后，俄罗斯又把道路延伸到远东行省，一直到符拉迪沃斯托克（海参崴）。在 1825 到 1980 年的 150 多年里，俄罗斯历届政府都会把反对他们的军人、政客和知识分子放逐到西伯利亚，包括 1917 年十月革命成功之前的布尔什维克党人。所以伊尔库茨克既收留过 19 世纪的十二月党人，又见证过 20 世纪初的马克思主义者。

就像澳大利亚的悉尼是许多被放逐到那里的英国人建成的一样，伊尔库茨克的建设者也主要是被流放者。不同的是，当时英国从来没有把贵族和上层文化人士放逐到澳大利亚，而是把在街上流浪的或者欠债的穷人放逐到那里。在伊尔库茨克，被流放者给当地带来了高雅文化，推动了当地的文明发展。

铁路带来“巴黎”

1904 年，西伯利亚铁路开通，火车可以从莫斯科直达伊尔库茨克，还可以通到中国的哈尔滨与绥芬河。从西伯利亚铁路的西端莫斯科，可以经过波兰与捷克到达奥地利的维也纳，再通往巴黎。所以进入 20 世纪之后，伊尔库茨克一度是西伯利亚铁路上最重要、也最发达的城市。在此前后，俄罗斯人就给伊尔库茨克送上了一个很响亮且浪漫的名号——西伯利亚的巴黎。一百年来，这成了伊尔库茨克最显著的名片之一

西伯利亚的巴黎当然比不上真正的巴黎。在我看来，甚至也比不上黎巴嫩的首都，号称“小巴黎”的贝鲁特。但是在荒凉寒冷的西伯利亚，寂寥的贝加尔湖西南岸能有这样一座发达的城市，称其为“巴黎”，确实也不算浪得虚名。

苏联专家来建设工业

十月革命之后，伊尔库茨克仍然有相当多倾向于沙皇的人，所以白俄和红军曾在伊尔库茨克兵戎相见整整两年，最后以白俄失败结束（其中不少人后来逃到了哈尔滨，为哈尔滨带来一抹俄罗斯风采）。

苏维埃政权一旦巩固，就开始了社会主义建设的五年计划。苏联真正把东部西伯利亚和远东省份当作自己的领土而不再视为边远的殖民地，因此在那里开始了热火朝天的建设。除了尽量移民之外，苏联也派遣专家在伊尔库茨克建立了许多工业设施和基础设施。木材厂、矿石开采及加工设备当然不在话下，还新建立了不少科学和工业研究所，有许多来自莫斯科的专家在这里从事研究。苏联科学院，也就是现在的俄罗斯科学院，

上　旧式木制房子
下　伯爵的宅邸

上　伊尔库茨克的特色建筑
下　伊尔库茨克雕塑公园

下属的许多研究所都设在伊尔库茨克。苏联时代世界领先的著名战斗机，如苏 27、苏 30，就是在伊尔库茨克建造的——伊尔库茨克的飞机制造厂也是全俄罗斯最大的飞机制造厂。

值得注意的是，以伊尔库茨克为中心来建设东部西伯利亚并不是到了苏联时期决定的，早在沙俄时期就有迹可循。今天整个东部西伯利亚最重要的学术基地是伊尔库茨克国立大学。十月革命还没有真正成功时，新政府就整合了沙俄时代的若干学术机构，于 1918 年宣布建立了这所大学，至今已有超过一百年的历史。

我到此游城看湖

2015 年 7 月，我到了伊尔库茨克，虽然只住了三天，但是这三天里我充分利用时间，去了不少地方，包括有名的教堂，如主显大教堂、喀山圣母大教堂等；也去欣赏了不少户外风光，包括植物园和叶尼塞河上的一座桥。这次旅行中最让我感兴趣的是一座民俗博物馆——苏卡乔夫艺术博物馆。其展品中既有俄罗斯传统绘画，也有印象派作品，还有蒙古人绘制的藏传佛教唐卡，足见伊尔库茨克文化底色的多元。

我住的旅馆里大都是说英语的游客。几乎所有的外国游客都要去贝加尔湖附近游览，所以我也不能免俗，去了一个距离伊尔库茨克约 70 公里的叫作利斯特维扬卡的湖边小镇待了半天，倒真不虚此行。因为贝加尔湖实在太大了，它的东岸和西岸在不同的月份风光迥异。几年前我在贝加尔湖的东岸下过秋天的水，这次来到了西岸，怎可厚东岸而薄西岸？所以我又一次脱掉鞋，卷起裤腿，站在夏天的湖水里摄影留念。到此一游的证据充足了，我才意兴阑珊地离开这个名字饶舌的可爱小镇。

上　伊尔库茨克主显大教堂
下　参观伊尔库茨克喀山圣母大教堂

17

转世而来的图瓦共和国

一段鲜为人知的历史

从唐努乌梁海的邮票说起

我小学四五年级的时候热心集邮，也和一些朋友互相交换邮票。有一次意外得到两张非常大的邮票，每张大概有 3 厘米宽、5 厘米长，据说是唐努乌梁海的邮票。一方面我相信给我邮票的人不会骗我，另一方面这也激起了我对唐努乌梁海的好奇。跟大人打听之后，我才知道唐努乌梁海曾是蒙古西北部的一块地方，20 世纪从蒙古独立出来，因此可以发行自己的邮票。

由于这两张邮票，等到我怀着对丝绸之路的兴趣开始行走于丝路各地时，我就一直惦记着去唐努乌梁海一趟。终于在 2015 年 7 月，趁着到伊尔库茨克旅行的机会，坐飞机到了唐努乌梁海。准确地说，我到达的地方是俄罗斯联邦的图瓦共和国的首府——克孜勒。

我在克孜勒停留了四天，请了一位中学英文老师做导游，还包了一辆小轿车，在这个俄罗斯联邦下的共和国转了不少地方。

图瓦共和国的面积是 17 万平方公里，对俄罗斯来说很小，却有将近五个台湾那么大；人口只有 30 万出头，还不到台湾的 1.5%。人口中 80% 左右是图瓦人，20% 左右是俄罗斯族，此外还有少数蒙古人、哈萨克人，甚至有汉族。导游告诉我，图瓦共和国的地理位置恰巧在亚洲的中心。我在克孜勒时，每天坐车到山里面闲转，到村镇里随意游览，感觉图瓦共和国其实是一个很舒服的地方。山不高，植被以灌木和草丛为主，河流很多，土地相当肥沃。根据官方报道，当今图瓦共和国的人口大概还有将近 30%—40% 从事游牧或半游牧。

等到和导游熟了一些之后，我和她谈起我对她的家乡的兴趣来源，讲到我小时候就知道唐努乌梁海，还有两张唐努乌梁海的大型邮票。但她居然不知道唐努乌梁海曾属于中国，也不清楚图瓦近代的政治沿革。经常在路上和我们一起吃饭的司机比导游年纪大一些，可他也不知道这些。有一次我们访问了一位定居牧民的家，参观了他家的羊圈。我问那位黝黑的牧民知不知道“唐努乌梁海”这个名词。虽然我尽量模仿导游和司机的图瓦语发音，但还是需要导游再说一遍给他听。这位老牧民好像听过这个名字，但不知道图瓦共和国的由来，只知道它是俄罗斯的一部分。

图瓦共和国的诞生

在蒙古西北部阿尔泰山之北，西伯利亚的萨彦岭之南的一块土地上，很早就居住着一群说阿尔泰语系突厥语族西伯利亚语支的某种语言的人，在中文里叫作图瓦人。最近这几个世纪以来，图瓦人与蒙古人接触最多。西蒙古的卫拉特人统治他们时，称他们为“唐努乌梁海”。“唐努”是指这个地区南部的唐努乌拉山，“乌梁海”在蒙古语里是指“林中的百姓”。所以“乌梁海”不是图瓦人的自称。虽然跟蒙古人长期接触，但是图瓦人的语言仍然保留了下来——语言学者认为图瓦语是突厥语族的一个分支，而不是蒙古语族的一部分。然而，图瓦人的生活方式和宗教信仰则受到蒙古人的极大影响。

作为林中百姓的图瓦人在唐朝时已经为中原汉族所了解，中原政权当时认为他们属于铁勒的一部分。后来，图瓦人先后受到回纥和西辽的统治。元朝的时候，这里当然就由蒙古人统治。

今天图瓦共和国的面积比清朝和民国初年的唐努乌梁海要小一些，因为一部分领土已经并入俄罗斯的阿尔泰共和国，另外一部分则被并入了蒙古国西北部的一个省。

总而言之，我接触到的几个俄罗斯联邦图瓦共和国的公民都不清楚自己故邦的来历。这正好引起我的兴趣：在几个内部矛盾重重的国家为了本国的利益而互相进行政治角力时，究竟如何才能分出最终的胜负？20 世纪上半叶，唐努乌梁海的命运就是由这种多国博弈、多元互动决定的。

一位定居老牧民

19 世纪后半叶，俄罗斯人以探险或者开矿的名义对唐努乌梁海进行殖民。这些殖民者当然对唐努乌梁海的经济发展有助益，但是俄罗斯人也从中获利很大。1911 年发生辛亥革命，当时的外蒙古并没有足够的实力，只是借重沙皇俄国的力量宣布独立而已，所以其领土并不包括俄罗斯垂涎已久的唐努乌梁海。此时北洋政府还没站定脚跟，外蒙古王公和活佛也没有实际力量，于是沙俄在 1914 年出兵唐努乌梁海，建立所谓的“乌梁海共和国”，并宣布后者为其保护国，俄罗斯的民法、刑法以及其他各种法典都适用于此地。

1916 年底，俄罗斯忙于第一次世界大战之时，刚从袁世凯复辟危机中喘过气来的北洋政府由段祺瑞主政。他认为，日本强加的“二十一项条件”已经很难取消，那就对沙俄支持下的外蒙古强硬些，也许还能挽回部分颜面和利益。这时三方刚签了《中俄蒙协约》，外蒙古取消“独立”，北洋政府同意外蒙古

“自治”。所以 1916 年底，段祺瑞政府派出专员和少量军队进驻外蒙古西北部的乌里雅苏台——这里曾是清朝统治外蒙古、唐努乌梁海等地的最高军事长官乌里雅苏台将军的驻地。

1917 年秋，俄罗斯发生十月革命。不久，在外蒙古和唐努乌梁海的俄罗斯人分成白军和红军两股力量。沙俄白军窜入唐努乌梁海；1918 年下半年，北京派出的专员严式超率兵入驻，驱逐沙俄的势力，但作用有限。1919 年正是“五四运动”蓬勃兴起的时期，10 月，皖系军人徐树铮率兵进入外蒙古库伦（今乌兰巴托），召见外蒙古诸王公，要外蒙古放弃自治，直接由北京统治，同时也宣布对唐努乌梁海地区恢复行使主权。

沙皇退位后，在西伯利亚的俄罗斯人中，起初白党在蒙古和唐努乌梁海占上风，因此这一时期，北洋政府的对手是沙俄残余。后来布尔什维克党人鼓动唐努乌梁海的俄罗斯人和图瓦人下层人民与富有者斗争，没收他们的土地、房屋和牲畜。本地群众的动员，加上红军在整个俄罗斯内战中节节胜利带来的气势，决定了外蒙古和唐努乌梁海的命运将取决于俄罗斯红军建立的苏维埃政权。最终，号称独立的唐努乌梁海成为苏维埃俄罗斯的保护国。当时的北洋政府对此并不承认，但是因为力不从心，最终也无所作为。

此时正值直系军阀和皖系军阀展开夺权大战，南方的国民政府和北洋政府对新成立的苏俄看法也不一致。对唐努乌梁海的局势，南方政府根本没有力量采取任何行动，因此只能发表一纸声明，主张拥有对外蒙古和唐努乌梁海的主权。

1921 年 12 月 12 日，唐努乌梁海的国民议会，即“大呼拉尔”，宣布定名为“唐努图瓦共和国”，并且公布了一部以苏俄宪法为蓝本的宪法。这时，“唐努图瓦共和国”对俄罗斯的依赖比他东边刚定名的“蒙古人民共和国”对俄罗斯的依赖还要大，而这两地的“助产婆”，都是内战即将结束，准备宣布建立“俄罗斯苏维埃联邦社会主义共和国”的苏维埃俄罗斯。

1926 年底，“唐努图瓦共和国”又更名为“图瓦人民共和国”，通过了新宪法，再一次确认土地公有制。“图瓦人民共和国”名义上拥有主权，但是除了苏联之外，没有获得世界上其他国家的承认。

1928 年，国民政府北伐成功，全国统一。但国民政府也只能在 1931 年通过自己制定的《蒙古盟部旗组织法》宣示，这部组织法也适用于唐努乌梁海。此时，国民政府驻乌里雅苏台的专员已经无法发挥任何实际作用。

1936 年，图瓦人民共和国庆祝独立 15 周年，全世界只有苏联派代表前去祝贺。我小时候收集的唐努乌梁海邮票，可能就是这时发行的，或者时间再宽泛些，至多是 1921 年到 1944 年之间印刷的。

1941 年 6 月，德国入侵苏联。同一天，图瓦人民共和国的国民议会宣布，图瓦人民要参加苏联人民反对法西斯侵略者的战争，并且要出力出钱。图瓦随即向苏联运去了 4 万匹马、60 万头牛羊，并捐献了几列车的食物。后来在战争期间，图瓦人民共和国一再向苏联提供肉类、鱼类、黄油、长筒皮靴和毛皮外套等。当时的一些图瓦领导人也因此得到苏联颁授的勋章。在首府克孜勒的图瓦共和国博物馆里面，我看到了这些受勋者的照片，注释中特别强调这些图瓦人是多么热爱和平、支持苏联。

第二次世界大战后期，欧亚两个主战场的战斗都非常激烈，几乎没有人注意到位于亚洲地理中心的“图瓦人民共和国”。未料 1944 年 8 月 17 日，它悄然通过宣言，要求加入苏联，苏联也迅速同意了这个请求。于是 1944 年 10 月 13 日，在苏联还没有对日宣战，美英苏政府首脑在雅尔塔举行会晤之前，苏联的最高苏维埃主席团发布命令，把“图瓦人民共和国”作为一个自治州，纳入俄罗斯苏维埃联邦社会主义共和国——即苏联最大也最有影响力的加盟共和国之中。苏联解体后，“图瓦人民共和国”于 1993 年更名为“图瓦共和国”，仍属俄罗斯联邦。

1945 年 8 月，还在重庆的国民党政府和苏联签订《中苏友好同盟条约》，其中对外蒙古的未来做了清楚的规定，但是没有提及早已宣布脱离了外蒙古的唐努乌梁海。

尊重现实是国际事务的重要原则。我在俄罗斯联邦的图瓦共和国问了一位三十几岁的中学英语教师、一位四十几岁的男性专职司机，以及一位五十几岁的养羊的定居牧民，三人职业与社会阶层各异，知识背景也不同，但都自认是具有图瓦人身份的俄罗斯公民。他们彼此之间说图瓦语，但都不知道今天的图瓦共和国是如何成为俄罗斯联邦的一部分的。

上　山上的佛教六字真言：唵、嘛、呢、叭、咪、吽
下　石柱上五颜六色的祈祷旌

18

图瓦首府克孜勒见闻

亚洲的地理中心

克孜勒街头

“克孜勒”在突厥语族的语言里是“红色”的意思，比如中亚的阿姆河和锡尔河之间有一片“克孜勒库姆沙漠”，就是“红沙漠”的意思。所以克孜勒的意思是“红色城市”。

仅有10万多人口的“红色城市”坐落在世界第七大河叶尼塞河的南岸。岸边耸立着一块碑叫作“亚洲中心碑”，宣示克孜勒是亚洲的地理中心。当然，除了来过这里参观的游客之外，全世界具有这个地理知识的人不会很多。

克孜勒没有什么宏伟的建筑，但是市容令人舒服安逸。在俄罗斯人居住的地段，有些建筑相当考究，还有几座颇有特色的俄罗斯东正教教堂。

占人口多数的图瓦人大都是佛教徒，但一般人并不去寺庙里诵经祈福。所以城里的藏传佛教寺庙反而没有俄罗斯东正教教堂显眼。我去过一个白色的宝塔型喇嘛庙，内部的装饰实在乏善可陈。

克孜勒市内有一条步行街，流连于此能够感觉到这个城市的脉搏和它的人文面貌。和布里亚特共和国的首府乌兰乌德相比，克孜勒街上看到的亚洲面貌的比例要高许多。欧洲面貌的人当然有，但是似乎远不及五分之一，即俄罗斯族人口在图瓦共和国人口中的比例。

目之所及，克孜勒的行人全然没有蒙古装束。图瓦人的服装和蒙古人的服装是非常相似的，农村里面的蒙古包跟蒙古人住的也一样。据我看，蒙古传统装束的成本很高，夏天穿也不方便。所以，我到过的蒙古国、俄罗斯联邦布里亚特共和国和中国内蒙古的城市里，人们基本上都已经放弃了传统装束。有人说，一个社会是否现代化的标志之一，就是穿牛仔裤和T恤衫的人口比例是否增加！

不过，克孜勒和乌兰乌德有一处明显不同：在街上说俄语的人不多，彼此之间似乎都说图瓦语，即使年轻人也是如此。而在乌兰乌德，无论年长的还是年轻的，都主要说俄语。这说明乌兰乌德受俄罗斯统治的时间更长，受文化影响也更深。图瓦毕竟是“二战”末期才真正加入俄罗斯的，所以俄罗斯的语言还没有深入到每个家庭里和朋友之间。

图瓦人的生活方式

我在图瓦去了克孜勒城市四周的不少地方，看到许多河流、山坡、草原和一些村庄小镇，也约略见到了农民和牧民的生活方式。

在一个定居牧民的私人“牧场”上参观他的羊圈时，我要求到他家房子里去看一下，主人很爽快地同意了。他家住的是颇为简陋的独立木质小房，一进去见到的是一个方形的房间，有两只猫趴在水泥地上。屋的正中有一个立方形的铁制火炉，架在四条铁腿上；炉面上有一把大水（奶）壶，还有几口锅，上面连着金属烟囱直通屋顶，可见这个火炉是烹饪、取暖两用。炉子的前方有饭桌、椅子等，炉子后方铺了一张地毯，上面有张双人床，两张单人沙发，还有小衣柜和电视机等，这些应该就组成了卧室。在“卧室”的左侧，木屋的一角有只摆在架子上的洗脸盆，但是没有自来水龙头。

我发现这间房子的基本布局和许多蒙古包内部的设计很相似，只是把圆形可迁移的蒙古包的各种功能移到了一个面积较大的方形而不能移动的木屋子里。

这让我想起大约10年之前，我在祁连山一个小镇里的裕固族人家住过一晚。他们住的是很典型的中国农民的三间房，中间是饭厅、厨房兼客厅，两头是卧房，厕所在户外颇远处。（那晚我住了主人房，主人一家人挤在另一间卧房。）甘肃的裕固族生活在蒙古戈壁之南的祁连山里，图瓦人在阿尔泰山的北

上　克孜勒步行街上的年轻人

中　定居老牧民的家

下　在户外拍婚纱照的人们

麓，可谓远隔重山，彼此应该素无往来。但是图瓦人和裕固族却有两个相似之处：他们各自说一种独特的突厥语族的语言；他们都因为受了蒙古人的影响而信奉藏传佛教，语言上也因此逐渐蒙古化。

回到克孜勒。一天下午我正在亚洲中心碑前欣赏叶尼塞河上的风光，忽然见到一队人朝着我走来。除了一个穿西装的年轻男人和一个穿着白色低胸礼服、拖着很长的白婚纱的年轻女子之外，几乎都是身着红色紧身连身裙、足蹬3寸以上高跟鞋的年轻女士，此外还有一个五六岁的小女孩。他们来这处纪念碑的目的不言而喻。但是穿紧身裙和高跟鞋的女士们，要走上纪念碑前的台阶还着实有些困难。好在纪念碑的周围是如茵绿草，所以这群年轻的女士在台阶上拍过照下来之后，就自然地或坐或跪在草地上，接着又是一轮准备摆拍的姿态兼笑容。

这幅图景在世界上任何一个大城市都可能发生。近年来，亚洲的婚纱照往往是在户外景点拍摄，这比在欧美普遍得多。没想到这样的场面在克孜勒也见到了。先是西风东渐，现在则是东风压倒西风了。

欣赏图瓦呼麦

到图瓦共和国之前，我已经知道图瓦的一绝就是他们特有的音乐——呼麦。

现在呼麦已经被联合国列入非物质文化遗产，而且知道或是会演唱呼麦的人越来越多。据我有限的接触，“呼麦”在蒙古语里是“喉头”的意思，所以呼麦就是一种喉音唱法。基本上，呼麦歌者能保持口形基本不变，同时唱出高低不同的两个曲调来。其要诀是用口腔作为共鸣箱，用舌的移动来改变口腔的容积和形状，以此唱出曲调来。虽然演唱者各有独家绝技，但是基本上都是先用喉部发出一个连续的很低的低音，作为基调，然后在这个低音之上再发出一个好像吹哨子般、带有不同曲调的高音。

呼麦是一种很难学的演唱技巧，一直以来，唯独图瓦人和蒙古人才能掌握这种由北方草原上的游牧者创造的艺术。我到克孜勒的图瓦文化中心听了一场表演。舞台上有四五个人，有唱的，有用马头琴之类乐器伴奏的。虽然他们用了麦克风扩音，但是仍然十分精彩。这种形式的音乐，绝对会让听惯了管风琴伴奏的宗教音乐合唱曲以及由管弦乐团伴奏的欧洲歌剧的人难以想象。

听说有一个加拿大小伙子对呼麦极感兴趣，自己读书听唱片之后摸索到了秘诀，成为一名呼麦唱者。他还到图瓦参加过呼麦演唱比赛，获得了图瓦人的认可，说他演唱的就是呼麦。

克孜勒的藏传佛教

图瓦人据称都信藏传佛教，但我跟导游仔细讨论过（因为我们一起坐车的时间很多，讨论得比较深入而广泛），她认为现在真正信仰藏传佛教的图瓦人并不多。有一部分住在克孜勒以外的图瓦人更准确地说是信仰萨满教。但是站在克孜勒市区，只要抬头朝山上看，就能见到刻在山上的几个大字。我虽然不认识藏文，却也很容易猜到，那就是藏传佛教里面最崇高的六字真言：唵、嘛、呢、叭、咪、吽。

在克孜勒附近的几座山上，我还见到好几处乱石堆或是大柱子，上面有不少枝条，挂着许许多多五颜六色的祈祷旌。这是萨满教和藏传佛教都有的一种宗教虔诚的表现；甚至在伊斯兰教占绝对优势的中亚地区，也不时可以见到类似用来许愿和祈祷的布条旌幡。虽然到寺庙里去进香祈祷的人不多，到山上去许愿和求保佑的人倒是不少。这说明宗教在图瓦人心里还是有分量的。我那位受俄罗斯式教育而英语非常流利的导游告诉我，过去图瓦的寺庙更多。因为苏联时代反对宗教，所以不少寺庙都改作其他用途，甚至被毁坏了。

图瓦博物馆里的斯基泰人

在克孜勒的各种建筑群中，最为引人注意、辉煌且富有文化意义的莫如图瓦民族博物馆。这个博物馆分别设在几座不同材料和风格的建筑里，有介绍图瓦历史民俗的，有介绍图瓦共和国的政治人物的，而我最有兴趣也获益最多的是一个斯基泰人古墓里的出土文物展览。

斯基泰人（Scythians）是希腊人对源自东欧的一个游牧民

族的称谓，波斯人称他们为萨卡（Saka），中国古籍里对他们也有记载，称之为塞人。他们说一种属于印欧语系的语言，应该是伊朗语支的一种。从公元前 10 世纪起，斯基泰人开始游牧生活，以马为主要的生产生活工具和战斗伙伴。在公元前 8 世纪到 3 世纪之间，他们创建了从黑海北岸到阿尔泰山北麓的草原帝国。本书别的篇章会对各地斯基泰人的历史做更多介绍，这里只说图瓦共和国博物馆里见到的文物。这些文物出自在斯基泰人草原帝国的最东端发现的古墓群，被称为帝王谷，在克孜勒的西北大约 100 公里处。我去参观的时候，最新的一组古墓群叫作 Arzhaan-2，大约是公元前 8—7 世纪（与希腊的荷马差不多同一时代，比孔子要早 200 年左右）埋葬斯基泰贵族的墓群。以前还有过 Arzhaan-1，年代更早些。我到图瓦参观之后三年，也就是 2018 年，这附近正式开掘了另外一大批保存非常好并且更为古老的斯基泰坟墩，叫作 Arzhaan-0。因为开掘地点是在一片大沼泽里，完全没有被盗墓者破坏过，所以保存得非常完整，历史研究价值极高。

且让我尝试用文字解说一下我在克孜勒亲眼见到的 Arzhaan-2 的文物，那真是极为珍贵的古代宝藏。里面有一个象征国王权力的环形权柄，以许多小型的金质动物构成一个直径约 23.5 厘米的环，工艺精湛，给人的感觉非常震撼。此外，还有一条精雕细琢的黄金胸饰加项链，直径大约 16 厘米，是王后的饰品，精致异常。专家们说，就算今天的珠宝工匠也未必能打造出这么精致耐看的装饰品。斯基泰人的艺术风格当然随

左上　参观图瓦共和国博物馆

右上　斯基泰人以动物为主题的各种黄金装饰品

左下　斯基泰国王

右下　斯基泰王后

着他们和不同人群的接触交流而有所改变，但是其主要元素是各种动物的形态，主要表现强的动物捕猎弱的动物（比如有几个单元里展示了老虎吞噬鹿的细节），也许这就是游牧民族早期体悟出来的道理。

在展出的 Arzhaan-2 出土文物中并没有人陪葬，只有马随葬。但是新近发掘的 Arzhaan-0 里面还有人陪葬。在整个帝王谷的多处斯基泰墓群中，挖掘出几百匹随葬的马；还有学者专门对这些马做了品种、体态等研究。

整个博物馆里最让我印象深刻的展品，是一位 2600 多年前的国王的长袍两边大襟上的装饰板，由两百多只造型独特的金质小豹组成，每只豹大约 2 厘米长，1 厘米高。装饰板的左右两边共有 2500 多个部件，重达 8.5 公斤。这些古代艺术品确实难以用文字清楚描述，而这位斯基泰国王在世时身上的负担竟是如此沉重！在他死后 2600 多年，人们也只是对他袍子上的装饰感兴趣，而不知道他的姓名和功绩。

自古以来，为后世纪念的王者，有的建立功业，有的留下著述。这位 2600 多年前去世的国王却以一身精致的金质饰物，向后人展示：游牧民族在孔子、释迦牟尼和苏格拉底尚未出世前，就已发展出娴熟精致得令今人咋舌的手工艺。

准噶尔盆地段

上　在兰州湾子遗址
下　那拉提草原上的毡帐

19

进入准噶尔盆地

从月氏人王庭到故土新归

如果从哈密往西南走，就会进入塔里木盆地。这是传统丝绸之路的一段。在古代，不论是商人还是僧侣，都不会刻意区分**草原丝路和绿洲丝路**，而是根据气候、路况、装备和口粮来决定路线。现在我对游牧地区和农耕地区分开叙述，是希望能够帮助读者从宏观地理上更深入地了解不同的丝路交通。不过，丝路网络覆盖的一些地区素来是半农半牧，也有草原转农田和良田变牧场的情况，读者不可不察。

本章仅谈准噶尔盆地，乃因其涵盖天山之北的草原丝路，而天山以南的绿洲丝路将另外撰述。

巴里坤草原的早期居民

新疆的哈密之北是巴里坤草原，那里曾有很重要的考古发现。在兰州湾子这个地方有一座大约 3200 年前的石结构建筑，面积约 200 平方米，出土有陶器和铜器。在一口高一米的陶缸中发现了一些已经炭化的小麦粒，也是 3200 年前留下来的。学者推测，这座石结构建筑应该是汉文典籍里提到的月氏人的王庭，而小麦很可能是早期月氏人从黑海北部传到了阿尔泰山区，然后又向南传到巴里坤草原。

关于月氏人的来历，本书第 2 章已有详细介绍。简言之，他们是深目高鼻，说某种印欧语言的部族，其远祖可能于距今 4500 年前离开黑海之北和高加索山脉北部，沿着欧亚大草原逐渐向东移动，大约于 4200 年前到达阿尔泰山脉北麓。后来一部分人又越过阿尔泰山南下到巴里坤草原，并由这里再次分散，遍及准噶尔盆地西部、塔里木盆地以及河西走廊。

学界对这部分说早期印欧语言的人口并没有准确的命名。由于后来在新疆流传很广的几种印欧语言被语言学家命名为吐火罗语，因此这些人也就被一些学者称为吐火罗人（Tokharians）。根据考古学与语言学的推论，吐火罗人的活动轨迹和汉文史籍中记载的月氏人的情况颇为吻合，因此我相信，这部分吐火罗人跟早期出现于哈密一带的月氏人应为同种或是近似。也就是说，准噶尔盆地的早期人口应该是来自黑海北岸的吐火罗人，或是虽与本地原有人口通婚，但仍与吐火罗人十分接近的月氏人。公元前 3 世纪，他们其中一支受到匈奴的冲击而迁移到乌孙国（下文另表），又受到乌孙人排挤而南渡阿姆河（Amu Darya，希腊古名为 Oxus，汉文古名为乌浒水），进入今阿富汗。欧洲学者仍称为他们为吐火罗人，并把阿富汗这一带称为吐火罗地区（Tokharia）。

斯基泰人建立乌孙国

前文已介绍过斯基泰人（Scythians，Saka）大致的迁移路线。他们的东来较吐火罗人（月氏人）要迟 1000 多年，而其最早活动的地区可能在伊朗高原的东北部。斯基泰人的语言应该是属于印欧语系印度–伊朗语族中的东伊朗语支，与吐火罗人说的早期印欧语不同。

公元前 1000 年到公元前 300 年之间，斯基泰人持续在多瑙河东岸地区、巴尔干半岛、第聂伯河流域、黑海–里海草原、哈萨克草原、阿尔泰山脉各地散居，控制了早期草原丝路上的贸易（特别是黄金贸易;巧合的是，“阿尔泰”的意思即“金”），建立了世界上第一个草原帝国。这个草原帝国与略晚出现的定居的波斯帝国和汉帝国不同，它并非统一的政治组织，而是包括许多各自称王的地方政权。考古学家近 200 年来发现了几百处斯基泰人的遗迹，主要是他们的王家坟墓群，墓内出土有尸骨、随葬动物和装饰品等。

在中国历史上，乌孙国是比较著名且对丝绸之路影响较大的一个斯基泰人王国。

乌孙人曾游牧于河西走廊，之后被早已在此的月氏人排挤，于是向西迁移到伊犁河流域，建立了乌孙国。汉武帝时，乌孙人受到匈奴人的威胁和影响。张骞初次出使西域（前138—前126）曾到乌孙国，发现他们愿意了解汉朝并与汉交往。所以张骞第二次通西域时（前119—前115），首先就去了乌孙，除了带去大批牛羊和丝绸等货物，还有约300名军人和匠人随行。张骞启程回长安时，乌孙派出一个庞大的使团同行。这一年应该就是官方“丝绸之路”正式开通的年代。随后，乌孙王希望与汉朝联姻，于是汉武帝于公元前105年把他的侄女细君公主嫁给了乌孙王。这是中国与邻近国家的首次正式联姻。

细君公主在乌孙去世后，汉朝再嫁解忧公主于乌孙。这位解忧公主和她的侍女冯嫽与汉朝廷一直保持联系，在乌孙也发挥了重要的政治作用，使后者尽管受到匈奴的压力，仍然和汉朝维持良好的关系。匈奴在西域的影响力是西汉与东汉都必须面对的问题，他们也以各自的方法经营西域，促进了西域各地的发展和交流。

北庭都护府时代

新疆的面积是160余万平方公里，占全中国领土面积的六分之一。其地形可概述为“三山夹两盆”，即北部为阿尔泰山脉，中间是天山山脉，南方有昆仑山脉。天山以北称为北疆，有草原、河流、湖泊，也有沙漠和戈壁，称为准噶尔盆地。南部则是夹在天山和昆仑山脉之间的塔里木盆地，其主要地貌是沙漠（即塔克拉玛干沙漠），也间有一些绿洲与内流河。

两汉时期，在今天南疆的库车设置西域都护府，统御全疆，并在北疆的金满城（今乌鲁木齐东北的吉木萨尔县）设戊己校尉，从事防御与屯垦。

此后，准噶尔盆地曾出现过几个不同的本地政权。晋朝南渡后，新疆各地一度由前秦、北凉统治，但北疆各小国总体上向鲜卑人建立的北魏称臣进贡，直到 534 年北魏分裂为东魏与西魏。柔然汗国于 5 世纪初崛起于蒙古草原后，也曾一度控制准噶尔盆地，力量直达伊犁河流域。但总体而言，拓跋部鲜卑人建立的魏统辖北疆将近两百年。6 世纪中叶，突厥汗国继柔然而起，不久又因内争而分为东、西两个汗国。西突厥汗国的领土就包括今日新疆的准噶尔盆地。

唐朝是中国历史上最早正式并且实质上统治整个准噶尔盆地的中央王朝，在南疆设置了与中原相同的州县制以及赋税制度，又先后在西州（今吐鲁番）和龟兹（今库车）设立过安西（大）都护府。在北疆也设立了北庭都护府，之后升格为北庭大都护府，驻地是在今乌鲁木齐附近的庭州。

回鹘人、契丹人、蒙古人

8 世纪到 9 世纪中叶，蒙古高原的统治者是回纥人，对唐朝尊重而友善，后来将其汉文名改为回鹘，取“回旋轻捷如鹘”之意。840 年，素来居于蒙古高原之北的黠戛斯人进入蒙古高原，冲溃回鹘汗国，于是回鹘人或南下河西走廊，或西进准噶尔盆地，或远走帕米尔高原之西。

回鹘人进入准噶尔盆地后，迅速取得统治权，因此逐渐同化了原来使用吐火罗语和汉语的人口。具体而言，回鹘人在今日吐鲁番附近的高昌取代了唐代之前由汉族麹氏家族统治的高昌国，并驱逐了安史之乱时乘虚而入的吐蕃人，建立高昌回鹘汗国。回鹘汗国在蒙古高原时奉摩尼教为国教，到高昌后则改奉佛教，持续了数个世纪。今天敦煌莫高窟里就有不少以高昌回鹘贵族为供养人的壁画。

回鹘汗国的力量在北疆虽然相当强大，但是并没有获得绝对优势。11 世纪末，契丹人在中国北方建立的辽国已经衰落，王族耶律大石在蒙古高原自立为王。女真族完颜氏建立的金朝于 1125 年消灭并取代辽国后，耶律大石带领人马西行，不久控制了新疆和大部分西域，于 1132 年称西辽皇帝。

西辽政权并不接受此时中亚人口已经普遍信奉的伊斯兰教，而是继续尊奉契丹人已经信仰 200 余年的佛教。由于契丹人上层早已相当汉化，西辽政权中有不少汉人，货币上铸有汉字，印章和公文也主要用汉文；西辽的政治体制和官名基本上源自汉制。

西辽统治准噶尔盆地及中亚各国大约 100 年之后，王权被出身突厥–蒙古族的乃蛮部王子屈出律篡夺。屈出律当权不久，成吉思汗主导的蒙古集团就于 1218 年灭西辽，轻而易举地取代了西辽在准噶尔盆地和中亚各地的统治权。

察合台汗国与准噶尔汗国

成吉思汗的军队还没打到新疆，受西辽官员盘剥欺凌的高昌回鹘（当时又称作畏兀儿，即今天维吾尔人的族源之一）就派人向蒙古表示归顺，并积极帮助蒙古灭掉西辽，征服中亚。所以成吉思汗把自己的女儿许配给高昌回鹘的首领，并认他做义子。因此，蒙古时代的朝廷里一直有许多畏兀儿的官员和学者。

成吉思汗帅蒙古军西征获得大片领土之后，依照草原上的习惯法，把西伯利亚西部和欧洲东部封给长子术赤；把今日新疆北部和中亚河中地区封给次子察合台；西伯利亚东部和蒙古高原的一部分归三子窝阔台；四子拖雷则依照蒙古人的习俗——幼子承袭父母的住家和灶房——得到蒙古本部和金朝的旧地。

14 世纪初，察合台汗国占据了新疆地区的别失八里行尚书省（简称行省），治所在今日乌鲁木齐东北的吉木萨尔。14 世纪中叶，察合台汗国分裂为东西两部。东察合台汗国据有今日新疆北部和哈萨克斯坦东南部，初期仍保持草原生活方式及佛教与萨满教信仰。西察合台汗国则据有中亚大部分地区，很早就改为定居生活并皈依伊斯兰教。14 世纪末，西察合台汗国被

上　巴里坤草原上月氏人的生活痕迹

中　参观巴里坤屯垦博物馆，图为“清代粮仓”牌匾

下　哈密回王府

出身蒙古巴鲁剌思部的突厥化蒙古人帖木儿篡权而灭亡。东察合台汗国则在内斗和统一的交替中，逐渐伊斯兰化，直到16世纪走向分裂消亡。

16世纪初，察合台系的黄金家族成员（即成吉思汗的苗裔）赛义德从中亚带着几千人攻入喀什、叶尔羌等地，建立了叶尔羌汗国，统治塔里木盆地的西南部。

然而，东察合台汗国境内仍有许多维持游牧传统的蒙古人，特别是西蒙古人。西蒙古又称为卫拉特（或瓦剌、厄鲁特），大致分为四部，最大最强的是准噶尔部。准噶尔人在17世纪统一了南北疆，建立准噶尔汗国，取代已存在300年的东察合台汗国。他们在一部分不属于西蒙古的中部喀尔喀蒙古人首领的配合下，制定了一套"蒙古-卫拉特法典"。该法典共有100多条，涉及宗教、社会组织、经济、日常生活、民事纠纷和刑事犯罪等，强调蒙古人的传统与团结。

满族入主中原之前，曾与蒙古本土的喀尔喀蒙古人多有联系。清朝建立以后，喀尔喀蒙古受清朝册封并且接受清朝的直接统治，但是新疆、青海的西蒙古诸部仍然保有自己的地方政权，并不完全臣属于清朝。

康熙时代，曾经在西藏学习佛教密宗之后又还俗继位的准噶尔部首领噶尔丹几次率兵攻入蒙古高原，企图统一所有蒙古人，甚至一度因为饥荒而向东进逼北京。1690年起，康熙三次亲征，准噶尔部逐次溃败。1697年，噶尔丹走投无路，服毒自尽。

清朝灭准噶尔之后

乾隆时代，准噶尔部虽然已经衰落，却仍然割据一方。它以新疆为基地，阻碍清朝的统一，特别是危及哈密一带。所以乾隆决定再发重兵，于 1755 年直入北疆，1757 年彻底击败了准噶尔部。

统一大业当然不是一蹴而就的。准噶尔部强盛时，一直利用南疆的各派宗教势力对其分而治之。准噶尔曾经把一个重要的和卓家族（或译霍加、火者，意为高贵的"圣裔"，指苏菲教团的领导者）祖孙三代长期扣留在伊犁。乾隆消灭准噶尔部之后，为了表示宽大，派和卓两兄弟（被称为"大小和卓"）回南疆协助治理喀什等地。不料这两兄弟刚一回到南疆便自立为汗。1758 年，乾隆再发大军，直逼大小和卓的根据地叶尔羌与喀什。多次战斗后，大小和卓自知不敌，于 1759 年带着几百人逃亡阿富汗。不过他们甫一入境，就被当地部落首领派人抓获并处死。

至此，大小和卓之乱平定，南疆恢复宁静。心满意足的乾隆皇帝把统一后的"准部"和"回部"（清朝对北疆与南疆的称谓）称为"新疆"，取"故土新归"之意。

新疆既统一，清廷于 1762 年设置"总统伊犁等处将军"，简称"伊犁将军"，主理新疆各地的军政大事。于是伊犁成为清朝中后期新疆的军事和政治中心。

20

乌鲁木齐及周围

西汉以降的历史沿革

西域还是新疆?

“西域”这个名词在汉语里已经使用了2000多年。从西汉至唐代初期，西域泛指玉门关以西的所有地方。西域在地理上与中原最近、交往最频繁的地区就是今日新疆。

唐玄奘的《大唐西域记》成书于唐代初期，所以他所谓的“西域”就是指玉门关以西的地方。但玄奘回国之后不到50年，中国的边界已经向西大幅度拓展——唐朝的实际控制范围已经包括今伊犁河流域、帕米尔高原（葱岭）和楚河流域。因此盛唐（8世纪上半叶）以后，西域不再包括由唐朝实际控制并且驻兵的地区，而是指再往西的中亚以及西亚区域。因此，今天使用“西域”一词时，需要说明所指的具体时期。就现今的国际关系而言，“西域”无论在汉文还是在其他文字中，都只是一个历史名词，而不再具有领土与疆界的含义。新疆于1884年建省，称作新疆省；1955年，新疆省改为新疆维吾尔自治区，新疆省省会迪化也早在1954年改名为乌鲁木齐。

我到乌鲁木齐

在新疆维吾尔自治区里，还有若干次一级的自治行政单位。在准噶尔盆地的草原地带就有伊犁哈萨克自治州、昌吉回族自治州、博尔塔拉蒙古自治州等。下面我首先介绍的是乌鲁木齐市及其附近的几个古代城郭。

新疆的首府乌鲁木齐位于天山之北，准噶尔盆地的东南部，是世界上距离海岸最远的大城市，也是中国西北地区几个最大的城市之一，人口超过400万，其中大多数是汉族，其次是维吾尔族、回族、哈萨克族，此外还有多个其他少数民族。

我从1987年到2015年总共九次探访乌鲁木齐，亲眼见证了其近30年间蓬勃的现代化建设和高速的经济发展。对我说来，最感兴趣的当然是乌鲁木齐与内地各大城市不同的地方。因此，二道桥附近的大巴扎和红山公园是我每次都要去的地方。此外，我多次访问新疆大学、新疆医科大学以及新疆师范大学等高校，因此也有机会见证新疆高等教育的进步。

进步固然是主流，然而乌鲁木齐过去这几十年来也经历过

上　20 世纪 80 年代二道桥的羊肉摊

下　20 世纪 80 年代的乌鲁木齐站

几次大的风浪曲折，包括1966至1976年的“文化大革命”与后来的街头动乱。在风浪中，有那么一位坚守岗位、潜心学问的学者，他就是我的好朋友——2018年离世的突厥语专家陈宗振教授。20世纪50年代，他在北京学习维吾尔语，后来到乌鲁木齐从事维吾尔语及其他突厥语族语言的研究。他和他的同事们花了多年心血，推出一套以拉丁字母标写现代维吾尔语的文字系统，类似于最近一百年来通行的土耳其文和当代的阿塞拜疆文、土库曼文和乌兹别克文。然而，这套文字的命运随着“文化大革命”的结束而急转直下：这套拉丁标音的新文字曾被自治区认可，并在小学里推广使用了好几年，但20世纪80年代自治区政府又决定恢复以阿拉伯字母为标音的维吾尔文字。

因为“文化大革命”期间的动荡，陈教授本人有几年被派到南疆的阿克苏市担任口译员。得益于这段历练，维吾尔族知识分子莫不称赞他的维吾尔语说得流畅、精准、地道。不过，陈教授的学术成就并不在翻译学，而是突厥语族各个不同语言的历史演变和横向比较。他发表过很多著作，并且在八十多岁的年纪，出版了一部70余万字、厚达600页的《维吾尔语史研究》，可谓难能可贵。

我第一次去二道桥的时候，那里有很多卖羊肉串的摊贩。大巴扎里卖的多半是尼龙衬衫、塑料拖鞋等生活用品。后来二道桥附近有了大剧院和歌舞厅，也有了民族风味的高档餐厅。2011年夏天，我在二道桥大剧院的餐厅吃了一顿丰盛的特色晚餐，在解放南路还见到了一家新潮的土耳其产品专卖店。原来的大巴扎已于2003年扩建为“新疆国际大巴扎”，现在是乌鲁木齐最火爆的旅游热点之一。

此外，到乌鲁木齐旅游的人大都会去附近的三个郊区。

一是以哈萨克族牧民为主的白杨沟，主要是为了骑马和参观毡帐群中的生活形态。我两次在毡帐中纯粹为了礼貌而饮下主人献上的酸马奶。

二是游览闻名全国的天山天池。天池水平面海拔大约2000米，水域面积约5平方公里，四周的风景确实很美。我母亲是满族，所以我自幼就知道中国的另一端，还有一个也很美的长白山天池（池水海拔略高于2000米，水面面积近10平方公里），许多满族人认为那里是他们祖先的孕育之地。因此我在乘船游天山天池时，特别多拍了许多照片，预备给家母看。天山天池能直接登船游览，而长白山天池只能从高处俯瞰。

三是到达坂城走一圈。这个我做到了两次，有一次还在一家餐厅里告诉几位达坂城的姑娘，我十岁时就在台湾听惯了《达坂城的姑娘》这首歌。她们鼓噪要我表演，令我这六旬长者只好假扮青年唱了一段，但是把“一定要嫁给我”这句改为“一定要嫁给他”，同时用手指着领我来参观和用餐的那位小伙子。后来有没有人带着嫁妆，领着妹妹，跟着他的马车去，我就不知道了。

观赏风景固然令人愉快，但我对乌鲁木齐周围的几个富有历史意义的古城兴趣更浓。下面我就由近及远，按照清朝、元朝、唐朝、南北朝和汉朝的先后倒序，谈谈乌鲁木齐及其周围地区在准噶尔草原上的历史地位。

上　1987 年参观天山天池
下　1987 年乌鲁木齐之南的南山牧场

上　2011 年的天山天池景区

中　人头攒动的国际大巴扎

下　达坂城的古镇

迪化的缘起

1758年，乾隆平定了整个新疆之后，在今天乌鲁木齐南门外修建了新城，然后逐渐向北扩展，开启了此地的屯田驻军。乾隆帝以“迪化”为此新城命名，意思是对边民的启迪和教化。

当时的迪化大致有两区：一个是满城，是满族军队驻扎的地方；一个是汉城，主要是工商业者聚居之地。今天的乌鲁木齐主要是从迪化的汉城发展出来的。迪化于1954年改名为乌鲁木齐，是蒙古语里优美牧场的意思。

别失八里行尚书省代表着什么?

成吉思汗率军西征到了高昌附近，当地的回鹘统治者主动归顺，所以成吉思汗不费吹灰之力就控制了准噶尔盆地和塔里木盆地。在这两个盆地之间的就是今乌鲁木齐地区。这一带在天山东部的北麓，是塔里木盆地的北边近邻，也是准噶尔盆地的南缘。

这个地理位置正好可以说明蒙古时期和元朝的两种基本倾向与重要矛盾。游牧民族都渴望得到更多更好的草场，也会把既有草场一分再分地传给后人。由于他们的游动性和基本的生活形态难以实现中央集权，所以游牧民族组成的政治体一般是分散而不是集中的，也就是注重部落的权威而缺乏国家的意识。但是定居农业社会及其政治体制，则更注重集中和统一。那么，当蒙古人征服了包括这两种性质的大片领土以后，就面对着究竟要继续游牧的生活方式，还是改为定居的生活方式的问题。这两种取向反映到一个具体问题上，就是要不要在固定地点建都。如果要建都筑城的话，国家将会倾向中央集权，地方贵族的势力将被削弱，势必影响游牧生活的传统；如果不筑城建都，就很难有稳定、统一的政治生态，极可能内讧不止，甚至引发战争。这种矛盾在蒙古帝国的扩张时期就已表现非常强烈。矛盾的初期结果之一，就是蒙古大汗于1251年把介于游牧和定居形态之间的吉木萨尔定为别失八里行尚书省（省的官署）。这反映出部分高层蒙古人对定居生活的倾向。

忽必烈于1260年被他的三弟旭烈兀和各地的蒙古汗王拥立为大汗和皇帝的同时，他的四弟阿里不哥在蒙古高原被一批蒙古贵族推选为蒙古国大汗。双方围绕最高权力发生了战争，时断时续共4年，结果阿里不哥战败投降，于1266年逝世。这次兄弟战争的直接原因当然是争夺大汗之位，然而双方各自争取同盟的过程，也隐含着他们之间生活方式和价值观的矛盾。

忽必烈于1271年建立元朝，以大都（汗八里）为首都，明确转向定居生活和建立汉制帝国的方向，之后的蒙古大汗兼元朝皇帝很自然地就与察合台和窝阔台的后人发生了冲突——后两者更坚持游牧和蒙古祖制。元朝皇帝和这两个汗国之间的矛盾，就是围绕着究竟应该坚持蒙古的游牧传统还是转向定居生活并学习汉文化而产生的。

1301年，元军与窝阔台汗国和察合台汗国在阿尔泰山激战，这两个汗国的汗王一个中箭瘫痪，一个重伤致死。两个汗国元气大伤，不得不求和，承认元朝皇帝的宗主地位。然而，这两个汗国名义上是受蒙古大汗即元朝皇帝册封而治理各自的兀鲁斯（意为封地），实际上却有很大的独立性。后来，东察合台汗国于 15 世纪初决定把重心迁到水草丰美的伊犁河地区，以阿力麻里（位于今霍城）为牙帐。别失八里自此丧失了重要性，一直荒废到 18 世纪中叶清朝在这附近建立迪化，才再次进入政治舞台。

轮台与北庭故城

相对于宋，元朝带给中原帝国的领土非常之大，其中就包括今天的新疆。但是元朝并不是中国历史上第一个在西域开拓疆土的朝代，所以我们要把注意力再向前推大约 700 年，来到唐朝。唐朝对新疆基本上是直接统治，实行同内地一样的郡县制，设州、县、乡、里，各派官员代表朝廷。但是也有一些地方采用羁縻府州制，即宗主权属于唐，实际仍由本地人依本地的传统治理，还可以将统治权传给下一代。当时的政治中心之一是今天乌鲁木齐东北的吉木萨尔县境内一个叫作“破城子”的地方，时称“轮台”（并非今日南疆的轮台县，那是汉代在西域屯田的所在），又称为“庭州”，为唐代北庭都护府的治所所在。

之后，北庭都护府又升格为北庭大都护府，与南疆的安西大都护府分治唐朝的西部领土，直接听命于长安。所以唐朝的力量在新疆是非常明显而坚实的。当时的不少诗人都在这里甚至是更远的楚河流域生活过。著名的边塞诗人岑参就有几首以轮台为对象的诗，比如他在《白雪歌送武判官归京》里的名句："轮台东门送君去，去时雪满天山路。山回路转不见君，雪上空留马行处。"

考古学家近几十年来发现的北庭故城，比位于吐鲁番附近车师国的交河故址还要完整而清晰。这个北庭故城的范围相当广阔，建筑物也保存得较为完好，所以，它是在文献之外，唐朝直接统治新疆的实证。由此又引出另一段历史，即唐朝的北庭故城（庭州）与以下要讲到的汉朝金满城的承续关系，后者是历史上与车师国同时存在的西域小国。

唐代的庭州共有四级（种）属于朝廷的行政单位：第一个是北庭都护府，乃高级的军事单位；第二，庭州本身就是一级地方单位；第三为一个军事建置——瀚海军，也设在这里；第四是北庭都护府所辖的金满县，属于民政建制。所以考古证据和历史文献都印证了唐朝在今天北疆的全面部署和治理系统。

金满城与疏勒古城

上面提到的金满城是两汉三国时期与车师国同时存在的一个小国，"金满城"是后来中原政府对它的称谓。东汉名将——有"节过苏武"之誉的戊己校尉耿恭就在那里对抗过匈奴，留下了可歌可泣的英勇事迹。

耿恭在击退匈奴对金满城的一次大规模进攻之后，认识到匈奴不会善罢甘休，必然要卷土重来，所以要重新布防以备不时。他对附近的地势做了仔细的勘察，认为金满城不易久守，故于公元 75 年在一个依山傍水之地率领士兵另建新城——疏勒城。需要注意的是，历史上“轮台”与“疏勒”都有重名的两个不同地区。前文已介绍了两个轮台。而所谓两个疏勒，一个是西域三十六国之一的疏勒国，位于今天南疆的喀什；另一个是耿恭在乌鲁木齐之东所建，即位于今天北疆昌吉州奇台县的疏勒城。（当时没有大数据库，所以地名重复，不足为奇！）

1970 年代，考古学家通过初期探测，认为奇台县境内的石城子可能就是《后汉书》记载的“疏勒城”之所在。最近 10 年，考古界集中了大量人力，使用新型技术，在那里展开挖掘、分类和化验。经过不懈的努力，2019 年疏勒古城终于重见天日。2020 年，在新冠病毒肆虐之际，学者们通过视频会议，将疏勒古城的再现评为 2019 年“全国十大考古新发现”之一。

考古学家在这里确定了汉朝居所屯垦的范围，并发掘出许多生活用品。而疏勒古城的再现，说明在公元 1 世纪时，汉朝除了在南疆塔里木盆地有军事存在之外，在北疆准噶尔盆地也有非常庞大坚实的军事力量与屯田成就。这是汉代对准噶尔盆地实行具体管辖的又一个实物见证。

21

伊犁春秋

西域政权交替的舞台

伊犁与伊犁河

草原丝路在今天新疆境内最重要的一段就是伊犁地区，包括伊宁、霍尔果斯、霍城、察布查尔等地。

要把伊犁讲清楚，必须先说明它的地理特征、政治沿革、人口变化、文化底色和经济状态。严格来说，这个任务即使写一篇博士论文恐怕都未必能完成，何况本书的篇幅有限。同时，我相信读者阅读本书的目的也不是考据治学，而是追求个人兴趣并获得一些知识。所以在每章落笔之前，我都会衡量自己的知识，估计读者的兴趣，两相结合再决定该章的内容和写法。

在本章里，我想从第一次去伊犁的经验谈起。2005 年 8 月，我应“中国科协”之邀，在乌鲁木齐举行的学术年会上做专题报告。出发前几天，我的背部疼痛异常，但还是勉强按时去了。年会结束后，尽管背痛加剧，我仍然不舍得放弃已经安排好的伊宁和阿勒泰之行，所以忍痛上了飞机。飞机一到伊宁，当地的接待人员就送我去了伊犁中医院。一小时的推拿和牵引，加上三天的止痛药片，总共收费 50.60 元人民币。三天之后，背痛全消！这是伊犁留给我的第一印象！

当然，伊犁地区的特色不是中医院，而是伊犁河。如果要用一句话描述伊犁地区，那就是：没有伊犁河，就没有伊犁。

伊犁河发源自天山，由南向北经过伊犁地区，然后转折向西注入哈萨克斯坦的巴尔喀什湖（Lake Balkash）。伊犁地区水系发达，水源丰富，山坡众多，自古以来就是游牧民族向往的上佳牧场。

西域历史上多次政权交替都发生在伊犁河流域。在这里发现了很多古代乌孙人的墓葬，也有许多年代久远而丰富多彩的岩画，还有不少神秘的草原石人——在伊犁的昭苏草原和那拉提草原上有不少石制的头像和半身像，学者判定应该是早期突厥人留下来的。但早期突厥人（或其他相关者）为什么会在草原上留下这些散布多处的石像呢？有的学者认为这是为了标记某个部落占有的草场，也有人认为这是为了纪念先人，还有人认为这可能是一种宗教崇拜的方式。无论如何，我给见到的草原石人都拍了照，总共有五六个。

上　徜徉在那拉提草原
下（左右）　昭苏草原上的石像

乌孙人、斯基泰人、大月氏人、匈奴人

中国的古籍里面明确记载过本节标题中的四个族群，学者们估计，他们出现在伊犁地区的次序一如标题所示。

据中国古籍记载和某些西方学者的推论，乌孙人的祖先可能是4200年前最早到达阿尔泰山区的原始印欧语人口（统称月氏人或吐火罗人；见第2章）的一支。之后，这支印欧语人口南下进入河西走廊，在祁连山北麓游牧。不久，他们（即乌孙人的祖先）和另外一支比他们稍晚到达河西走廊的月氏人（吐火罗人）发生冲突，所以早前进入河西走廊的那一支月氏人就向西迁移到伊犁河地区，建立了名为“乌孙”的游牧国家，因而被史家称为乌孙人。

公元前4世纪，有一批斯基泰人（见第2章）从阿尔泰山区南下，进入乌孙国。他们或者占领了乌孙，取得了控制权，或者和乌孙人进行了深度融合。总之，公元前2世纪时，乌孙的统治集团正是公元前4世纪时南下乌孙的斯基泰人的后裔。

事有凑巧，当初将乌孙人祖先排挤出河西走廊的那支月氏人，于公元前2世纪时受到来自蒙古高原的匈奴人压迫，因而大部分都西迁到伊犁河流域的乌孙国。中国史书称他们为大月氏，而继续留在河西走廊–祁连山区的一小部分月氏人则被称为小月氏。

或者因为争夺牧场，或者因为旧仇新恨，大月氏人到达乌孙后，受到乌孙人的排挤。所以他们停留不久就再度向西南方

向迁徙。正在此时，张骞通西域到达乌孙，想要联合大月氏人与汉朝共同打击匈奴。他从乌孙人那里打听到大月氏人的去处，于是又直奔大月氏人的新家乡——今天的阿富汗。

伊犁河水草丰美，是游牧的好地方，阿富汗则主要是定居农耕者的地区。大月氏人到了阿富汗两三代之后，就转为定居农耕，不想再与匈奴抗争，反而是臣服于由亚历山大东征而来的希腊人所建立的希腊–大夏国（Greco-Bactria，又称希腊–巴特克里亚王国）。又过了大约一个世纪，大月氏人推翻了希腊人的统治，建立起自己的国家，即公元1世纪时统治中亚大部分和北印度的贵霜帝国。当年迫使月氏人西迁的匈奴这时也进入河西走廊，随后又进入准噶尔盆地，到达伊犁河地区，对乌孙国形成了巨大压力，经常会左右乌孙国的王室继承和对外关系。在张骞到乌孙之前，乌孙王屡次娶匈奴女子为王后以示亲善。

需要强调的是，游牧民族变动不居，时聚时散，互相通婚很普遍，因此追查他们的行踪、族源、血缘并不容易。今天把在伊犁河流域的古代族群分为乌孙人、斯基泰人、大月氏人、匈奴人，只是一个梗概而已。

汉、北魏、唐对伊犁的管辖

自从张骞通西域之后，汉朝廷的影响就开始辐射乌孙。汉在西域设置都护府，虽然保持一定的军事存在，却并没有对这一地区实行直接统治。这一时期乌孙对汉朝十分友善，连续求娶汉公主为王后。乌孙虽然是西域三十六国中最强大的国家，但对匈奴也同样保持低调，同时臣服于匈与汉。

此时乌孙的王室是斯基泰人（即塞人）。塞人掌握了高水平的冶炼技术，并且拥有许多佳品矿场。然而，虽然矿源、技术都不是问题，乌孙国还是亟须和汉朝贸易以维持生活与生存。西谚有云：太阳底下没有新事物！对比今天的资源大国哈萨克斯坦，其外贸与中国市场的供求关系，谁能不暗叹历史的巧合？（见第 24 章）

自汉在轮台设置都护府起，中原政权就开始在西域进行屯垦。北魏继承了汉、晋对西域的影响力，对车师（西汉时西域三十六国之一）和乌孙都有一定的威慑。这时北方草原出现了一个新兴力量——柔然。它对北魏一度造成较大的威胁。前者在 5 世纪时联合了西域的一些国家，特别是悦般（北匈奴遭窦宪击败后的残余旁支所建），消灭了乌孙。所以伊犁地区的乌孙国 5 世纪之后就不复存在了。

公元 6 世纪中叶以后，善于打铁，被柔然人视为“锻奴”的突厥人组成了自己的部落联盟，在漠北地区和漠南地区建立突厥汗国，不久分裂为东、西两部。西突厥进入草原丝路，盘踞在伊犁和今日乌兹别克斯坦与吉尔吉斯斯坦一带。几经争战和历史变迁，后期的西突厥几乎完全脱离了早年与东突厥的联系，而成为西域的新兴强国。唐朝曾经在伊犁河地区设置羁縻府州，进行间接统治，而不是实行郡县制的直接统治，西突厥也接受唐朝册封。西突厥的一位统治者——阿史那贺鲁很有野心，听说唐太宗新丧，高宗继位，便开始反叛唐朝。唐朝以大将苏定方讨之，重新奠定了唐在西域的统治地位。

辽代时，虽然其都城设在今天的内蒙古东部，距离西域万里之遥，但它通过蒙古高原仍然和西域保持着密切的来往，并接受西域各国使者的进贡。辽灭亡之后，皇族耶律大石从蒙古高原西进，在中亚建立了西辽，直至为蒙古所灭。1275 年，蒙古在伊犁地区建阿力麻里行省，后来，伊犁取代了唐之庭州（原属乌鲁木齐地区，现在划归昌吉回族自治州）成为蒙古时期东察合台汗国的政治中心（见第 20 章）。

准噶尔汗国时期

明灭元之后，退回蒙古高原的北元势力仍然保存了相当的实力，而位于新疆，与北元同为成吉思汗苗裔的东察合台汗国的力量也颇为可观。两者对明朝成掎角之势，互相拱卫。因此，明朝的国力始终没有投射到嘉峪关以西和阴山之北。17 世纪初，西蒙古四部中最强的绰罗斯部（后称准噶尔部）逐渐统一了准噶尔草原上的某些突厥语部族和其他蒙古部族，于 1678 年建立了准噶尔汗国。准噶尔汗国虽然以位于新疆西部的伊犁为首都，但是其力量最西达到巴尔喀什湖一带，向东直达蒙古草原中部，并掌控今天内蒙古的一部分，向南则进入南疆地区，幅员辽阔，一度对清廷造成重大威胁。

由于准噶尔汗国和新兴的清帝国直接对抗，后者决心对其征伐。经过康熙、雍正、乾隆三代将近一百年的努力，准噶尔汗国终于在乾隆二十二年（1757 年）为清所灭。

伊犁将军时代

在先后消灭、平定了北疆的准噶尔部和南疆的大小和卓之乱的情势下，1762 年，清朝设立伊犁将军，主持南北疆的军事与政务。将军治所初时设于惠远（位于今霍城），后来迁到今天的伊宁。为了固守边疆，清廷用了将近两年的时间向新疆调派了新组建的“伊犁四营”，即锡伯营（由沈阳附近的锡伯族士兵组成）、索伦营（主要由黑龙江地区的鄂温克族和达斡尔族士兵组成）、察哈尔营（由察哈尔蒙古士兵组成）、厄鲁特营（由早前投附清朝的准噶尔人、准噶尔汗国解体后逃入哈萨克地区或进入南疆的西蒙古人，以及 18 世纪由伏尔加河东归的西蒙古部士兵组成）。伊犁四营近万名官兵携带家眷超过 3 万多人，迁移到伊犁河地区驻防并且定居屯田。在历任伊犁将军的经营下，新疆成为清朝直接管辖的稳定领土。

《中俄伊犁条约》

1840 年与 1856 年爆发的两次鸦片战争之后，清朝明显衰弱。1864 年，沙俄乘机逼迫清朝政府签订了《中俄勘分西北界约纪》，强行割占了今天哈萨克斯坦的精华区——大玉兹所在

伊宁拜都拉达大寺

的巴尔喀什湖东南的七河地区（哈萨克语为 Zhetisu，俄语为 Semirechie）的大片领土，共 40 多万平方公里。这里现在是哈萨克斯坦领土的一部分。

1860 年第二次鸦片战争结束之后，清廷由于需要面对太平天国、西北回民起义等危机，对新疆的治理有所减弱。1866

年初，伊犁各族人民武装反抗，清廷在这里的治理因此短暂中断。其中，伊犁出现了由来自南疆的维吾尔族人口（这批人口是最早被准噶尔汗国的噶尔丹强迫迁入北疆的农业人口，被称为“塔兰奇”，是蒙古语“种地的人”之意）建立的伊犁苏丹国，但其内部斗争非常激烈。于是沙俄趁乱进兵伊犁，非法占据这一地区长达 11 年。

面对俄罗斯蚕食中国西北的紧迫局势，陕甘总督左宗棠反驳李鸿章的海防（东南防御）重于塞防（西北防御）的说法，主张塞防和海防应该并重。若将海防塞防之争比附今日讨论“一带”和“一路”何者为重，时人自然就会明白，二者根本不是可以取舍的关系。

虽然清廷朝臣多数赞同左宗棠的意见，但政府却没有军费支持。于是左宗棠自筹军饷，并购置了美国南北战争时生产的最新式武器——后膛七响步枪，带领数万人毅然入疆。在左宗棠的得力指挥和新式武器等因素的配合下，天山北麓和南麓先后收复。1878 年，清朝正式恢复了对新疆的统治。

左宗棠以武力收复了绝大部分新疆被占地区后，清朝有底气要求俄罗斯交回伊犁了。但是俄罗斯深谙清廷外交官员以往的庸碌无能，所以不肯交回伊犁。谈判拉锯一年多，清廷换上新谈判代表曾纪泽（曾国藩之子）。在他的据理力争和左宗棠的军事支持下，沙俄终于同中国签订了《中俄伊犁条约》。

这一条约规定俄罗斯须归还所侵占的伊犁地方，但是伊犁的居民可以在一年之内自由迁居俄罗斯，此外还包括中国准许俄罗斯在吐鲁番等地增设领事馆、向俄赔偿巨额白银、对俄商进行贸易免税等条款。《中俄伊犁条约》及其子约的签订，基本上建于军事胜利之上——没有左宗棠的军事胜利，就不可能收回伊犁。然而最后几经折冲，所谓“交还伊犁”，变成了“交换伊犁”，因为清廷仍然割让了塔尔巴哈台（塔城）西北和伊犁、喀什噶尔以西共 7 万多平方公里的领土给沙俄。这成为中俄外交史上双方实力交锋的一个鲜活例证。

新疆建省

1882 年 3 月，清朝接收伊犁。已经调任两江总督的左宗棠、新任的陕甘总督谭钟麟等人分别上书朝廷，按“故土新归”之意，请求清廷尽早成立新疆省，按照内地各省的行政治理模式来统治新疆。清廷于是派刘锦棠操办建省事宜，并筹设省辖的道府厅州县等事项。

1884 年 11 月，清朝正式批准建立新疆省，以迪化（今乌鲁木齐）为省会，任命刘锦棠为第一任甘肃新疆巡抚。13 世纪末，新疆的政治中心从乌鲁木齐迁到伊犁，19 世纪末又从伊犁回到乌鲁木齐。

新疆建省以后，以中央集权为特征的郡县制代替了伊犁将军时代的民政、军政分治的体制，实现了新疆和内地各省行政制度的统一。这对于两千年来时而归属时而脱离中原政权的新疆来说，有着十分重要且长远的意义。

上　2005 年的伊宁街头

下　我所见到的脸上洋溢欢笑的伊犁人民

22

阿勒泰与塔城

四国边境的风景与风云

准噶尔盆地的西北部有两个重要的丝路城市，一个是位于阿尔泰山区域，历史相对较短的阿勒泰；一个是在额敏河之北，与哈萨克斯坦相邻的塔城。伊宁市（旧称宁远），加上阿勒泰和塔城，是准噶尔盆地西部最重要的三个城市，曾多次出现在新疆近代历史的大事件中。

阿勒泰的汉族小女孩和图瓦老乐师

阿尔泰山脉西南的阿勒泰地区地广人稀，清朝时曾经是蒙古最西部的一部分，不受伊犁将军管辖。19 世纪末，汉人、哈萨克牧民和西北回民逐渐移居那里。到了民国初年，阿勒泰地区并入新疆并持续至今，现属于伊犁哈萨克自治州，首府是阿勒泰市。

2005 年，我是从伊宁出发前往阿勒泰市的。那里主要的少数民族是哈萨克族，语言和民族属性与哈萨克斯坦东部人口完全一样，所以可以称他们为跨国民族。

我们此去的目的之一是看喀纳斯湖。不过，看到喀纳斯湖的天然美景只是此行的诸多收获之一，远不是主要收获。喀纳斯湖附近有山有水，还有不同民族、国籍的游人。我们那次就巧遇了最近（即 2022 年）刚过百岁诞辰的杨振宁教授和他当时新婚不久的夫人翁帆女士。

喀纳斯湖位于中、哈、蒙、俄边境，此番往返于阿勒泰市和喀纳斯湖共计两天，最重要的收获是路上结识了一位小朋友——我们导游的女儿。我们预约的导游是一位新疆生产建设兵团的子弟，自己开一辆越野车做散客生意。许是因为头一天晚上跟我们夫妇谈话时觉得我们很随和，所以第二天早上来接我们的时候，他便跟我们商量："我九岁的女儿虽然出生在阿勒泰，但还没去过喀纳斯湖。我的车是六座越野车，你们介意让她跟着去吗？"我们一听是个小女孩，便欣然同意了。上了车，果不其然见到的是一个模样秀气的小姑娘。虽然她爸爸事先说她不会打扰我们，但我们在路上却主动找她说了不少话，她都对答如流，落落大方。不知怎的，我们你一句我一句地背起了唐诗。九岁的小姑娘还真可堪"腹有诗书气自华"！我想考验她一下，就想到李白的一首未收入《唐诗三百首》但却广为传颂的七言绝句。于是我起头背道："日照香炉生紫烟。"小姑娘居然不假思索就背出下一句："遥看瀑布挂前川。"当我太太再加一句"飞流直下三千尺"之后，小姑娘很开心地背出来最后一句："疑是银河落九天。"我心中惊喜不已，也看到司机位子上的爸爸更是十倍开心于女儿。

我的惊喜不在于遇到了一个会背唐诗的小女孩，而是因为那段时间正是中华文化濒危论盛行之时，不少人都认为中华文化正在受到西方文化的侵蚀，需要加以保护等等。的确不是危言耸听，这些年来，许多国人对许多西方事物都会表现出一种莫名其妙的崇仰。比如，一些人把基督教传统节日——11 月 1 日万圣节（All Saints' Day）——的前一晚，10 月 31 日晚的"Halloween"误称为"万圣节"，还要学习某些欧美人，打扮得不同寻常，去开派对（party），庆祝被他们误认的"万圣节"。其实，"Halloween"只是少数几个西欧国家的民间习俗，他们认为小鬼们会趁诸圣人还没出来的前一晚，特地为非作歹一番，于是有些人就在这一晚假扮小鬼，乘机玩乐，第二天再正儿八经地去教堂庆祝万圣节。某些国人的误解固然可笑，但这又引起另外一些国人过分的忧虑，好像绵长而独特的中华文化不堪冲击，华夏不久就要变成夷狄了！当我见到一个在西北边城阿勒泰出生的小女孩能够背诵许多唐诗时，我不仅看到她的聪慧，也看到了她父母甚至是祖辈对她的培育与重视。更进一步说，从这个小姑娘身上，我看到了韧性十足的中华文化的未来。

在游喀纳斯湖的两天里，我第一次接触到图瓦人。尽管他们在中国境内人数很少，但他们最为人称道的喉音歌唱"呼麦"

上　与喀纳斯湖畔的图瓦乐师合影

下　图瓦乐师的乐器演奏会海报

上　图瓦人的木屋
下　清澈的喀纳斯湖水

却因其举世无双的特色而闻名于世。

在喀纳斯湖畔的一个帐篷里，我们听了一次音乐会。不是呼麦歌唱，而是一位六十岁左右的图瓦乐师的神奇乐器演奏。他的乐器是一根好像芦苇管似的竖笛（然而笛身没有孔），演奏时口含乐器的一头，用他的口型和舌的位置控制气息，同时从这个笛子般的管子里吹出两个不同但又和谐的曲调。这种重叠的乐曲颇有些像欧洲古典音乐中的赋格（fugue），但赋格的演奏需要用一台大键琴和两只手才能弹奏出来，而这个图瓦乐师依仗的只有两片嘴唇和一个舌头。当地的人告诉我，这种演奏法只有喀纳斯湖地区极少数的图瓦乐师能掌握。

可可托海“博物馆”

到阿勒泰的行程很紧，比较遗憾的是没有机会到阿勒泰东南的富蕴县的一个著名小镇——可可托海（哈萨克语意为“绿色的森林”）去参观。近几年的一首歌《可可托海的牧羊人》红遍全中国，连我这个从来不关注流行歌曲的人都能跟着哼几句。这个小镇简直是座浓缩的自然博物馆：阿尔泰山就在眼前，额尔齐斯河穿过它；这里有保持得最好的地震断裂带；曾经录得零下 60 摄氏度的低温。小镇只有 6000 多人，以矿业为主，从 19 世纪就开始开采矿藏。阿尔泰山本来就富蕴金矿，可可托海附近的矿藏更是富蕴着许多宝石和稀土金属。所以，从 20 世纪 30 年代开始，当时的苏联人就在那里开矿提炼。20 世纪 50 到

60 年代，中国收回可可托海的矿权，但还有苏联技术人员在此提供技术支持，所以，这个小镇仍然保留了许多俄式建筑，仿佛一个俄罗斯式建筑的展览区。

稀土金属是可可托海的经济命脉，最为著名的是“三号矿脉”。那里开采出来的一些稀土金属是目前手机、电脑、人造卫星都必须大量使用的原材料。许多人都知道中国是全世界最大的稀土金属出产国，而稀土金属的重要产区之一，位于新疆西北部的可可托海却鲜为人知。

20 世纪 60 年代中苏两国关系紧张的时候，苏联逼迫加快还债。据说，中国这部分欠债的大约三分之一是用可可托海“三号矿脉”的稀土金属偿还的。当然也有人说，当年那么快就能偿还债务是靠着全国勒紧裤腰带，用一火车一火车的生猪和大豆等物资偿还的。无论如何，中国许多自己民生和工业发展都亟须的原材料的确被迫优先供给苏联，以偿还卢布外债。

塔城与沙俄

塔城位于中国和哈萨克斯坦的边境。沙俄兼并哈萨克草原以后，塔城就成了中俄的边境城市。当时许多哈萨克商团都到中国境内贸易，俄罗斯人有时候也就搭在其中，每年到伊犁、塔城等地来做生意。塔城附近有个重要的金矿，俄罗斯人得知后就想占为己有。恰逢鸦片战争中国战败，被迫签订了不平等条约。沙俄也趁火打劫向清政府索求一块地方作为他们的贸易据点，同时希望俄罗斯商人可以到伊犁、塔城、喀什这三个地方自由贸易，并要求中国在税务方面做出让步。清廷固然知道这是侵犯自己利益的无理要求，但是当朝的官员既没有外交的能力，国家也没有保护自己的实力，所以在 1851 年的夏天，中俄两国签订了《中俄伊犁塔尔巴哈台通商章程》(简称《伊塔通商章程》)。特别强调，这个不平等的通商章程是中国在未战败的情况下签订的。

《伊塔通商章程》的主要内容包括：第一，俄国可以在伊犁和塔城设立领事馆保护侨民——这意味着俄国在新疆有了根据地；第二，俄罗斯人在这两个地方通商免税——这是俄罗斯一直想要的特权，至此终于得逞；第三点最为重要，就是俄罗斯在新疆享有领事裁判权。

在塔城西南的深谷里，有一片品质上佳的黄金矿脉，叫作雅尔噶图金矿。《伊塔通商章程》签订之后，清朝政府决定开禁，让老百姓前来采矿，以便征收金课，增加政府收入，用以支付军饷。

俄国人当然知道中国人在这里采金已有多年历史，且金矿在塔城的西南，明显位于中国境内。可是时任沙俄西伯利亚总督给中国的伊犁将军奕山发照会说，该矿位于俄国境内，中国矿工在那里开矿侵犯了沙俄的利益，要求中方把矿工尽快撤出，不然俄方不能保证将来会不会由此引起重要的事端。

伊犁将军奕山据实回复，重申中国人在此地的开矿史，而且指出雅尔噶图根本就在中国境内。然而，话虽如此，他还是

骑马穿行阿勒泰地区的当地人

怕生事端，唯恐一旦真的起了冲突，中国打不过沙俄。于是，奕山就想了一个息事宁人的办法：以金矿产量不丰，矿业不旺为由，再一次下令封禁开采，等于自毁长城，自断卫国筹饷之途。

中国矿工们当然不满意，就进行了抗议活动。俄罗斯驻塔城的领事率领几百个人闯到中国境内驱逐矿工，中国矿工遇害受伤无数，而清政府并没有对此进行有力的表态和反击。

这一时期，沙俄还在塔城开设了一个相当于租界的俄罗斯贸易圈，属于他们的自治地。沙俄领事率人在雅尔噶图金矿枪杀了中国矿工之后，就有中国人去焚烧了这个沙俄贸易圈，因此又引发另一起事故。不过，因为焚毁面积比较大，而且货物基本被烧毁殆尽，所以俄国领事也只能先带俄国商人回到俄国。

俄国十月革命之后，俄人分为红白两党进行内战。这个时期有成千上万的白俄军人与俄罗斯难民分批涌入塔城。当时主政新疆的杨增新向北京求援不果，遂制定了一项务实而人道的政策：入境中国的俄罗斯军人必须在边境解除武装，然后分开安置在几个地点，并按日配给口粮。事实上，进入中国的俄国白军领袖是沙皇的女婿，意图隐藏武器，在塔城附近建立基地，以期反攻俄境内的红军。这个计划被中方知晓制止后，他多次掀起暴动，但都被及时挫败压制。后来中国和刚成立的苏联达成协议，滞留中国的俄罗斯人可以选择回国，也可以加入中国国籍。最终，超过一半滞留的俄罗斯人选择留在中国。

这一部分俄罗斯人的后代还有不少住在塔城。据我所知，俄罗斯族在中国主要集中在两个地方：一个是内蒙古自治区室韦边上的恩和俄罗斯村（见第 6 章），另一个就是新疆塔城。

解放战争时期

第二次世界大战结束前夕，在苏联的支持下，一部分在苏联境内受过军事和其他训练的新疆少数民族人员，于 1944 年秋在伊犁、塔城和阿勒泰三个地方组织了反抗国民党统治的游击队。1945 年 8 月，这些人员在上述三个地区建政，这就是新疆近代史中的“三区革命”。1945至1946年，经过多方极为复杂的谈判，“三区”地方政府同意和国民党建立新疆省联合政府，由留学苏联但形象较为中立的维吾尔族人包尔汉出任省副主席（1949年1月任新疆省主席）。

这里要讲的不是革命的过程，而是我和熟悉这段历史的朋友往来时获知的一段鲜为人知的往事：1947年，原国民党高级将领陶峙岳任新疆警备司令，率领部队试图控制新疆的局面。在解放战争的最后阶段，他于1949年9月率领10万国民党军人宣布起义，支持新疆的和平解放。20世纪50年代，他曾担任新疆军区副司令员以及新疆生产建设兵团的司令，其他起义人员也都按原有的军阶编入人民解放军或新疆生产建设兵团。所以，许多目前在新疆工作的干部、企业人员以及知识分子都是当初驻疆部队的后人。他们的先人为新疆的和平解放做出了贡献，而他们自己也正在为新疆的和平建设做贡献。

1949年8月，中国共产党在北京筹备建立中华人民共和国，并且准备召开中国人民政治协商会议。革命的领导人阿合买提江以及其他新疆知名人士应邀到北京参加会议。他们一行从新疆伊宁坐飞机，经过苏联飞往北京，但是在经过外贝加尔地区上空时飞机失事，全体新疆代表在此次空难中丧生。噩耗传来，新疆人民非常悲痛，而北京也受到了意外的冲击。这次失事的原因到底是偶然的机械故障，还是人为导致，至今仍然是个谜。答案只能留待今后的历史学家去揭晓。

喀纳斯湖

23

霍城与察布查尔

锡伯营来此开垦戍边

霍城游

乾隆于1757年剿灭了准噶尔汗国，又于1758年平定了大小和卓之乱以后，设立伊犁将军，并特意重建惠远城（即今天的霍城）为伊犁将军驻地。早在西汉时，此地属于乌孙国，已是东西交通的要衢。今天的霍城在伊宁之西四五十公里处，位于中国和哈萨克斯坦的边界附近。惠远古城虽然现在有些颓塌，但仍是霍城的参观景点之一。

其实早在唐朝，中央政府在霍城就有政治建制，起初属昆陵都护府，北庭成为大都护府以后，霍城便隶属北庭大都护府。

蒙古时期和元朝，霍城开始受到欧洲人的

关注。那时丝绸之路畅通，东西来往频繁，蒙古人在今霍城地区建立了一个行尚书省，称作阿力麻里（见第 21 章）。后来的察合台汗国即以阿力麻里为首府。元亡后，明朝没有直接统治这里，此地因而成为西蒙古（汉语音译为瓦剌、卫拉特、厄鲁特）的牧地。西蒙古大致分为四部——准噶尔部、杜尔伯特部、和硕特部、土尔扈特部，四部之一的准噶尔部于 17 世纪统一北疆。他们也以阿力麻里为首府。因此，今天在地图上几乎都找不到的霍城县，在历史上的来头不可小觑——它在汉、唐、辽、元、明时期都是重要的城市。

今天霍城最重要的，或者说本地人最愿意对外宣传的，倒不是其悠久的历史，而是这里美丽的自然风光。霍城的风景确实很好，附近有“大西洋最后一滴眼泪”——赛里木湖，湖区不远处即是著名的果子沟。当季之时，这里有颜色美艳悦目的大片薰衣草，和法国南部的景观不相伯仲。此外，这里还有很大的一片葡萄长廊。所以本地的旅游从业者大都并不执着于介绍霍城历史，一是因为太复杂了，一般游客未必有兴趣，即使用心听了，也很难记得住；二是本地的自然风光足以令任何语言和掌故都黯然失色。导游们通常只介绍赛里木湖和果子沟，带领游客去薰衣草庄园和葡萄长廊照相“打卡”，就足以让游人对霍城赞不绝口，终生难忘了。

本书并非为一般游客而写，但即使有心钻研的读者，看完了前述极简的历史介绍，也未必记得住。我在丝路上行走了几十年也无法牢记所有的史实掌故。西域复杂的过往，必须依靠参考书和地图才能梳理出一个较为清晰的脉络！所以，我愿奉劝读者诸君，切莫轻易放弃，即便不以记住具体的知识为目的，如果能通过本书对丝路有一个难忘的印象，对西行留下渴望的萌芽，就可知足矣！

赛里木湖畔毡帐里的一席谈

在短短一天的霍城之行中，我有幸和两位跟我年纪差不多的本地退休干部在赛里木湖边的一个毡帐里吃饭，喝酒，聊天。

主人是第四代的霍城人。他自言其先人是19世纪下半叶从甘肃迁来新疆的。我问他，当时为何选择留在霍城定居，他说据老人家言，当年由于战乱和经济破坏，他们在家乡已无法生存，就和不少同乡往西逃荒，一路上几次停留，都无法安身。到了霍城，才知道这里已经是中国国境的尽头，于是无论如何都不再西行，就选择定居在此地了。

另一位同席的本地人则出生在阿勒泰地区的一个县城。他父亲原籍河南，曾任国民党驻疆部队的连长，1949年起义后改编为人民解放军，后来转业到伊宁市。他本人在伊宁长大，一直在伊犁哈萨克自治州的机关里工作。

我是个海外来的游客，对他们很好奇，他们对我亦如是。于是三个年龄相仿、背景迥异的“路伴儿”吃着本地的清真美食，举杯畅饮美酒，天马行空地谈起我们都较为熟悉的中国近代史。

这通谈话令我至今难忘的，大概有以下三点：

第一点就是伊宁市的人口分布。伊宁市约有50万人，哈萨克族、汉族居多，这里是哈萨克自治州，自然不稀奇。然而，出乎我意料的是，此地也有很多维吾尔族人。关于这些维吾尔族人为何会由南疆大规模迁到北疆，有一段我过去未曾知晓的历史。

17世纪后期，准噶尔汗国的噶尔丹征服了南疆的叶尔羌汗国后，强迫南疆各地的许多穆斯林农民到伊犁河谷开垦土地，如若逃出伊犁，将严惩不贷。这些人被叫作“塔兰奇”（蒙古语“种地的人”）。南疆农民与本地的游牧民族语言不同，生活方式迥异，社会地位也有区别。在17至18世纪伊犁地区的特殊语境里，这个名词带有“官家农奴”的含义。

18世纪中叶，乾隆平定准噶尔部后，清廷为了供应八旗驻军的粮食，也为了开发伊犁，保留了上述制度，还特地又从喀什噶尔地区迁移了6000户维吾尔族农民到伊犁。早先来的“塔兰奇”便把这些后来者叫作“喀什噶尔人”。

要发展农耕，就必须从伊犁河及其支流引水灌溉。除了维吾尔族人以外，锡伯族人也善于耕作。所以，锡伯营的军民就引伊犁河水，建成了许多灌溉沟渠，因此开垦了大片的良田。渐渐地，伊犁不但形成了农牧并重的经济，还得到了“塞外江南”的美称。

我跟这两位颇有学识的本地人学到的第二件事，就是新疆历代复杂的行政隶属关系。

从11世纪开始，南疆开始了伊斯兰化的过程。到15世纪初，整个南疆几乎完全伊斯兰化了。此时恰逢蒙古人统治新疆，蒙古人不是穆斯林，但他们采取了一种双重统治的方式：第一重统治是利用宗教，扶植某些伊斯兰教教士协助统治。因而，教士（在新疆普遍用波斯语称为“毛拉”或“大毛拉”，指清真寺的教长，也泛指穆斯林学者）受到政治上的尊重与肯定，并被赋予了一定的发言权。

第二重统治就是世俗行政的统治。察合台汗国统治时期，一部分蒙古贵族分封到不同的地方，被称作“伯克”，即许多突厥语族语言里共有的词汇“beg”，相当于汉语的“大人”。初期的伯克是世袭爵位，受封于汗国，与宗教没有联系。清朝时，中央政权在本地的影响力转强，“伯克”变为由中央任命的地方首长，像内地的“流官”一样，是可以被免职的。此外，这一时期担任“伯克”的往往并非蒙古贵族，而是维吾尔族传统上层。他们独揽税收之责，还可以规定属下居民的徭役，相当于清政府在本地的地方官吏。

除此之外，清廷还按照对蒙古的统治制度，在新疆实行“扎萨克”制。扎萨克就是行政单位旗的旗长。在人口、语言、宗教都很复杂的新疆，清朝经常并用“伯克”和“扎萨克”这两种制度来酬庸本地人，并使他们彼此制衡。

由古及今，我们的谈话自然又说到今天新疆的建制。新疆维吾尔自治区是一个省级单位，与自治区一样直接向国务院负责的还有新疆生产建设兵团。新疆维吾尔自治区是从版图的角度划定的中国领土区划，但是在自治区内部，还有一些地方是由新疆生产建设兵团开垦出来，并且直接管理的行政单位。

新疆生产建设兵团和新疆维吾尔自治区并非泾渭分明。比如说，1960 年代由内地知识青年建设起来的石河子市，现在已经成为新疆一个著名的农业和工业基地，甚至还办了一所我去参观过并且做过演讲的大学——石河子大学。石河子市是新疆维吾尔自治区的一个市，但是它的市长历来都是由新疆生产建设兵团第八师的师长兼任，也就是说，石河子市就是新疆生产建设兵团的第八师。

察布查尔县的锡伯族

从伊宁向南看，伊犁河的南岸就是察布查尔锡伯自治县。因为我了解锡伯人的一些历史，所以这次算是有备而来，事先联系了要去参观的地方。首先参观的是乌孙古墓景区，它比锡伯人迁来此地的年代还要再早至少 2500 年。此外，我还参观了一场满文的书法展览，以及锡伯人到达之后兴建的靖远寺，这是当地最重要的文化景观之一。

察布查尔锡伯自治县派出的接待人员告诉了我一个关于察布查尔的口诀：一山（天山）、一水（伊犁河）、一边（与俄罗斯的边境）、一园（民俗风情园），高度概括了该县的自然和人文地理。他们还很郑重地给我讲述了锡伯军人和家属到新疆的历史。

康熙亲征准噶尔之后不久，准噶尔政权再度复兴，内部团结安稳，所以，清朝审时度势，不轻易动兵。但是 1755 年，准噶尔部因汗王去世而引起内讧，乾隆趁机从甘肃、陕西等地调兵，一劳永逸地解决了准噶尔边患。

然而，戡平准噶尔之乱不久，南疆又出了大小和卓之乱。乾隆平定了和卓的叛乱之后，做了一个理性的决定：从满族龙兴之地东北抽调兵丁远戍新疆。

乾隆认为，不在新疆驻军就无法在这个遥远而广阔的地区体现主权，震慑边疆。而乾隆年间，清朝纵然国力鼎盛，全国的八旗军加起来也不过十几万人。清朝当时依靠的主力军队是从明朝接收过来的以汉人为主的绿营军。虽然某些时候绿营军发挥的作用很大，但是在清朝皇帝心中，八旗军（包括满八旗、蒙八旗和汉八旗）才是他信得过的精锐部队；在装备和军饷上，绿营军都比八旗军逊色不少。

八旗军的人数不够多，而且又都驻扎在各个要地，所以乾隆决定从东北老家抽调一部分虽不及八旗军，但仍可谓精锐，尤其是可信赖的部队。这就是后来所谓的锡伯营、索伦营和察哈尔营。

这里只说锡伯营。锡伯人的语言和满语相似，血缘也很近。西戍的锡伯人主要是从沈阳附近抽调出来的 1000 名士兵和 20 多名军官，加上他们的家眷共 4000 多人，于 1764 年春天分两批出发，经过大半年的行军到达新疆。他们开拔之前被告知这只是普通的驻防调动，以后还会再调回老家的。怎知道，近 260 年过去了，清朝灭亡也超过 100 年了，锡伯营还没收到再次调动的军令！

锡伯营向伊犁将军报到后，伊犁将军按八旗军的规矩把他们整编。待冬季伊犁河结冰之时，便命令他们渡河，在伊犁河南岸扎营、屯田，慢慢发展。

我说慢慢发展是有所指的。锡伯人过河之后，根本看不到任何瓦剌人（准确地说，是准噶尔人）。因为此时的瓦剌除了内讧导致衰弱外，还赶上天花大疫的流行。据记载，十个瓦剌人中，四个人死于天花，三个死于战争，剩下不愿意投降又没有染上天花的三个人之中有两个人过境去了俄罗斯。所以时谚云："数千里间无瓦剌一毡帐。"就是指当时准噶尔人或其他的西蒙古人一败涂地，千里绝迹之惨状。

锡伯人所到之地缺乏补给，只有大片未开垦的土地。还好锡伯人素来就会种田，所以就在伊犁河岸边建立了 18 世纪旗人版的"集体农庄"。他们还在伊犁附近营建了多条沟渠，用来灌溉农田，这是过去在游牧地区少见的新鲜事物。

除了屯田生产，补充军需之外，这支锡伯族的军队毕竟还有军事属性，所以他们都配有最基本的武备，如长枪等。锡伯人和满人最引以为自豪的就是他们精湛的骑射技艺。新疆的锡伯人仍然保有此遗风，今天一些锡伯族青年仍然以能够拉弓射箭为荣。

锡伯人在新疆至今已有近 260 年了，现在锡伯自治县有 2 万多锡伯人。据说在察布查尔的锡伯人中，目前仅有不超过一半的人口真正能够用锡伯语交谈。我见过的一家锡伯人，以普通话为日常用语，当我问他们能不能说锡伯语的时候，他们赧然地彼此看了看，答道："能说几句吧！"（但是新疆的锡伯人都能说流利的汉语，许多人也会说维吾尔语。）

据我所知，今天故宫研究满文档案的人员多半是从新疆锡伯族里面选拔出来的，或由他们培养出来的。中国有好几个大学

与锡伯族书法家合影，后面为其创意书法作品

开设满文专业，但是今天不论是满族还是汉族的学者，能够看懂满文档案的人并不多。我在察布查尔锡伯自治县看了一场很能反映锡伯族历史的创意书法展。其中一位本身是中学老师的锡伯族书法家，既精通汉字书法，又能读写满文。他把汉字书法的特征和满文结合在一起，创造性地用草书和行书的方法书写满文。

我能看出他的书法中有某些汉字草书和行书的笔画，但是拼到一起就完全看不懂任何一个字。这位锡伯族的书法家就“知其不可为而为之”地耐心给我解释。我的母亲是满族，成长于辽宁海城一个由八旗军营演变而成的满族乡镇，所以我有很强的动力用心听，但用心之后的结果还是“擀面杖吹火——一

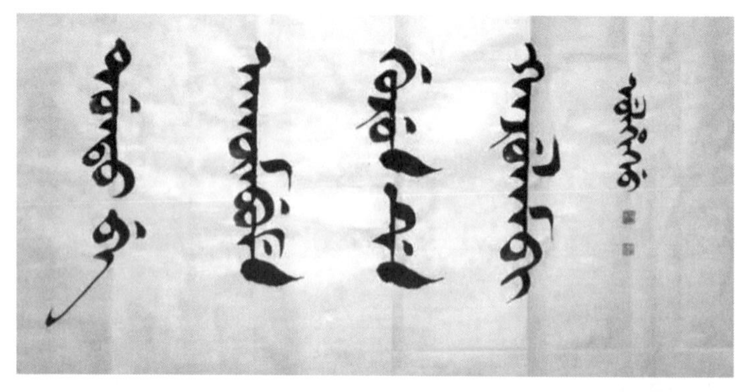

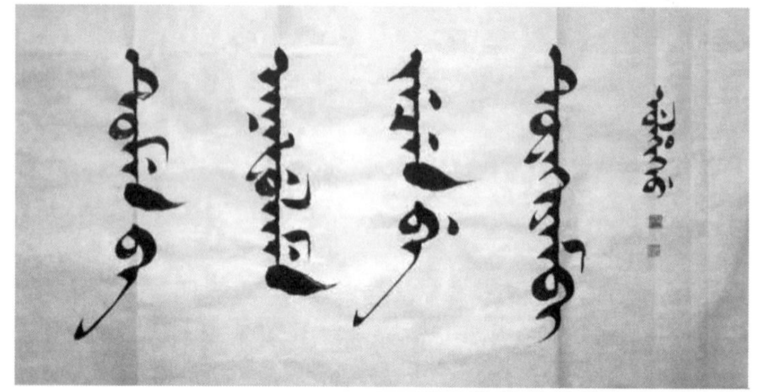

传统的锡伯族满文书法

窍不通”。

令我最欣慰的是，在伊犁河南岸，仍然有成万的人口可以使用几乎能与满语相通的锡伯语交谈，并且能够读写满文。作为半个满族人，我很庆幸乾隆当初命令几千名锡伯人长途跋涉到中国的最西部——要是他们都留住在沈阳附近，今天中国可能已经没有多少人还能读写满文，遑论研究北京故宫里的满文档案。

24

霍尔果斯口岸

世界岛的心脏地带？

站在口岸看哈萨克斯坦

草原丝路行进到新疆伊犁哈萨克自治州的西端就是霍尔果斯。2006 年夏天，我第一次到这个边境口岸，当时中哈两国已经协议要把霍尔果斯口岸建为中哈共有共用的通关保税区。

中国同 14 个国家有陆地边境，口岸更是有几十个之多。我站在霍尔果斯口岸眺望对面的时候不禁想到中国的地缘政治格局：中国是海洋国，更是陆地国，中国东部的渤海湾地区、长江三角洲地区、珠江三角洲地区充分得益于最近几十年来的改革开放，也充分利用并扩大了他们面朝海洋的优势。在新疆的西部，面对着能源充足、基础设施欠佳的中亚五国，霍尔

我的身后，就是全世界最大的内陆国家——哈萨克斯坦

果斯的前景以及它的发展方向绝对也值得期望。

当时的边境口岸通道是一座公路桥，游人能步行到陆桥的东端，也就是 312 国道的西部尽头。在那里摄影留念时，我的背景就是全世界最大的内陆国家。

哈萨克斯坦是全世界面积第九大的国家，国土面积 270 多万平方公里，将近新疆加西藏面积之和，而人口只有不到 2000 万。它原是苏联的第二大加盟共和国，今天的人口中 60% 是哈萨克族，35% 是俄罗斯族。其公共生活、学校教育甚至是日常生活的主要语言是俄语。首任总统纳扎尔巴耶夫曾是苏共政治局委员，苏联解体前夕，他曾被认为是苏联政坛的明日之星。哈萨克斯坦对苏联解体并不积极，其独立甚至有些不得已。然而独立后，它是苏联 15 个加盟共和国中唯一没有经过政变、镇压、对外战争等流血冲突而建成的现代民族国家。纳扎尔巴耶夫总统在国内无可匹敌，连任总统近 30 年，2019 年因为年龄关系，主动辞职，退居第二线，但仍保留了巨大的影响力。2021 至 2022 年之交，哈萨克斯坦发生政治动乱，纳扎尔巴耶夫退出了他独占 30 年的政治舞台，新总统托卡耶夫提出比较温和但指向明显的改革路线。

哈萨克民族正式诞生于 16 世纪，在其历史观中，他们是古代的乌孙、康居、塞人、匈奴、突厥和蒙古人整合而成的以游牧为主要生活方式的民族。15 世纪，欧亚大草原东部白帐汗国的大量人口——乌兹别克人——南下到中亚的两河流域，从游牧过渡到定居和农耕生活，因此和仍然留在草原上从事游牧的部落之间产生了文化和政治差异。而后者经过整合，建立了哈萨克汗国，哈萨克民族由此正式诞生。哈萨克语是阿尔泰语系突厥语族的语言，但是哈萨克人承认蒙古人，特别是金帐汗国的人口，是哈萨克民族的重要来源之一。许多哈萨克人甚至认为成吉思汗也算是哈萨克人，因为他的母亲出身于弘吉剌部，而弘吉剌部被公认是早期哈萨克民族的重要部落之一。

世界岛的地理历史由来

19 世纪末，美国海军军官马汉（Mahan）出版了一本关于海权的名著——《论海权对历史的影响》。美国的领土使其独霸北美洲大陆：欧洲人从北美洲东岸登陆，逐渐向西发展到大陆西岸以后，美国成为一个东临大西洋、西濒太平洋、南对墨西哥湾与加勒比海的国家。它的陆上邻国只有两个，一个是人口只有它的十分之一，与它大致同文化、同语言的加拿大（大约 25% 的加拿大人的母语是法语）。而美国南部的邻国墨西哥与它实力相差悬殊，而且美墨的边境远不如美加边境那么长。所以美国几乎完全不必顾虑陆上的安全，海洋是它唯一的发展方向。自从马汉提出海权论之后，美国国防与外交的基本信条就是必须保持其海上优势，依仗海上力量投射美国的实力。

1904 年，英国的地缘政治专家——很可能是全世界最早在学术年会上讨论地缘政治理论的学者——麦金德（Mackinder）教授发表了一篇题为《历史的地理枢纽》（*The Geographical*

The Geographical Journal, Vol. **170**, No. 4, December 2004, pp. 298–321

The geographical pivot of history (1904)

H J Mackinder

The

Geographical Journal.

No. 4. APRIL, 1904. Vol. XXIII.

THE GEOGRAPHICAL PIVOT OF HISTORY.*

By H. J. MACKINDER, M.A., Reader in Geography in the University of Oxford; Director of the London School of Economics and Political Science.

When historians in the remote future come to look back on the group of centuries through which we are now passing, and see them foreshortened, as we to-day see the Egyptian dynasties, it may well be that they will describe the last 400 years as the Columbian epoch, and will say that it ended soon after the year 1900. Of late it has been a commonplace to speak of geographical exploration as nearly over, and it is recognized that geography must be diverted to the purpose of intensive survey and philosophic synthesis. In 400 years the outline of the map of the world has been completed with approximate accuracy, and even in the polar regions the voyages of Nansen and Scott have very narrowly reduced the last possibility of dramatic discoveries. But the opening of the twentieth century is appropriate as the end of a great historic epoch, not merely on account of this achievement, great though it be. The missionary, the conqueror, the farmer, the miner, and, of late, the engineer, have followed so closely in the traveller's footsteps that the world, in its remoter borders, has hardly been revealed before we must chronicle its virtually complete political appropriation. In Europe, North America, South America, Africa, and Australasia there is scarcely a region left for the pegging out of a claim of ownership, unless as the result of a war between civilized or half-civilized powers. Even in Asia we are probably witnessing the last moves of the game first played by the horsemen of Yermak the Cossack and the shipmen of Vasco da Gama. Broadly speaking, we may contrast the Columbian epoch with the age which preceded it, by describing its essential

* Read at the Royal Geographical Society, January 25, 1904.

0016-7398/04/0002-0001/$00.20/0

麦金德发表在刊物上的著名论文《历史的地理枢纽》

Pivot of History）的论文。他把欧洲和亚洲视作一个完整的陆地单元，即世界岛，将北非和部分东非也算作世界岛的一部。

他认为，世界岛是全世界最重要的部分，南北美洲、大洋洲和绝大部分的非洲都不在“世界岛”的范围内，甚至连东南亚的几个面积颇大的岛国也不包括在内。一个依靠海权建国的大英帝国的学者，居然在大英帝国国势如日中天的时候（第一次世界大战之前）提出陆权论，顿时引起了人们的关注。他的立论点在于，人类文明的交往史上，欧亚大陆是文明的先行者，也是文明最容易交往互鉴的区域。不论是罗马帝国、波斯帝国、拜占庭帝国、阿拉伯帝国，还是后来的俄罗斯帝国、德意志帝国，都曾经考虑过要控制欧洲的中心地区，就是今天的波兰和乌克兰西部。麦金德除了提出“世界岛”的概念之外，还用三段论的方法提出了“心脏地带”的概念：谁控制心脏地带就可以控制世界岛，谁控制世界岛就可以控制全世界。2022 年初爆发的俄罗斯对乌克兰（以及欧盟与北约）的战争，是否意味着在人造卫星满天飞的今天，还有人执着于世界岛心脏地带论，相信各位读者自有判断。

心脏地带的概念

心脏地带在哪里呢？就是今日的哈萨克斯坦及其附近。更准确地说，就是从东欧平原一直延伸到西伯利亚平原的大片地区，包括俄罗斯的大部分、中亚五国、伊朗、阿富汗及中国的西北部。

麦金德提出这个概念的历史背景，正是19世纪大英帝国和逐渐崛起的沙俄帝国在中亚、阿富汗，甚至在伊朗范围内进行的所谓“大博弈”（The Great Game）。英国以巴基斯坦和印度作为基地，朝西、北（即中国的西藏、新疆以及阿富汗、中亚各国）扩张势力；俄罗斯则从北方向南推进，他们已取得了高加索地区和中亚的大部分（包括今哈萨克斯坦），正在对中国新疆和尼泊尔蠢蠢欲动，最终目标是染指英属印度。麦金德基于这个现实，看到了英、俄之间争取欧亚大陆霸权的一面。

如果我们看一下欧亚大陆的地图则会发现，当前在整个欧亚大陆上，有三条所谓的欧亚大陆桥。第一条是穿过寒带，从符拉迪沃斯托克（海参崴）到莫斯科的西伯利亚铁路。第二条是穿过温带，从中国连云港到荷兰鹿特丹的铁路。正是这条铁路通过霍尔果斯进入哈萨克斯坦，再穿过中亚进入欧洲。由此可见哈萨克斯坦在欧亚大陆东西交通中的重要地位。第三条可能存在的欧亚大陆桥是从孟加拉国经过印度，再穿过巴基斯坦、阿富汗、伊朗向西去的铁路陆桥。从陆路走的大宗物流，如果在各国边境通关顺利而有效，就会比海运快速且安全得多，单位运价也因此会低许多。2006年我到霍尔果斯之后不久，从四川成都经新疆到波兰的铁路通车。2014年，霍尔果斯口岸升级为霍尔果斯市，其受重视的程度由此可见一斑。

“一带一路”的历史使命

2013 年 9 月，中国在哈萨克斯坦的首都阿斯塔纳宣布了“丝绸之路新经济带”的构想。两个月之后，又在印度尼西亚的万隆提到“海上丝绸之路”的概念，从此形成最近这些年受到全世界热烈讨论的“一带一路”倡议（Belt & Road Initiative，简称 BRI）。这个倡议是对过去历史的总结，也是对未来人类文明发展和国际交往的一个预言。从中国的角度看，“一带一路”是海陆并重的表现，不偏废任何一方。

清朝末年曾经有塞防和海防之争，而今后海、陆将是一支协奏曲，没有谁重要谁不重要的争论，只有在什么时候应该强调哪一方面的区别。“一带一路”的另外一个旨趣，则在于整合沿线各个地区需要建设，需要资金、人才和技术的地方，把没有得到开发的市场潜能调动起来。

人类只有一个可以栖身的地球。面对气候变化、环境污染、全球传染病、国际贩毒活动和恐怖主义的威胁，人类如何自处求存、如何互助共济，是今天全世界必须面对的挑战。在霍尔果斯口岸凝望未来，我缅怀着草原丝路的过去，对“一带一路”的前景则寄以厚望。

天山与哈萨克草原段

上　哈萨克斯坦的地标建筑——可汗沙特尔
下　草地上的通车典礼

25

昔日都城阿拉木图

古老土地上的新城市

七河地区、哈萨克人、俄罗斯人

从新疆西部越过国境进入哈萨克斯坦，边境附近最重要的城市就是位于“七河地区”（突厥语为 Zhetisu，俄语为 Semirechie）的阿拉木图（Almaty）——哈萨克斯坦最大的城市，1997 年之前的首都。

“七河”是指七条发源于中国天山山脉及其支脉阿尔泰山的河流。这七条河都不太长，大都注入哈萨克斯坦的第一大湖——巴尔喀什湖。“七河地区”适于农作，3000 年前就已经有相当规模的农业生产，也曾是乌孙、康居等古代游牧民族的栖息之所。根据考古学研究，“七河地区”先有定居农耕的人口，后来才变为游牧者的牧场。由于游牧的斯基泰人在中亚地区统治了很久，许多斯基泰王室的坟墩都在今天的哈萨克斯坦境内，阿拉木图附近就有不少。因此，阿拉木图乃是建立在一方古老土地上的新城市。

14 世纪末期，统治西伯利亚草原的蒙古白帐汗国的主要人口是由突厥语部落、蒙古等不同部族组成，西部突厥语成为白帐汗国居民的通用语言。他们是由成吉思汗的玄孙，拔都之孙月即别（钦察汗国第九代汗王）的后人组成，因此被称为"月即别人"，又音译作"乌兹别克人"。后来一部分月即别人因为政治分歧而向东迁徙到楚河与塔拉斯河流域的西部，受到察合台汗国统治者的欢迎。他们起初被称为月即别–哈萨克人，后来就直接称为哈萨克人。关于"哈萨克"一词的来源有不同的说法，较为普遍的是"哈萨克"这个词是从古突厥语"脱离""迁徙"而来；"月即别–哈萨克"就是指他们乃是由月即别人中脱离出来的群体。此时，无论在民族还是在社会生活的特征方面，月即别人与哈萨克人并没有本质的区别。他们也都已信奉伊斯兰教。

之后，西蒙古卫拉特人出现在锡尔河河畔，击败了留在西部的月即别人，迫使许多人南渡锡尔河，进入河中地区，从此改为定居生活；他们就是早期的乌兹别克人。而在锡尔河之北的哈萨克人口逐渐依据古代突厥人的习惯与当时的管理需要分为三个部落集团：最西边的称为小玉兹，接近西伯利亚南部的称作中玉兹，位于七河地区的叫大玉兹。最后者是哈萨克汗国精华之所在，汗王多出自此部。

在哈萨克汗国之西，俄罗斯人从 16 世纪中叶起就开始向伏尔加河之东扩张。他们在 17、18 世纪派出行政人员随军东进，先后征服了小玉兹、中玉兹，接着又把注意力转移到大玉兹。1854 年，俄罗斯在七河流域的南部修建了一处名为“信仰者”（Verniy）的军事堡垒，这就是阿拉木图的起始。

天山北麓

2009 年、2011 年和 2015 年，我曾三次到访阿拉木图，每次的感受都舒适且愉快。这确实是一座风景优美、规划合理、和平友善的城市。阿拉木图大约有 200 万人，占哈萨克斯坦全国人口的十分之一左右，毫无疑问是哈萨克斯坦的经济和文化中心——过去还曾经是全国的政治中心。现在哈萨克斯坦虽然已经迁都到阿斯塔纳，但相信阿拉木图的精英们对本国的政治仍然具有相当大的影响力。

作为一座城市，阿拉木图的建设过程可能是对“塞翁失马，焉知非福”这句话最好的诠释之一。19 世纪末发生了一场大地震，阿拉木图几乎所有的俄罗斯重要建筑都毁于一旦。今日的阿拉木图是地震后重新规划和建设起来的，因此也就更为现代化。整体来说，阿拉木图市区南高北低，城市的南区临天山北麓的缓坡而建，徐徐落到山脚的平地，进入城市的北区。从阿拉木图市区再往北去，就是七河流域的牧场和农耕地。站在城

上　搭乘缆车上“翠山”

下　流连于阿拉木图市集的人们

市南沿的山坡上，可以俯瞰全城。而站在市区的任何一条大街上朝南看，都能够望到天山的北坡与山顶。即使在暑伏天，也能见到天山顶上的积雪。

坐缆车到天山北麓的“翠山”（Kök Töbe），可以欣赏大半个城市，也可以近距离观赏天山，当然还可以品尝着咖啡甜点，惬意休憩。我三次到阿拉木图，都去了“翠山”。在这里不止可以看到一座颇为新式的大城市，还能体验到一种自然的幽静——身处浓郁而苍翠的山上，很难不心旷神怡，宠辱皆忘。面对着不同风格的建筑物与橡树、桦树和胡杨树林的层层遮掩，此隐彼现，我很欣慰能够体验到舒畅清新的心境，但是却遗憾自己缺乏诗人的笔触。

所见、所闻、所思

如上所述，整个阿拉木图市是南高北低，它的主要干道都是南北向的，因此山上的寒流和夏天的凉风都可以由南向北吹遍整座城市。在都市的中央，最主要的当然是以前的首都政府建筑群。有一所英国的商学院曾经租用了原国会大厦的一隅，2011 年访问时，我和这所商学院的院长有约，得以进去参观。这是阿拉木图最受欢迎的商学院，据说也是学费最贵的商学院。

每次去阿拉木图，都没机会去歌剧院欣赏他们的艺术表演，这一直令我耿耿于怀。不过，我在一个街角倒是有幸看到在新疆就听过的冬不拉表演。冬不拉是哈萨克民族特有的弹拨弦乐器，和维吾尔族的都塔尔类似。在阿拉木图的街角听到冬不拉演奏的哈萨克、俄罗斯和美国乐曲，让我领略了今日阿拉木图的开放与自信。这又令我想到另一件事：在香港中乐团的一次演奏会上，一位内地二胡演奏家连续演奏了阿炳的《二泉映月》和帕格尼尼的《24 号随想曲》。音乐本来就没有国界，传统民族乐器可以通过演奏者克服技术障碍，演奏出原本不便于演奏的外国乐曲。但是，无论在阿拉木图、香港或是其他地方，多元兼容的艺术表演最需要克服的恰恰不是技术障碍，而是文化的偏见和心理的障碍。

阿拉木图的街道宽广，两侧行道树木林立，人行道也很宽敞。许多摊贩在市中心的街道上经营着各式各样的生意。刚从街道窄狭的香港飞到这里的我，顿觉环境十分宽松。然而我相信，这些宽阔街道上的摊贩如果有可能去香港的话，大概也不会在意香港的窄狭与拥挤，只会羡慕香港同行的滚滚客源（财源）！

2009 年 9 月，我第一次去阿拉木图。旅行社代订的酒店不尽如人意，两天之后我搬到了一家中国人开设的四星级酒店，这里同时也是中国商会的所在。酒店里面有一家味道颇正宗的中餐厅。有一晚我去吃饭的时候，恰巧有本地人在那里办婚宴，我只好坐在旁边的一个小间里倾听喜宴的音乐，观赏来宾们的衣着，权当考察本地风俗人情。根据音乐、服饰与人们彼此交谈的态度，我断定婚礼的主人家与宾客大多数是俄罗斯化的哈萨克人。整个礼堂的布置没有丝毫伊斯兰教的痕迹，播放的音乐似乎也都是流行乐曲。

酒店里有几位工作人员是从新疆过来的哈萨克族人，能说流利的汉语。其中一位告诉我，她在中国出生长大，到哈萨克斯坦已经超过 10 年了，是哈萨克斯坦的公民。在 18、19 世纪的沙俄时代，甚至在 20 世纪初苏联内战时期，大批哈萨克人为了逃避俄罗斯人的压迫或是战乱而涌入中国的伊犁地区。中国清朝当时的政策是尽量收留，准许他们觅地放牧，但是要收取一定的牧场税金。现在新疆大约有 150 万哈萨克族人口，其中绝大多数人的祖先可能是百余年前沙俄军队进驻七河地区时涌入新疆的。哈萨克斯坦独立后，有一项国策和对应的法律，欢迎全世界任何地方的哈萨克人回到哈萨克斯坦居住，大致相当于以色列为全球犹太人专设的“回归法”。换句话说，只要他们能证明哈萨克族的身份，就可以取得哈萨克斯坦国籍。

博物馆内

阿拉木图有不少博物馆，我只去过两家：民间乐器博物馆和中央国家博物馆（Central State Museum）。

去民间乐器博物馆是因为它就在阿拉木图那座高大宏伟、富丽堂皇的著名木结构——耶稣升天大教堂——的附近。参观完教堂，穿过一个清静的公园，就看到了这座乐器博物馆，于是进行了一次随机参观。其实，我对哈萨克斯坦的民间乐器了解不多，只知道冬不拉。

哈萨克斯坦中央国家博物馆内举办文化交流活动的大厅

至于哈萨克斯坦的中央国家博物馆，我倒是计划好了去参观的。但我也并没有什么特别的期待，只是觉得既然来了阿拉木图，就应该去看看中央国家博物馆。我当时认为，中亚有近200年的时间是在俄罗斯的控制之下，而大部分重要的考古发现和艺术品的鉴定都出自俄罗斯专家之手，因此上佳的展品应该一早就被带到圣彼得堡去了，正如我曾经在圣彼得堡看到过的那些古代中亚的上佳展品。没有想到，在阿拉木图的中央国家博物馆的收藏还真是丰富而有特色，包括一件我以前根本不知道的哈萨克国宝！

上　阿拉木图周边的泰姆格里考古景观岩刻

下　阿拉木图耶稣升天大教堂

在第一间展厅里，有许多关于早期乌孙与斯基泰人的器物。其中一件展品是1969年才出土的“金王子”——一位生活于公元前6世纪的大约18岁的斯基泰王子的遗体。他身穿的宽大长袍是用金丝串成的，袍上共有3000多片非常精致的鸟兽形金片。这位2600多年前去世的年轻男子不是躺着而是站在展览厅里，极像时装店里的人体模型。

这座博物馆的最后一个展厅表现的是一位哈萨克斯坦航天员在苏联空间站的活动，因为苏联时期的重要航天中心就设在哈萨克斯坦的拜科努尔。第二次世界大战时，为了躲避德国的进攻，苏联把许多重要的实验室和人才都搬到了东部的腹地，也就是今天的哈萨克斯坦。因此阿拉木图接收了大批重要的知识分子和科学家，大大加速了本地的科技发展。

看到了2600多年前非常精美的手工艺品，又看到了代表现代最高科技水平的航天员，在离开这座令人流连忘返的博物馆之前，我决定购买一件纪念品。既然没办法买到古代的器物，也不能买到展览出来的航天员穿的宇航服，于是我就以中庸之道选了一个代表中世纪制造技术的礼物——一只颇为别致的牛皮酒壶。哈萨克牧人骑在马上驰骋的时候，用这种皮制的酒壶盛酒，直接对着壶嘴就能喝，连放慢坐骑都不需要。所以我家里已经备好这只还没启用的皮制酒壶，就等我学会驾驭骏马，驰骋在香港的马路上！

26

吉尔吉斯斯坦透视

饱经动乱的美丽国度

玛纳斯与国际机场

2009 年 9 月，我从乌鲁木齐乘飞机到吉尔吉斯斯坦首都比什凯克，飞机降落在玛纳斯国际机场。

《玛纳斯》（*Manas*）是吉尔吉斯民族的史诗，分为八部。第一部讲述民族缔造者玛纳斯的神勇事迹，其后七部依次讲玛纳斯之后七代子孙的故事。一如所有叙述民族起源的史诗，《玛纳斯》的可读性很高，但真实性颇低。

我到玛纳斯国际机场时，它还在美国空军的租借年限之内，政客们已经在辩论应否与美国续约之事。因为中亚几个国家多少都支持美国在阿富汗的反恐战争，故和美国签有协议，或是允许美军人员通过自己的领土前往阿富汗，或允许美国军需品过境。吉尔吉斯斯坦则是将最重要的机场租借给了美国。然而，我在玛纳斯机场没有看到任何美国飞机，也就是说，机场被区隔成了民用和军用两部分。

依照蒙古人对人口的基本定义，吉尔吉斯人乃是“林中的百姓”，即住在森林里以打猎为生之人，不同于住在帐篷里主要以放牧动物为生的“毡帐的百姓”。吉尔吉斯人曾经生活在比现在更靠北的寒冷之地，在某一时期，吉尔吉斯人逐渐南移，开始过草原生活。历史明确记载，844 年，黠戛斯人（吉尔吉斯人的古代音译）把回鹘人从蒙古高原赶走，从而占领了蒙古大草原。后来蒙古崛起，黠戛斯人又被赶出蒙古草原，与其他突厥语的族群融合，形成了今天的吉尔吉斯民族，这时已经大约是 15、16 世纪。这两个世纪也是哈萨克民族形成的时期。因为吉尔吉斯和哈萨克的语言接近，而所在的地理区域也有重叠，所以 19 世纪的俄国学者对这两个民族的称号与今天不同。在相当长的时间内，俄国学者把哈萨克人叫作吉尔吉斯人，而把今天的吉尔吉斯叫作卡拉吉尔吉斯。根据近代语言学家的研究，在当代操突厥语的族群中，鞑靼语、巴什基尔语、哈萨克语和吉尔吉斯语都属于北方突厥语（钦察语支）。

今天吉尔吉斯斯坦的领土是十月革命后，由苏联政府主导，在莫斯科决定的。这个几乎是由俄罗斯人指定国土的国家有三个深得本国人民重视的地理要素。

天山、楚河、伊塞克湖

吉尔吉斯斯坦的国土东西长，而南北短。天山山脉的最西部正好横插在这个国家的中间，因此，几乎从吉尔吉斯斯坦的任何地方都能看到天山。夏末时节，我乘车在吉尔吉斯斯坦的公路上穿行了好几天，有时路过海拔超过 3000 米的地段还需要穿外套御寒，当然，大多数时间只需要一件短袖衬衫。但无论从任何角度举目，天山始终白雪皑皑。

楚河发源于吉尔吉斯斯坦东部，自东向西横贯吉尔吉斯斯坦的北部。这条不长的河流径流量不大，但是对吉尔吉斯斯坦却非常重要，因为它可以灌溉两岸的河谷地带。首都比什凯克就坐落于楚河的北部河谷中。我沿途见到的几座灌溉和发电用的水库，都集中在楚河流域。楚河中游是吉尔吉斯斯坦和哈萨克斯坦的界河，之后就进入哈萨克斯坦境内，继续向西流，在没到锡尔河之前就没入沼泽之中。

坐落于楚河之南、比什凯克和托克马克之东的就是著名的伊塞克湖。这里景色绝佳，是吉尔吉斯斯坦最著名的旅游胜地。由于时间不够，而且我也没有游伴，所以只是匆匆地拍了几张照片，在湖滨一家小饭店吃了顿饭，就算是“打了卡”。虽然短暂，但我的“打卡”之行还真的很值。因为这个面积只有 6200 平方公里的小湖（不远处哈萨克斯坦境内的巴尔喀什湖面积是它的三倍，我读博士生时期天天面对的密歇根湖有它的九倍大）竟是全世界第二大的山中之湖，它的水深能达 660 米，容水量居全世界所有湖泊的第十二位!

奇特的是，楚河与伊塞克湖“相遇而不相交”：楚河不注入伊塞克湖，伊塞克湖的水既不从地面流入，也不由地下渠道渗入楚河。

我的吉尔吉斯导游

我在吉尔吉斯斯坦待了五天半的时间，参观首都比什凯克的市貌时，还看到了总统府卫队在国旗杆前踢俄罗斯式的缓慢正步。除此之外，我经过了比什凯克附近的一座东干人村子，因为导游不认识村里的任何人，遗憾失之交臂——要再过六年之后，我才有机会接触慕名已久的东干族。

失之东隅，收之桑榆！虽然没见到东干族，却出乎意料地接触到这个国家的另一个侧面。

我的导游兼司机大概三十岁，完全是欧洲人的长相，俄语是他的母语，所以我很自然地认为他是俄罗斯裔。但每次饭前他都以穆斯林的方式祈祷谢恩，又让我觉得他可能是北高加索人。经过两天的同行同吃，我们颇谈得来，他便与我分享了很多自己的故事。

原来他是德国裔，是 18 世纪时叶卡捷琳娜女皇从德国招募的帮助俄罗斯开拓伏尔加河流域的 200 万德意志农民的后裔。他的祖父早年学习机械专业，20 世纪 40 年代初期在伏尔加河流域的一家农业机械制造厂任技师。第二次世界大战德国进攻斯大林格勒（现名伏尔加格勒）时，斯大林担心伏尔加河流域的德裔人口可能会同情德国，至少不会像其他苏联人那样顽强抵抗，所以把大批的德裔人口强制迁往中亚。就这样，这位导游的祖父来到当时还没有农业机械厂的吉尔吉斯斯坦，并“由组织安排”成了一个住宅区的维修员，住在一栋住宅楼的地下室里。

导游刚结婚一年多，妻子是吉尔吉斯斯坦的乌兹别克族。按照伊斯兰社会的传统，非穆斯林如果和穆斯林结婚，要皈依伊斯兰。这位年轻的职业导游因此就改宗伊斯兰教。除了餐前祈祷，他带我去参观清真寺或者其他宗教场所时，也会按穆斯林的方式行礼如仪。

本来我没想去吉尔吉斯斯坦的第二大城市奥什，因为在独立初期那里就有过民族冲突，而且 2005 年政局紧张时也出现过动乱。然而，导游的妻子就是奥什的乌兹别克族，他一再推荐此地，而且保证其安全性，所以我们就驱车去了奥什。相信大部分读者不会知道，奥什在中国西汉历史中颇为重要。西域大宛国产良马，称汗血宝马。汉武帝想买，而大宛不卖。于是汉武帝两度派李广利率精兵攻大宛，并封其为“贰师将军”。“贰师”就是大宛国东部大城“奥什”的别译。

一路上我们当然谈了很多关于吉尔吉斯斯坦的内部分歧，包括占全国人口多数的吉尔吉斯人和占奥什地区人口多数的乌兹别克人之间的矛盾，以及宗教热忱如何影响政治等。

随着讨论的深入，我问他：“你的父母对你改宗伊斯兰有

比什凯克的政府大楼——“白宫”

什么看法吗？他们信仰什么呢？”他说他的父母什么信仰都没有，但是他的祖父有。我问：“你的祖父信什么？”他答曰：“我祖父信共产主义。”我的兴趣陡增，追问道：“这里现在还有共产党吗？”

这一问给我上了一堂生动的吉尔吉斯斯坦当代政治课：第一，吉尔吉斯斯坦共和国有一个共产党，但是这个政党和苏联的吉尔吉斯共产党的关系并不明确，没有严格的承续关系；第二，这个独立后成立的社会主义政党几乎从来不推出候选人参加选举，在政治上完全被边缘化；第三，在比什凯克应该至少还有十几位仍然信仰共产主义的人士，因为他们每隔一段时间就到他已经年近九十岁的祖父家里聚会，整晚都谈论政治；第四，吉尔吉斯斯坦有不少政党，他们有时会为了参加选举而改名，所以叫什么不重要，得到选票最重要；第五，政党往往是围绕一个有实力和个人魅力的政治人物形成，党员中包括领导人的同乡、同宗和同行，而党纲则按下一次选举的形势而变动不居。

导游每天都跟他妻子通电话，他们之间多半说吉尔吉斯语，偶尔也说俄语或乌兹别克语。当我知道这位二十九岁的青年不仅会俄语、吉尔吉斯语、英语，还会说一些乌兹别克语时，还是有点吃惊的。据他介绍，他的父母不但不反对他转信伊斯兰教，而且对儿媳妇挺满意。同样，他说他的岳父母对他也很好。他力劝我去奥什，也许是想顺道去看望岳父母吧！

从奥什看政治与宗教

我们驾车翻过天山，经过了一些修建在山里的水坝和几个市镇，沿途牛、羊、马等畜牧场无数。在吉尔吉斯族人为主的乡镇，许多男子都戴圆形的高帽子，妇女则在头上包一条花头巾。而奥什人的打扮则和他们很不同，倒是和我早两年在乌兹别克斯坦东部见到的一样，和在新疆喀什见到的也没什么区别。地理上，奥什在费尔干纳盆地的最东部，几千年来都是农耕区域。

在奥什，我们登上了一座可以俯瞰整个都市景观的山。我在这里发现了一处好玩的地方：山麓上有一块光滑的巨石，整个人可以躺在石头上，从高处往下面滑，足足可以滑三四十米。虽然天气炎热，我也“老夫聊发少年狂”，跟着一群青年排队登上这块巨石，躺着滑下来，非常刺激过瘾。导游还给我拍照为证！

在市场里，我看到不少东亚人的面孔。导游介绍说，这应该是“二战”时移居到中亚的朝鲜族后裔。我在阿拉木图和塔什干的市场里也见到过不少朝鲜族的商贩。他们并不是穆斯林，因此和从中国来的东干族有所不同，但是这些朝鲜裔的人口也已经成为中亚地区的世代居民了。

吉尔吉斯斯坦独立之后，一方面，虽然有一些俄罗斯族的人口离开，但是总人口并没有多少改变；另一方面，历来就在俄罗斯打工的大量吉尔吉尔斯人也没有因为国家独立而回家，他们甚至成为比以前更加重要的侨汇来源。

很明显，近年来吉尔吉斯族和乌兹别克族形成了两个政治倾向相异的集团。集团上层人物各自利用自己的民族、语言和文化来争取对吉尔吉斯斯坦的控制权；多数吉尔吉斯族人认为全国应该只有一个官方语言，致力于让乌兹别克语也成为官方语言的乌兹别克族人是在意图分裂国家，可能会使部分吉尔吉斯斯坦领土归属乌兹别克斯坦——据说乌兹别克斯坦确实有人鼓动和资助这个诉求。不过，目前为止这两个国家的疆域和国界仍谨守当初苏联时代的范围。

虽然苏联解体已经30多年了，但是俄罗斯在吉尔吉斯斯坦的政局变化中一直扮演了重要的角色。俄罗斯之外，美国也是对吉尔吉斯斯坦产生重要影响的域外国家。除了租借机场，美国在吉尔吉尔斯坦（或是整个中亚）还建了一处赫赫有名的文化基地，那就是位于比什凯克的中亚美国大学（American University of Central Asia）。我在贝鲁特和开罗都访问过当地的美国大学，虽然没有进入比什凯克的美国大学校园，但我估计它对于培养人才、增加美国软实力的作用，应该类似于在中东的那两所美国大学。

吉尔吉斯斯坦于 1991 年独立之后出现过不少次政治动乱，仅举规模较大的几次为例：2005 年的“郁金香革命”，在任总统被迫出走俄罗斯，之后又辞职；2010 年死亡将近 1000 人的民族冲突；2010 年国会选举后的大暴动——暴动后宣布选举无效，并修改宪法，被称为“香瓜革命”。

2020 年 10 月，在新冠疫情危机中，国会选举引起暴乱，再次出现政局动荡。在狱中关押的前总统扎帕罗夫被强行冲入监狱的支持者们释放，接着他在街头做了激动人心的演讲，得到在场群众的欢呼。紧接着，他被自己的老政敌，在位总统任命为总理。数日后，总统辞职，扎帕罗夫成为代总统。2021 年 1 月，全国举行总统选举，他正式当选为吉尔吉斯斯坦总统。

今天看来，俄罗斯、美国、土耳其都对吉尔吉斯斯坦的政局有相当的影响力，中国作为邻国自然也会有自己的想法与利益。如我的导游所说，吉尔吉斯斯坦的大部分政客都是利用个人的亲属和社会关系，为某个小圈子的利益而参与国家政治。很不幸，这正是这个令游客喜爱的美丽国家的现状。

上　奥什的巴扎

中　巴扎内售卖各种商品的简易小摊

下　吉尔吉斯斯坦的山川

27

塔拉兹的战争、和平与爱情

从怛逻斯之役说起

丝绸之路南哈萨克斯坦段

草原丝路从新疆北部进入哈萨克斯坦之后，主要经过的就是南哈萨克斯坦大草原。这块草原其实是定居人口和游牧人口的共生之地，也是古代丝绸之路最为活跃的一段。从乌孙、康居开始，一直到准噶尔人的时代，这一段丝路都繁华熙攘。所以历代的统治者在这段道路上修建了许多商旅客栈（英文叫作 Caravanserai；在许多突厥语族语言里，Karevan 意为骆驼队，Saray 是皇宫的意思）。这些“骆驼队的皇宫”一般都有很高的围墙，里面居室、马房、货仓以及清真寺等一应俱全。

从阿拉木图出发，沿着伊犁河、楚河向西

到锡尔河一带，那里不但是定居人口和游牧人口混居的地方，也是古代阿尔泰语系的人口和印欧语系人口——主要是粟特人——频繁接触的地方。在相当长的一段时间里，这里还是伊斯兰教、萨满教，以及基督教（景教）信徒并存的地方。

在塔拉斯河畔有一个历史悠久的小镇，从城墙遗址推算大概只有一平方公里的面积，叫作塔拉兹。今天的哈萨克斯坦人认为塔拉兹已有 2000 年的历史了，中国唐代的史籍（7 世纪）提到“怛逻斯”，即今塔拉兹的别译。这个和平年代中丝绸之路上的历史重镇，也是 751 年一场重要战役的发生地。

怛逻斯之役及其结果

8 世纪上半叶，充满宗教热忱与活力的阿拉伯帝国（唐代称为大食），向东扩张到今天乌兹别克斯坦的东部，占领了唐帝国之西的重要城市撒马尔罕。当时唐帝国最西界的军事要塞是在楚河流域的碎叶城。在此背景下，唐和大食（阿拉伯人）之间在怛逻斯爆发了一次规模颇大的遭遇战。

当时驻守在龟兹（今库车）的唐安西大都护府的军事长官是高仙芝（高句丽人，其父入华投军，曾担任唐朝的将军）。他本人曾经在今天的克什米尔地区出奇兵战胜吐蕃军，遏制了吐蕃北上的企图，因而很受唐玄宗的重视和信任。751 年，在一次普通的交往中，高仙芝认为塔什干（唐代称为石国，其地在今撒马尔罕之东，塔拉兹之西）对唐不敬，应该予以惩罚。于是他率领2万唐军跋涉千里到了怛逻斯（即塔拉兹）。虽然事前他取得了西突厥葛逻禄部的支持，但葛逻禄部临时变卦，袭击唐军，又从后方拦截唐军的补给。于是，唐军在与大食的首次战役中遭到惨败，高仙芝领着仅2000残部回到龟兹。这就是塔拉兹在2000年历史中见证的最重要的、也是最具有战略性的一次战役。

大食从此在中亚站稳了脚步，而唐在这里却一蹶不振。755年爆发安史之乱，唐军在西域的力量被大批抽调回中原平乱，在楚河流域的势力丧失殆尽。怛逻斯之役结束后，数千名唐军被俘。大食人发现唐军俘虏中有不少会造纸的工匠。在这之前，全世界除了中国、高丽、日本使用纸张，别国人大都没有见过，甚至没有听说过纸。

大食人命令这些被俘的唐军工匠在撒马尔罕建了一家造纸作坊，从此造纸术进入了伊斯兰世界。中国的造纸术大约始自西汉，东汉时蔡伦改进了造纸术。8世纪在撒马尔罕建立的造纸坊，是中国境外第一个纸张生产地。

怛逻斯之役起于当时世界上两大强国在中亚的战略之争，其结果是唐失败，大食获胜。但更重要悠长的历史影响则在于，中国的造纸术从此走向了世界。唐军俘虏在撒马尔罕建立造纸坊后不久，造纸术从撒马尔罕传到巴格达，再从巴格达传到开罗。12世纪，西班牙的科尔多瓦出现了造纸作坊；13世纪，法国也出现了造纸作坊。造纸术在欧洲的普及比在阿拉伯人中晚500年，比中国更是晚了1300多年。

上　通车典礼现场载歌载舞，热闹非凡

中　从陕西远道而来的“茶商”

下　箱子上面写着“泾盛裕”三个字

陕西来的茶商

2015 年秋天，我们一行在塔拉兹市停留了两天，恰逢当地州政府庆祝从西安到塔拉兹的公路正式通车。这条公路是一口气建成的，还是分几段建的，我不清楚，但是在南哈萨克斯坦的这一段显然刚刚才完成。那天在塔拉兹城外的草地上立起了几十个帐篷，为了举办通车典礼，许多人都穿起鲜艳的民族服装。出席并且上台讲话的有不少哈萨克斯坦的官员，中国官方也有一位代表。底下有人跳舞，有人忙着烧烤，更多的是买卖纪念品。在庆典中，最引人注目的乃是一队从陕西远道而来的"茶商"。他们为了宣传丝绸之路上的商业，特意穿着中国古代服装，每人骑一匹骆驼。也有人赶着马车，马车上载着一只大型木制的"茶叶"箱子，上面写着"泾盛裕"三个字，是个古代泾水地区的茶商名号。中国茶在草原丝路上已经有一千多年的贸易历史，其规模和知名度与丝绸几乎不相上下，这队"古代茶商"当然受到群众的热烈欢迎，大家纷纷跟他们照相留念，连我们这群中国人也不能免俗。据"茶商"们说，他们一年前就从西安出发，一路宣传丝绸之路，东绕西转直至来到这里。

古代的丝绸之路上应该不会有这样的盛会，但是早期的旅行者也受到过类似的热烈欢迎。唐玄奘就到过这里，在离塔拉兹不远的碎叶城（今托克马克，距吉尔吉斯斯坦的首都比什凯克不远）见过当时西突厥的可汗。可汗送了他几匹好马，并给他一份通关证明，令西突厥汗国的官员在玄奘的路途上多加照拂。没想到在 21 世纪的今天，我们竟然能在此地看到丝绸之路盛景的再现，真是冥冥中历史的巧合！

塔拉兹大学

当前中亚各国高等教育的发展要归功于俄罗斯。沙俄在中亚站稳脚跟后，特别是其巩固了对南哈萨克斯坦的统治之后，许多俄罗斯人迁居到哈萨克斯坦的精华地带，开启了一系列的现代化建设。塔拉兹虽然并不在七河地区，但毕竟是丝路上著名的古城，所以也有一所现代大学。

2014 年，在一场国际会议上，我认识了塔拉兹大学的一位副校长。我们互换电邮地址并且约定，如果到了对方的城市，一定要再次相聚。这在当时只是个友善的礼貌举动，没想到一年半之后，我居然真的要去塔拉兹，所以事先就联系了他。他很热心地给我们整团人在塔拉兹大学安排了简报和参观行程，使我们有机会在哈萨克斯坦的这座小城里参观一座大学。

东干族小区

苏联政府于 1924 年界定了一个说汉语而信仰伊斯兰教的民族，叫作东干族（在中亚突厥语族语言中有“回归”之意），其人口主要集中在今天的中亚。经过一百多年的繁衍，目前中亚各国的东干族大约有 15 万人。他们的先人可追溯至 19 世纪陕甘回变末期（约 1873 年），许多回民为了逃避战争和清朝军队，分几批进入新疆，之后又进入了俄国控制的中亚地带。1881 年，清朝为了结束俄罗斯对伊犁的占领而签订《中俄伊犁条约》，其中规定伊犁居民可以在一年之内自由迁往俄罗斯，于是又有一批西北回民进入俄罗斯。这些人的远祖绝大部分是元朝时从中亚来的穆斯林，住在当时的西北，并于明清两代与汉族大量通婚，在语言和文化上与汉族逐渐相同。到中亚后，他们还是保留了中国人耕读传家——喜欢子弟多读书的观念。几代之后，中亚有许多医生、工程师、教授都是东干族子弟。至今还有东干人仍然以汉语西北方言为主要语言，婚宴、春节等特别场合时穿中式的服装，平时吃中式的清真餐。

2009 年，我曾经开车经过吉尔吉斯斯坦首都比什凯克旁边的一个东干人村庄，很遗憾当时没有进一步拜访。这一次在塔拉兹，终于有幸到几户东干族的家庭里小坐。他们拿出中国式的糕点招待我们，好几位都能用汉语跟我们交谈。虽然他们现在已经不再是沙俄臣民，也不是苏联公民，但是始自苏联政府的这个“东干族”族属界定仍然在中亚几国保留了下来。因为语言的方便，近年来不少东干人从事和中国有关的工作，成了中国和中亚各国贸易与文化交往的中介。

我的好运不止是在国际会议里认识了一位塔拉兹大学的副校长，更在于他本人竟然就是东干族。当初我们互相约定拜访对方之时，民族因素根本没有出现在我的脑海里。等到我们一团十几个人到塔拉兹访问之前，我向他提出希望能有机会接触

拜访塔拉兹的东干族家庭

东干族人时，他才告诉我他自己就是东干族人，“包在我身上！”

多民族的社会往往都会有矛盾和冲突。东干族在中亚是一个人口很少的民族，必须学习避免发生冲突。据我所知，在中亚几国独立后，民族成分最为复杂的国家正是哈萨克斯坦，而民族关系处理得较好的也是哈萨克斯坦。即使如此，情况也不是绝对的。一部分曾经受到“伊斯兰国”蛊惑而赴境外接受极端主义训练的人最近几年回国，想要实现他们心中严格遵守伊斯兰教法的社会。2020 年 2 月，在塔拉兹附近一个以东干族为主的小镇里就发生了涉及数百人的斗殴，结果有 10 人死亡，百余人受伤，不少房屋和汽车被烧毁。

社会稳定吗？

2022 年 1 月，哈萨克斯坦又发生了源于天然气价格上涨的大暴动，其背后似乎涉及国内高层的政治斗争以及外国势力的干涉策应。“一月事件”死伤数千人，被捕也有几千人。暴乱发生后，总统托卡耶夫态度坚决，第一时间向集体安全条约组织请求援助。根据章程，以俄军为主的集安组织派兵进入哈萨克斯坦，帮助哈国政府平息了动乱。与哈萨克斯坦关系密切的中国政府则强调支持哈萨克斯坦的社会稳定。

以上提到的两次暴乱事件虽然都在短时间内得到平息，但是也说明，哈萨克斯坦自独立以来的祥和社会氛围并非一成不变，社会的稳定局面随时有可能毁于来自内部的冲突或外部势力的介入。2022 年俄罗斯进兵邻国乌克兰，就令哈萨克斯坦与俄罗斯的关系也变得微妙起来。俄乌冲突引起哈萨克人的分化，亲俄派与反俄派各有论据。整体上，哈萨克斯坦一般人对俄罗斯可能再次自封“老大哥”感到担忧，俄哈两国的关系变得较以前更为复杂，并且极可能进一步波及能源和商业等多个领域。

阿伊赫·阿塔与爱伊莎–比比

上一段讲到国际政治，似乎离塔拉兹太远了。现在回到丝绸之路上，讲述一段在塔拉兹附近发生的爱情故事。

我们怀着兴奋的心情，参观了塔拉兹的一栋宗教建筑和一座小博物馆之后，带着几分不舍继续踏上了往西的丝绸之路。

距塔拉兹十几公里之外，有两处著名的陵墓在等着我们，它们的背后是一个令人难忘的爱情故事。

11 世纪时，塔拉兹属于刚建立不久的喀喇汗国。喀喇汗国的王子因事去了撒马尔罕。在那里，许多人都上街来看这位来自东方的王子。王子在人群中看到一位非常漂亮的女郎，她就是当地统治者的女儿，闺名唤作爱伊莎–比比（Aisha-Bibi）。在撒马尔罕的几个月里，王子和公主经常秘密约会，并且私定了终身。后来塔拉兹忽然来信，边关告急，召王子从速回国，所以尽管有百般不舍，他还是在和公主立下海誓山盟之后，毅然决然地回到了塔拉兹，从此杳无音讯。这位公主思念情郎，忠贞不贰，终于告诉她的父王自己已经私定终身，并下定决心非这位塔拉兹的王子不嫁之决心。但是父王认为他的女儿如此高贵、多才而美艳，绝不能够嫁给这个远方小王子，所以坚决不允。不过爱伊莎–比比的母后倒是同情女儿，就偷偷地教女儿乔装成一名男子，骑上最好的马，由一位照顾她长大的老女仆陪着一起前往东方的塔拉兹。两个人一路艰辛，终于到了塔拉兹附近。爱伊莎–比比趁着晨曦在一条河里沐浴洁身，没想到从河边窜出来一条毒蛇，咬伤了她。眼看爱伊莎–比比就要昏迷，陪伴她的老女仆连忙骑马进城求救。可惜女仆马术不精，速度不快，等到这座城的新统治者（公主的未婚夫）带人赶来的时候，公主已经奄奄一息。这位年轻的喀喇汗王心碎欲裂，做出了一个重要的决定——在爱伊莎还剩最后一口气的时候，请教士替他们举行婚礼。公主无力的眼睛中闪烁着最后的快乐，轻点了下头，于是婚礼完成。爱伊莎–比比带着满意的笑容溘然长逝。这位年轻的汗王也是个痴情郎，从此不再爱任何一个女人。

在哈萨克斯坦，无人不知这个凄美的爱情故事——位于塔拉兹城西 20 公里左右的两座纪念陵墓就是为他们二人而建。当然，现在我们看到的是 20 世纪重新修葺后的建筑。带着哀戚参观完这两座纪念陵墓之后，我们终于听到了一个令人宽慰的故事后续——这位汗王果真毕生没有再娶。他宅心仁厚，体恤民情，得到老百姓的热情拥戴，直到一百岁时才去世。他的一生被后人广为传颂，大家都尊称他为阿伊赫 · 阿塔（Auyhe Ata）：仁慈的父亲。

在爱伊莎-比比的纪念陵墓前留影

28

新都阿斯塔纳

迁都草原的政治豪赌

哈萨克斯坦的首都

哈萨克斯坦刚独立时，全国大部分的财富与金融活动都在南哈萨克斯坦，因此在经济发展上南方强于北方。然而就人口分布而言，哈萨克斯坦北部欧洲裔超过人口的三分之一，因此一部分欧洲裔具有分离主义倾向，希望某些地区能够加入俄罗斯联邦。如何降低南北之间的发展差距，防止分离倾向，是新独立的哈萨克斯坦共和国需要面对的两个重要问题。

哈萨克草原中央有一个古代丝绸之路上相当兴旺的贸易中转站，叫作阿克莫拉（Akmola），是伊西姆河（Ishim River）的一个津口。阿克莫拉在俄罗斯和苏联统治时期，改为俄罗斯式地名，叫作阿克莫林斯克（Akmolinsk）。如前文所述，第二次世界大战时，斯大林把一部分不被信任的伏尔加德意志人口迁移到了这里，同时期也有大量俄罗斯、乌克兰和白俄罗斯人被疏散到这里。战后，大多数战时迁来此地的欧洲裔人口都选择留下来。所以，这里是哈萨克斯坦境内欧洲裔人口较为集中的地方。

苏联解体，哈萨克斯坦独立后，阿克莫林斯克又改回到哈萨克语语式的名字阿克莫拉。1997 年，哈萨克政府宣布来年要把首都从阿拉木图迁移到阿克莫拉。虽然政府没有公开将迁都的原因同解决上述经济差异和分裂威胁问题相联系，但许多人都明白其中深意。然而，这种解决方式其实也是一场豪赌。

1997 年正式宣布迁都到位于草原的阿克莫拉以后，大家就新首都的名称展开了激烈的讨论。有学者考据，Akmola 的原名是“ak mola”，是哈萨克语里“白色坟堆”的意思，很不适合作为新首都的名字。但若是要更名的话，一时又难以决定应该叫什么。于是干脆就叫新首都为“首都”，音译即是“阿斯塔纳”（Astana）。2019 年，哈萨克斯坦的开国领袖——首任总统纳扎尔巴耶夫突然宣布退休。由他的继任人，现任总统托卡耶夫提议，经国会通过，将首都之名由意为“首都”的“阿斯塔纳”改为“努尔苏丹”，即纳扎尔巴耶夫之名。三年后，在许多政治人物和民众的建议下，托卡耶夫总统又把首都之名改回阿斯塔纳。

迁都以来的建设和定位

迁都以来，阿斯塔纳人口迅速增加，搬迁过来的公务员起初只能住在落后且拥挤的住宅区。但哈萨克斯坦的石油收入十分丰厚，政府用这些进账花重金聘请世界著名的建筑师 [如英国的诺曼 · 福斯特（Norman Foster）]，修建了不少昂贵且前卫的建筑物作为新都地标，其中之一便是总统府，被戏称为小白宫。小白宫可不小，通体白色，中间盖有蓝色穹顶和尖塔，两边各有一间像金塔一样的庞大配殿。此外，市中心的全景观光塔巴伊杰列克（Baiterek）也是新都的地标之一，核心部分是建在高耸入云的圆柱塔上的金色球状空间。据说这是根据纳扎尔巴耶夫总统本人的建议设计的，很有未来感。

我第一次去阿斯塔纳是 2009 年，当时的市中心还颇为空旷。2012 年再去阿斯塔纳，诸多新建筑拔地而起，生活和娱乐设施也明显增多。其中一栋新建筑物被视为全世界最高大的“帐篷”——可汗沙特尔（Khan Shatyr），顶高 150 米，里面分为六七层，设有非常现代化的巨型游乐场和商场，也是哈萨克斯坦民族化与现代化结合的象征。当然，21 世纪建造哈萨克斯坦的新首都不可能没有一座宏伟的新清真寺。由卡塔尔的埃米尔捐献的努尔–阿斯塔纳清真寺，就是全国最大的宗教场所，能容 7000 人同时祈祷。此外，阿斯塔纳还有多座高档的大酒店拔地而起，比如属于洲际酒店系统的欧坎大酒店。而主要位于右岸的新生活居住区，虽然没有什么特别的地标建筑，但是房

巴伊杰列克观光塔

子多为新建，街道也宽整气派。

我的阿斯塔纳之旅有两件事值得回忆。

其一，阿斯塔纳作为新城虽然人口不多，但是很国际化。我吃过三家不同的外国风味餐馆，菜肴口味都颇为正宗。一家是名为 Chelsea 的英式酒馆（English pub）——Chelsea 乃是伦敦西南部一个高档区域的名字。我们夫妻在这里喝酒吃饭，还看了一场世界杯足球预赛，感觉就像是在英国的足球酒馆。另一家是外表平平无奇，内部却别有洞天的土耳其餐馆，名叫 Anadolu Sofrasi（意为“安纳托利亚的托盘”）。从“安纳托利

阿斯塔纳的北京大厦

亚”（土耳其的亚洲部分）这个名字就能看出，这不是吃伊斯坦布尔地区的奥斯曼大餐的地方，而是提供较为乡土的土耳其餐。因为我在土耳其住过大半年，喜欢并能鉴赏土耳其的烹饪，一尝便知这家“安纳托利亚”餐馆非常地道。最后一家饭店则在阿斯塔纳市区的最南部，有一座挂着“北京大厦”四个字的大型牌楼。大厦分为两座，里面除了有一家名为“北京楼”的餐厅外，还集合了高档酒店和大型商场。不言而喻，这一定是华商投资兴建的。北京楼餐厅虽然离北京有万里之遥，但是烤鸭不仅口味地道，还保留了一鸭三吃的经典做法。

其二，要介绍一下阿斯塔纳的纳扎尔巴耶夫大学，它以哈萨克斯坦首任总统的姓氏命名。我参观了他们的生物工程研究所，因为这是我的老本行。凑巧，该研究所的所长和我都是美国西北大学的博士，可谓校友兼同行，所以我们谈得十分投缘。从这个小例子，可以看到哈萨克斯坦的多方位外交：虽然离俄罗斯更近，学术传统上受俄国学术影响最大，但他们越来越重视向以美国为代表的西方世界学习。哈萨克斯坦有不少留学生去美国和欧洲的高校留学，而且这些人回国后基本能在哈萨克斯坦首都的新大学里找到合适的工作。

事实上，中亚几国都是内陆国家，必须基于这一地缘政治现实建立自己的国际关系定位。俄罗斯作为中亚诸国近邻，又是前统治者，中亚各国既不能远拒之，又不愿太亲近。所以，中立与等距离外交这些概念在中亚各国都很有市场。土库曼斯坦自称永久中立，跟谁也不亲近，甚至是一种孤立主义的永久中立。吉尔吉斯斯坦和塔吉克斯坦是机会主义的平衡外交，在一些事上亲俄，而在另一些事上又倒向西方，主要看谁能带来更多的利益。乌兹别克斯坦则是钟摆式的平衡外交，一会儿亲俄，一会儿又亲西方，两边都不得罪。据我观察，哈萨克斯坦是中亚外交实践中将自己地缘政治优势发挥得最好的国家。作为一个中等地区强国，奉行“均衡又不等距离的全方位外交”，所以国际人缘最好。

纳扎尔巴耶夫是谁？

在世界近代史上，有一些国家领袖和其祖国的建设以及国家名誉紧紧相连。小国中，李光耀和新加坡的关系可谓典型；中等国家中，20 世纪前期的凯末尔（阿塔图克）和土耳其，以及 20 世纪后期的曼德拉和南非，当属典范。而作为全球最大内陆国的哈萨克斯坦，其首任总统纳扎尔巴耶夫同国家的关系也是如此。

纳扎尔巴耶夫曾是苏联的高官，在哈萨克斯坦独立之前已经是苏联中央政治局委员，为哈萨克斯坦的第一书记。因此他既是苏联共产党制度下培养出来的官僚干部，又是书写现代哈萨克斯坦建国史的风云人物。

苏联时期，首位长期出任哈萨克斯坦共产党中央第一书记的哈萨克族人是库纳耶夫。在哈萨克斯坦和整个苏联，他都受到普遍的尊重。纳扎尔巴耶夫正是由于库纳耶夫的推介才步入苏联上层的。

纳扎尔巴耶夫非常能干，也善于处理人际关系，所以很受时任苏共中央总书记戈尔巴乔夫重视，甚至被认为是苏联政坛的明日之星。但是戈尔巴乔夫的死对头叶利钦也喜欢纳扎尔巴耶夫。所以在苏联摇摇欲坠的最后岁月里，纳扎尔巴耶夫居然以一个哈萨克人的身份担任了苏联最高苏维埃主席，大致相当于我们的人大常委会委员长，且在苏联解体之际全身而退。

三个波罗的海加盟共和国宣布独立以后，苏联的解体已是

阿斯塔纳的哈萨克斯坦总统文化中心

大势所趋，虽然中亚的加盟共和国并不想推动苏联解体，但是当苏联最主要的三个加盟共和国——俄罗斯、乌克兰与白俄罗斯的首脑于 1991 年 12 月在别洛韦日森林签署协议，宣布退出苏联，并且建立独联体之后，中亚五国不得不面对现实，先后宣布独立。于是，哈萨克斯坦就在没有争议与暴乱的情况下，“被迫”变成了独立国家。

纳扎尔巴耶夫是这段时势造就的英雄。他回到哈萨克斯坦后，作为唯一的候选人，以 98% 的得票率当选哈萨克斯坦共和国历史上第一任总统，但从此以后，他的人生就是英雄造时势了。

纳扎尔巴耶夫对内部的反对派毫不手软，然而因施政得力，他得到大部分老百姓的支持，一连几任都以高票当选总统。纳扎尔巴耶夫没有儿子，所以很难像李光耀对李显龙那样安排继承人，但是他的女儿做过副总理，而他的女婿也是哈萨克斯坦政界和商界炙手可热的人物，因此不少人一度猜测他会提拔女儿成为继承人。但是，其女儿女婿不知为何和他彻底闹崩。1940 年出生的纳扎尔巴耶夫，在 2019 年大家都没料到的时候，毫无先兆地忽然宣布三个月之后就退休。经过选举，当时的参议院议长托卡耶夫出任哈萨克斯坦第二任也即现任总统。

阿斯塔纳的未来

我对阿斯塔纳印象很好，仔细琢磨过这个新都的定位和未来的问题。从地理位置、国家的发展情况以及国际地缘政治等因素来考虑，虽然现在很难对阿斯塔纳的未来直接下判语，但还是有一些头绪可循。

首先，阿斯塔纳人口稀少，气候又非常寒冷（哈萨克斯坦的这座新城是仅次于蒙古首都乌兰巴托的世界第二冷的首都），其发展如果定位为国际金融和商业中心，人口和气候会是很不利的因素。其次，哈萨克斯坦是一个相对富裕的国家，欧亚大陆的交通、独联体的运作、上海合作组织的架构，以及中国跟哈萨克斯坦的特别关系，都使哈萨克斯坦不会沦入经济困难的状态。这是阿斯塔纳的发展的重要利好条件。

从全球的地缘政治角度分析，美国现在已经失去了对石油的兴趣，不但从阿富汗撤军，甚至连伊拉克都不怎么管了，对哈萨克斯坦更不会有太强的兴趣。美国会采取单边主义的行为，但应该不会太花精力去对付这个离它十万八千里之遥的中亚国家。而如前文所述，俄罗斯的发展则跟哈萨克斯坦息息相关。其他能够对哈萨克斯坦的发展发挥作用的国家还有中国、日本、韩国、土耳其，当然也要包括印度、巴基斯坦、沙特阿拉伯、伊朗、乌兹别克斯坦等。中国、日本、韩国只是和哈萨克斯坦有经济商业往来，基本不参与哈萨克斯坦的内政。2022 年初，哈萨克斯坦出现短暂的政治危机，可能是源于内部政治斗争，最后出面帮助当局“摆平”局面的，还是对哈萨克斯坦影响最大的俄罗斯联邦。

中国同哈萨克斯坦的关系值得特别关注。近年来，中国西北部发展迅速，而新疆和哈萨克斯坦共同拥有漫长的边界线以及数百万的跨界民族，中哈“命运共同体”的关系确实是不言而喻的。长远来看，位于哈萨克斯坦北部草原的阿斯塔纳的发展也将受到中哈两国未来关系的影响。

乌拉尔河、伏尔加河、黑海—里海草原段

伏尔加河

29

分界线以南的乌法

欧亚两洲的结合

三亿年前的相遇

今天，全世界最大的一个地理板块就是欧亚大陆。但是地质学家发现，欧洲、亚洲和印度次大陆本来属于三个不同的板块。其中欧洲板块与亚洲板块在 3 亿年前相撞，撞口处隆起，不断抬升，就形成了乌拉尔山脉。所以，地理学家把乌拉尔山作为欧亚大陆的分界线之一。

根据考古学家和人类学家的研究，今天人类的远祖都是先从东非进入欧亚大陆的中间地带，然后再分散到世界各地的。最早出现在欧亚大陆的是距今 150 万年前的能人（Homo habilis），后来又有直立人（Homo erectus）、早期智人（Archaic Homo sapiens，尼安德特人就是其中的代表），最后走出非洲的是距今 10 万年前到 5 万年前的现代智人（Homo sapiens）。

从人类发声器官的演化以及交往需求来看，大约 4 万年前不同地区的人群就创造了不同的语言。18、19 世纪出现了专门研究人类语言的学科——语言学。语言学家们在发音、词汇、语法和语言分类等方面研究出许多成果。就语言分类而言，目前全世界共有大约 6000 种语言，分为若干语系（如汉藏语系），每个语系细化差异之下，又包含若干语族（如藏缅语族），同一个语族中又可以有不同的语支、语言、方言等。

以乌拉尔语系来说，早期操乌拉尔语系语言的人可能生活在乌拉尔山脉附近，但是今天说乌拉尔语系语言的人几乎都分布在离乌拉尔山脉很远的芬兰、爱沙尼亚和匈牙利等地。

与草原丝路有关系的语言主要属于汉藏语系、阿尔泰语系、印欧语系以及使用人口较少的乌拉尔语系和高加索语系。近三四千年来，欧亚大草原上的人群来往频仍，交往繁多，不同的语言及文化也因此在欧亚两洲之间大量传播交流。

一千四百年前突厥语族人口进入欧洲

在本书中，我从欧亚大草原的最东部，即呼伦贝尔草原开始，渐次向西行走。上一章走到哈萨克草原北部的阿斯塔纳。从阿斯塔纳沿着大草原继续向西，就会走到本章的主角——乌拉尔山脉南部的城市乌法（Ufa）。

乌法是俄罗斯联邦的巴什科尔托斯坦（Bashkortostan）共和国的首府。定都于乌法是由苏联政府主导，因为这里的俄罗斯裔人口超过一半，是俄罗斯化程度较深的城市。2015 年 7 月，金砖五国（BRICS）的首脑会议曾在这里举行，彼时国际传媒对乌法和巴什科尔托斯坦共和国进行了较多报道，但远远没有达到家喻户晓的程度，所以我要对其做一下简单介绍。

巴什科尔托斯坦共和国的主体民族自称是巴什科尔特人（Bashkort），在俄文中被称为巴什基尔人（Bashkir），是早期从亚洲迁入欧洲的操突厥语族语言的人口。

7 世纪，源自蒙古高原叶尼塞河地区的突厥汗国分为东、西两个汗国之后，西突厥汗国的一些部落向北移动，形成了钦察突厥人集团（Kipchak-Turkic groups）。他们的一部分于 8 至 9 世纪进入了乌拉尔山区，成为最早的巴什科尔特人。从语言学来看，巴什科尔特语属于阿尔泰语系突厥语族的钦察语支，接近后来在东欧颇为重要的鞑靼语。

巴什科尔特人初到乌拉尔山区时以养牛为生，信奉萨满教，9 世纪开始转奉伊斯兰教。13 世纪，蒙古人征服了整个欧亚大陆的草原地带，在东欧建立了钦察（金帐）汗国。巴什科尔特人作为跨乌拉尔山脉（因此也是跨欧亚两洲）的民族，其主要部分臣属于牙帐位于欧洲的金帐汗国，但也有一部分归属亚洲的西伯利亚汗国统辖。其后，金帐汗国分裂，巴什科尔特人也与随后而起的喀山汗国、鞑靼汗国等形成交融抑或角逐的关系。

五百年前俄罗斯人进入亚洲

俄罗斯人用200余年时间挣脱了他们所谓的“蒙古之轭”（鞑靼之轭），之后便走上了向外扩张的道路。1556年，伊凡四世的俄罗斯军队攻占了伏尔加河中游的重要城市喀山。从此，俄罗斯东正教的传教士以及沙俄军队的先锋队——哥萨克人——就大批渡过伏尔加河，向东拓展。他们在乌拉尔山脉发现了大量丰富的矿藏，正是这些从乌拉尔山区得到的财富，为俄罗斯人提供了足够的动机与财力继续向东，征服了整个西伯利亚，进而占据了外兴安岭地区，直达太平洋之滨。

500年前，当俄罗斯人开始向乌拉尔山区殖民的时候，他们采取同化政策，希望尽量把本地操突厥语或其他语言的人口转化为操俄罗斯语的东正教信徒。此外，沙俄还从西部迁来更多的斯拉夫人，以充实他们的力量。今天的巴什科尔托斯坦共和国总人口中大约40%是俄罗斯人；巴什科尔特人共有大约120万人，还不到共和国人口的30%。

一百年前进入苏维埃政权的突厥语穆斯林

100年前，巴什科尔特人和中亚相当一部分突厥语族的穆斯林精英，曾经在十月革命后主张以沙俄帝国亚洲部分的穆斯林为主体，建立一个政治实体，并以此加入俄罗斯苏维埃联邦社会主义共和国。但是也有一部分穆斯林认同社会主义革命，认为阶级立场大于民族立场，愿意加入俄国社会民主工党（布尔什维克），即俄罗斯共产党的前身。

在这段动荡的历史中，学者出身的巴什科尔特政治人物——泽基·瓦利迪·托甘（Zeki Velidi Togan）具有很高的知名度和强大的号召力。他于1890年出生在距乌法不远的一个乡村里，早年以瓦利迪（Velidi）为名，其名的俄文拼写为瓦利多夫（Validov）。1923年，他到欧洲讲学，并随后定居土耳其。1934年，根据土耳其关于姓氏的新法律，他选择以自己祖父的一个名字托甘（Togan）为姓氏。从此，他便以托甘之名为世人所知，是国际公认的突厥学权威。

托甘出身于巴什科尔特人的知识阶层，祖父、父亲、叔父都是宗教学者或清真寺教长。他父亲和叔父曾经在高加索地区的帝俄军队中服役，因此通晓俄文及高加索地区的数种突厥语言，也进一步了解并接触到转变中的俄罗斯社会。托甘自幼接受俄文教育及穆斯林经堂教育，从父母处分别学习了阿拉伯文与波斯文，也通晓德文、法文与英文。此外，他还能灵活使用好几种突厥语族的语言，包括不少中亚的突厥语方言。

十月革命前，托甘在俄罗斯的少数民族政治圈内已经崭露头角。1917年之后，他筹组巴什科尔特议会，担任主席，宣布巴什科尔托斯坦实行自治。苏俄内战期间，他曾组建并领导巴什科尔特的军队，对抗布尔什维克，一度被捕，后又逃脱。1919至1920年，他出任巴什科尔特（巴什基尔）革命委员会主席。

据说他和列宁曾经反复沟通，试图找到一个方案，让俄国境内的突厥语穆斯林能够正式参与十月革命后的新政治体制。列宁基本同意了托甘提出的关于穆斯林应有的政治地位的建议，同时也允许并且吸收了不少穆斯林入党。1920 年初，中亚共产党在塔什干举行代表大会，一些属于突厥语民族的党代表提出建立“突厥苏维埃共和国”的政治决议案，获得大会通过。这可以说是俄国境内突厥语穆斯林的重要胜利。然而，这个决议遭到红军的反对，因而未能付诸实施。以托甘当时在俄国突厥语穆斯林人口中的声望和地位，他本来很有可能在新的苏维埃体制里扮演一个比领导巴什科尔特实行自治更加重要的角色。但在 1923 年，他看到苏维埃新政权与自己的理念不能相容，遂决定去欧洲讲学，并于 1925 年赴新诞生的土耳其共和国，出任伊斯坦布尔大学的突厥史教授。

欧亚两个穆斯林家庭的七十年之交

1927 年，一个名叫王曾善的中国学生到土耳其的伊斯坦布尔大学留学。他于 1903 年出生在山东临清县的一个传统穆斯林家庭，后来搬到北京，入读燕京大学，兼修阿拉伯语与土耳其语。因为感召于身为穆斯林的凯末尔所领导的土耳其民族独立运动，他商得父亲同意，自费到伊斯坦布尔大学学习。正是在那里，王曾善结识了从苏俄来土耳其的托甘。

托甘教授在研究中发现，只凭阿拉伯文字和波斯文字的资料，难以了解突厥的早期历史。所以他就让王曾善把中文史籍里关于突厥的段落翻译出来，以充实研究对象。

1930 年，王曾善毕业回国后，活跃于回教界，曾组织回教青年联谊会，受到白崇禧的支持。抗日战争爆发后，王先生以三十二岁之龄被任命为立法院委员。进入全面抗战以后，他于 1938 年率领一个由五名团员组成的“中国回教近东访问团”，由重庆出发到麦加朝觐，先后访问了阿拉伯半岛各国，以及埃及、土耳其、伊朗、印度（包括今巴基斯坦）等国家，宣传当时的抗日战争。

1944 年，一些曾在苏联受过训练的新疆突厥语民族建立了武装力量，在伊犁、阿勒泰和塔城发起了“三区革命”。1945 年新疆的局势骤然紧张，蒋介石派他的爱将张治中去处理新疆事务，王曾善即是赴疆随员之一。1946 年，国民党当局同意由当时的新疆省政府（主席为张治中）和“三区政府”（主要负责人是阿合买提江）建立联合政府，由维吾尔族的包尔汉担任新疆省副主席，王曾善出任民政厅长。1949 年夏，王震将军率解放军入疆，国民政府的警备总司令陶峙岳率部起义，新疆实现和平解放。起义前夕，少数不愿参加新政权的人员带着家眷从新疆西部进入巴基斯坦，其中就有王曾善一家。

在滞留巴基斯坦的六年中，王曾善先生与三十年前的老师托甘教授取得联系。托甘教授热心地替王先生在伊斯坦布尔大学找到一个教授中文的职位。于是，王曾善于 1956 年举家迁往伊斯坦布尔。托甘教授的女儿正是王曾善在伊斯坦布尔大学教中文时的首批学生之一。

在土耳其，王先生与夫人马昌玉女士要求家人必须虔敬事主，遵守教规。他特别重视教育，要求子女一定要学好土耳其文，但是在家里则要说中文。同时，他希望子女们能接触不同文化，所以他的子女中有三名读法文学校，三名读英文学校，一名读意大利文学校。这么多子女读私立国际学校，他那份工作难以应付子女的教育费用，所以，每年开学时他都要和孩子们的学校商量，分期支付学费。为了增加收入，王氏夫妇还在伊斯坦布尔开了土耳其第一家中餐馆。

除了教中文和经营餐馆，王先生还热心接待许多访问土耳其的中国人士，并义务为他们担任翻译。因此，他需要常去码头和海关交涉，土耳其的海关人员都与他颇为熟络。

1961 年，由于过度操劳，王曾善先生在伊斯坦布尔大学上课时突发心脏病，溘然长逝。王夫人和几名子女继续在土耳其居住。

王曾善先生共有十一名子女。这些兄弟姊妹后来分居土耳其、澳大利亚、马来西亚和中国台湾，孙辈、曾孙辈散居世界各地，但大都不时回到土耳其探亲并扫墓。

2009 至 2010 年，我在伊斯坦布尔的海峡大学（Boğaziçi University）任客座教授，跟王家几兄妹以及他们的下一代见过面，谈得十分投缘。

说来很奇特，我在伊斯坦布尔认识王曾善先生的后人，并不是通过当地华人的介绍，而是通过王老先生的两位女儿在法文中学读书时的同班同学，土耳其的生物医学工程专家芭努·欧纳拉尔（Banu Onaral）教授。

2004 年，我和妻子初次访问土耳其的伊斯坦布尔，去了著名的海峡大学，还特别约见了我心仪的小说家奥尔罕 · 帕慕克（Orhan Pamuk）。两年后，他获得诺贝尔文学奖，是第一位以突厥语族的文字写作的获奖者。2009 年，我到海峡大学之前，芭努 · 欧纳拉尔教授将一位中学时代的好朋友用电邮介绍给我，并说她这位老同学已经迁居马来西亚，但是她的许多家人仍然住在伊斯坦布尔。这位同学就是王曾善老先生的四女儿王乐丽博士。通过她，我认识了她在伊斯坦布尔的二哥和三姐，以及她七妹的女儿。不久，王乐丽博士和她的儿子回伊斯坦布尔探亲，我们也终于见了面。

故事还没有完。因为本篇的主题是欧亚草原上的乌法，所以还要回到中央欧亚的突厥语族穆斯林和丝绸之路。

2006 年，我在土耳其安卡拉的毕尔肯大学（Bilkent University）进行为期一个月的学术访问，认识了中东技术大学的历史学教授逸姗碧凯 · 托甘（Isenbike Togan，中文名：涂逸姗）和她的女儿撒蕾 · 阿利侃立（Sare Aricanli，中文名：李瑞）。母女二人都能说中文，女儿李瑞的中文尤其流畅。她当时刚从北京中医大学毕业，后来获得美国普林斯顿大学历史学博士学位，目前在英国杜伦（Durham）大学教历史。这对母女就是托甘老教授的女儿和外孙女！

涂逸珊教授从伊斯坦布尔大学历史系毕业后，1963 年到台湾大学学习了两年中文，得到硕士学位，再到美国哈佛大学留学，获得历史学博士学位。她精通数种突厥语，并在非洲的苏丹居住过，对游牧部落与农耕部落的政治组织进程颇有研究，曾经多次应邀到北京大学讲学。她也曾和另外一位土耳其学者一起将《旧唐书》里面所有关于突厥的文字翻译为土耳其文，并且做了大量的注解。

她们母女二人之所以先后学习中文，绝对是受到老托甘教授的影响。这位精通多种语言的突厥学权威最感遗憾的就是不会中文，而关于早期突厥部落的活动最为详细的资料大半在中文典籍里。

王老先生和托甘教授先后去世，他们的家人慢慢失去了联系。在机缘巧合之下，我从不同的渠道分别认识了老托甘教授的女儿和外孙女，以及王曾善老先生的几位儿女和孙辈。当我告诉他们我如何认识对方时，他们除了对我的经历感到惊讶外，也都不约而同地追忆起过去的岁月。

这是一个俄罗斯的巴什科尔特穆斯林家庭和一个中国的回族家庭因为政治原因而迁居土耳其的故事。故事的起点是欧亚分界线乌拉尔山脉之南的乌法，故事的经过则大部分发生在跨越伊斯坦布尔海峡（博斯普鲁斯海峡）两岸，既属于亚洲又属于欧洲的伊斯坦布尔。

我庆幸自己结识了这两个家庭，勾连出这段源于乌法的往事。能将这些几乎被人遗忘的丝路往事重新讲给读者，是对我常年行走于丝绸之路的最佳报酬。

30

喀山二度游

大锅城也有个克里姆林

2010 年 6 月，我参加了一个去南高加索的旅行团，一行十几人从香港出发，用十二天转完亚美尼亚、格鲁吉亚、阿塞拜疆三国。既然跑了这么远，我决定在散团之后再趁机单独行动几天——从巴库飞到莫斯科，再转机去伏尔加河中游的重镇喀山。久闻喀山大名，所以非常希望能够尽快一睹庐山真面目。

在莫斯科转机需要换机场。旧机场里人头攒动，抢拉客人、漫天要价的司机成群。我语言不通，居然顺利地从旧机场到达新机场，也算初战告捷。转机还有 6 个钟头才起飞，时间尚早，所以我在新机场的酒店里面租了一间房，睡了一觉，闹钟一响就奔往登机口，飞去喀山。

从飞机上俯瞰俄罗斯的大地与河流，那条

大河应该就是伏尔加河了。喀山是俄罗斯第八大城，距离莫斯科只有 800 公里左右。我在喀山三天，住在一家以著名歌剧演员沙利亚平命名的酒店（Shalyapin Hotel）里，区位适中，也相当舒服。我请了一个鞑靼族的大学生当导游，这个二十出头的小青年领着我用了三天的时间跑遍全城，打卡了所有值得看的景点。可惜各个博物馆的说明几乎都只有俄文和鞑靼文，我成了“文盲”。因为事先功课做得不足，三天下来，除了拍了不少喀山的建筑物和行人照片，对喀山的了解实际上很有限，回到香港也只能给朋友看一些“到此一游”的照片，谈不上什么心得。所以，我决心要找机会再去一次喀山。

2019 年 9 月底，我们夫妻和十多位朋友进行了一次伏尔加河十日游：坐船从莫斯科出发，经过运河进入伏尔加河干流，然后顺流而下，直到接近里海的伏尔加河三角洲。虽然这趟伏尔加河之旅在喀山只停留了一天半，但因为有上次的经验，行前特地做了功课，这一天半的收获比九年前整整三天的收获还要多好几倍。

喀山：大锅城

喀山是鞑靼语“大锅”的意思，所以喀山市就是“大锅城”。为了吸引游客，喀山当局最近特别建了一座高塔，上面悬着一口巨型铸铁大锅，作为地标和拍照景点。在我看来，喀山这个河流交汇之处的俄罗斯大城，就像一口大锅，用了大约

上　酒店前的沙利亚平雕像

下　喀山的“大锅”

1000 年的时间，把不同的民族、部落、宗教，熬烩成了一大锅“喀山–俄罗斯文化”。

6 世纪，曾经雄霸中国北方草原的柔然汗国被突厥击败，一路逃到欧亚大草原的西端。柔然人（欧洲人称之为 Avar，即阿瓦尔人）曾进入乌拉尔山脉，与当地的人口混合，之后又进入伏尔加河地区，再西迁到欧洲中部。7 世纪时，一路追赶柔然人的西突厥分为几个部分：一部分人到达哈萨克草原西部之后，转而北上，进入乌拉尔河流域。8 世纪时，这一部突厥语部落再次北上到乌拉尔山脉的东西两侧，和当地的人口通婚融合后，逐渐放弃了萨满教信仰，转信伊斯兰教。这应该就是前面（第 29 章）讲到的巴什科尔特人（巴什基尔人）的起源。巴什科尔特人无论就血统还是就居住地而言，都兼领亚欧两洲的特征，但是他们的语言一直保持着源自亚洲的突厥语族的特征，只是后来加入了许多俄罗斯语与阿拉伯语词汇。今天喀山所在的鞑靼斯坦共和国以及附近地区，仍然有许多巴什科尔特人。

另一部分来到伏尔加河流域的突厥语人口，则于 8 世纪在里海之北建立了可萨（Khazar）汗国。该汗国统治北高加索平原与顿河流域超过 100 年，和拜占庭帝国、阿拉伯人、波斯人以及犹太人都有贸易联系。可萨汗国是历史上唯一一个族群主体为非犹太人的犹太教政权。（见第 33 章）

受可萨汗国的冲击后，原本在伏尔加河地区的保加尔（Bulgar）突厥语人群分两个方向迁徙：一部分向西移到拜占庭帝国之北，被称为多瑙河保加尔人（Danubian-Bulgars）。他们后来被四周的斯拉夫人同化，改为说斯拉夫语言，成为现在的保加利亚（Bulgaria，来自 Bulgar 一词）的主体民族。另一批保加尔人则向北迁移到伏尔加河中游与乌拉尔山一带。他们和乌拉尔地区操芬兰–乌戈尔（Finno-Ugric）语言的人口混合，于 10 世纪信奉了逊尼派伊斯兰教。因主要居住在伏尔加河与卡马（Kama）河交汇之处，故被称为伏尔加河保加尔人（Volga-Bulgars）。这批人后来逐渐迁移到了今日喀山附近。（见第 31 章）

喀山附近恰巧也是维京人与伊朗–阿拉伯世界的贸易点。9 至 11 世纪时，欧洲最北的维京人非常活跃。他们以波罗的海为基地，朝四个方向推进：第一是向西，维京人在距北美洲大陆很近的格陵兰（Greenland）中南部建立了基地。第二是沿着北海和大西洋东岸到法国西北部，建立了诺曼底（Normandy，意为“北方人之地”）公国。第三则是顺着第聂伯河到黑海，与拜占庭帝国贸易——这条路线上的人口主要是东斯拉夫人。维京人由于和他们接触甚多，因此共同成为今日俄罗斯民族的源头之一。第四则是向东南到伏尔加河流域，以喀山为转口港，沿伏尔加河进行贸易。

13 世纪中叶，蒙古人第二次西征的时候，成吉思汗之孙拔都以伏尔加河下游的萨莱（Sarai）为首都建立了钦察（金帐）汗国。金帐汗国幅员辽阔，最西到达今天的乌克兰，最东到今哈萨克斯坦境内的巴尔喀什湖。在哈萨克草原的东部，另有名义上属于金帐汗国而实际上独立的白帐汗国。

金帐汗国 15 世纪时开始分裂。1438 年，由金帐汗国分裂出来的喀山汗国建立。今天的鞑靼斯坦共和国就是从喀山汗国演变而来。目前的鞑靼斯坦共和国约一半的人口是信奉伊斯兰教的鞑靼人，另外一半人口是信奉东正教的俄罗斯人。

斯拉夫人与莫斯科公国的东扩

蒙古人在征服的地区一般都会利用“以夷制夷”的方式统治本地人（包括抽税）——他们只封赐名号、收取税金以及索贡。蒙古统治者将被统治者分为“毡帐的百姓”和“林中的百姓”。斯拉夫人当时的中心位于今天乌克兰的基辅——大约在 9 至 10 世纪时形成了基辅罗斯人（Kyivan Rus），他们被蒙古人认为是“林中的百姓”。9 至 10 世纪是基辅罗斯进入文明时代的开端，这一时期他们信奉了希腊正教，并且开始使用自己的文字。12 世纪中叶，一个参加十字军回来的基辅王子在今日莫斯科东北部的伏尔加河上建立了弗拉基米尔（Vladimir）大公国，成为东部斯拉夫人的新聚集点。他的后人对该地区的统治持续了约 100 年，直至蒙古人到来。

蒙古人在 13 世纪的征伐横扫了几乎全部斯拉夫人，而在伏尔加河上游的弗拉基米尔大公国因为地处偏远，侥幸地避过了蒙古人的惨烈杀戮和大规模破坏，反倒得以继续发展。

此时，斯拉夫人把说蒙古语和突厥语的人口统称为鞑靼人。13 至 15 世纪，鞑靼人在今日俄罗斯的腹地伏尔加河流域居于统治地位，和俄罗斯上层人士联姻。俄罗斯著名的歌剧《伊戈

喀山克里姆林建筑群

尔王子》(*Prince Igor*)就是关于斯拉夫人如何与鞑靼人既联姻又斗争的故事。

继弗拉基米尔大公国之后，莫斯科大公国逐渐强盛，在15世纪末16世纪初，连续出了几位杰出的大公。历史上最有名的当属伊凡四世(即“恐怖的伊凡”或“伊凡雷帝”)。俄罗斯历史充满了宫廷阴谋、钩心斗角和残酷斗争，伊凡四世在这种氛围中长大，也成为这类斗争的能手。他于1556年征服了喀山汗国，占领了伏尔加河流域地区，特别是喀山城，并在喀山修建了今天的旅游胜地“克里姆林”。

莫斯科也有一座全世界闻名的克里姆林。其实克里姆林是俄语中“有围墙的堡垒”之意，所以征服喀山的俄罗斯人也在喀山河与伏尔加河交界的战略要地修建了一座克里姆林。有人考据，“克里姆林”这个词源于蒙古语里的“围墙”（不同方言有不同的发音，大致读作 Herem 或 Kerem）。窝阔台时代在蒙古高原建造的首都“哈拉和林”（Karakorum）就是“黑围墙的堡垒”之意（在蒙古和突厥语族人群的文化中，黑色代表高贵）。从这个词的流变可见，西欧人认为俄罗斯人深受蒙古人的影响，“扒开一个俄国人的皮，会看到一个鞑靼人”也不完全是空穴来风。

总而言之，在喀山的克里姆林，从高处可以同时看到俄罗斯东正教教堂的尖顶和清真寺的宣礼塔。两大宗教对望并存，与莫斯科市中心清一色的东正教教堂尖顶所代表的文化含义很不相同。

17 世纪初，第一批欧洲移民在北美洲东岸登陆，逐渐向西扩张，基本上消灭了原住民的各个部落。美国人征服的一条关键的边界，就是密西西比河。密西西比河在当时是一道兼具天然和法律意义的边境——在那之前，密西西比河上下游都属于法国。拿破仑在欧洲打仗时经费短缺，更没有兵力跨过大西洋去保护密西西比河两岸的领土，就以 1500 万美元的价钱把这一大片土地卖给了建国还不到 50 年的美国。在美国历史上，这称为“路易斯安那购地案”（Louisiana Purchase）。此后美国的领土骤然增加了约一倍，从此美国人得以跨过密西西比河继续向西扩张，直达太平洋之滨。

对俄罗斯人来说，大规模扩张的过程则是从沙皇的先锋队（多半是哥萨克人）越过了伏尔加河开始的。这些武装殖民者逐渐向东进发，一路修建军事碉堡，殖民屯垦，开山采矿，跨过贝加尔湖以东，直至太平洋西岸。这一过程和美国建国后，自认是按照“天定命运”（Manifest Destiny）持续向西扩张，直抵太平洋之滨，可谓异曲同工。

今天的俄罗斯人总是讲，伏尔加河是他们的母亲河。但是这条母亲河是约 500 年前才被斯拉夫人占有的。这和恒河作为印度的母亲河，黄河作为中国的母亲河，尼罗河作为埃及人的母亲河，意义非常之不同！

俄罗斯的鞑靼人和蒙古人在哪里？

经过多个世纪的交融，许多斯拉夫裔的俄罗斯人和鞑靼–蒙古裔的俄罗斯人在语言和面貌上都已难加分辨。鞑靼人并不是铁板一块，集中一地，而是分散在几个主要的地区，但在各地区内又以聚居为主，即所谓的“大杂居，小聚居”。喀山是鞑靼斯坦共和国的首都，有大约 120 万鞑靼人住在那里。另外，19 世纪中叶的克里米亚战争之前，还有一个鞑靼人建立的克里米亚汗国，是奥斯曼帝国的附庸国。这两种鞑靼人的语言都属于阿尔泰语系突厥语族，但是彼此仍然有诸多差别，生活习惯也不尽相同。

第二次世界大战时，苏联政府曾怀疑克里米亚鞑靼人有亲纳粹德国的倾向，所以把他们大量迁移到西伯利亚去，也就是说，这些人沿着祖先的迁徙路线，在千年后从哪儿来又回哪儿

上　喀山大学留影

下　青年列宁像前留影

上　克里姆林建筑群内的东正教教堂

下　库尔·沙里夫清真寺内部

去了！时过 80 年，在今日俄罗斯的社会氛围里，对喀山鞑靼人的社会接受程度已与斯拉夫裔人口大致没有差别，比克里米亚和北高加索的鞑靼人的社会接受程度要高很多。喀山的鞑靼族只要能够流畅地说、读、写俄文，他们的就业和生活就不至于因为所属民族而受到歧视。

喀山大学的两位本科生

我 2010 年第一次访问喀山的时候到过喀山大学。在校园里面有一个样子挺帅的青年的铜像，原来他就是列宁。列宁出生在喀山之南的伏尔加河地区，自小聪敏好学，以第一名的成绩从中学毕业，之后进入喀山大学攻读法律专业，但因为参加政治活动而被开除。我到过的大学无数，但是为一个被开除的本科生立铜像的大学，恐怕唯有喀山大学。而那一年为我导游的小伙子，正是喀山大学的本科学生。他是鞑靼人，家乡距离喀山大概有 200 公里。我想去他家乡看看，但时间有限未能成行。他说，在他家乡还有许多亲人，包括他的祖父，在生活中都主要使用鞑靼语。不过，他自己的鞑靼语很不行。他带我走了很多地方，介绍了许多历史，可惜我大体上没来得及消化。临别时我对他说，我在喀山三天，对两个喀山大学的本科生印象深刻，却不很了解他们，一个是列宁，另一个就是你。他听了之后很快就察觉出我的比拟中可能稍带揶揄，于是笑言："将来我的铜像不会出现在这个校园里。"

在克里姆林流连

经过一番修缮，2019 年喀山市的克里姆林比 2010 年的更加引人瞩目了。以前没开放的鞑靼文善本图书馆，现在也开放了。此外还有博物馆、大教堂和大清真寺——喀山市里有大约三四十座清真寺，其中位于克里姆林里，为庆祝喀山建城 1000 周年而修建的库尔 · 沙里夫清真寺是最大的一座。

这里谈一些我在喀山博物馆的见闻。喀山的博物馆精于细节描绘，如果有时间的话，我们可以在那里系统地了解从 13 世纪到 15 世纪的 200 年中，俄罗斯人 / 斯拉夫人是如何被鞑靼人歧视的。这里举一个例子：伊凡雷帝击败喀山的鞑靼汗国，攻下了喀山城之后，从他们手里释放了多达 6000 名斯拉夫人奴隶——因为伊斯兰教不准以穆斯林为奴，但是可以把不信伊斯兰教的异教徒当作奴隶。因此，被穆斯林俘虏的异教徒一般只有两条路，要么皈依伊斯兰教，要么成为奴隶。

今天在俄罗斯的鞑靼人仍然主要信仰伊斯兰教，也有一部分人信仰东正教，在语言上也已转用俄语。然而在 16 世纪时，喀山穆斯林手中至少掌握了 6000 个斯拉夫奴隶——俄罗斯人觉得当初受到喀山穆斯林的压迫，并非无中生有。在当时喀山的统治结构中，鞑靼人确实是统治阶级，问题是斯拉夫人的数目比较多，又容易从波兰那边接受新武器和科技，因此他们就逐渐占了上风。在喀山的克里姆林里面，最高的东正教教堂告诉我们今天的力量对比，而博物馆则告诉我们过去的沧海桑田。

俯瞰伏尔加河

31

始于莫斯科的伏尔加河之旅

一口被流放的钟

《伏尔加船夫曲》

毋庸置疑，莫斯科是当今俄罗斯的政治中心，也是过去几百年来俄罗斯人的历史、文化、军事和政治的两个中心之一。托尔斯泰的《战争与和平》就是以1812年拿破仑入侵俄罗斯为背景的小说，中国读者几乎无人不晓，里面曾大段地提到莫斯科。20世纪80年代，有一部电影讲述了一位少女爱情失意却自强不息，获得事业成功的故事，即《莫斯科不相信眼泪》(*Moscow Does Not Believe in Tears*)。它曾是历史上最受欢迎的苏联电影之一。

“伏尔加河”这个名字对所有中国读者来说都不会陌生。在很长一段时间内，假如一个中国人只知道一首俄国歌的话，可能就是《伏尔加船夫曲》。当然，对俄罗斯艺术感兴趣的人，也会知道俄罗斯画家列宾的名画《伏尔加河上的纤夫》。

二十年三访莫斯科

2000 年，我们夫妻觅得机会在莫斯科停留一个星期，但是没来得及去伏尔加河。2010 年，我特意经莫斯科去了伏尔加河流域的最大城市喀山旅游，回程时在莫斯科住了三天。2019 年，我们夫妻和一群好友从莫斯科出发，乘游轮游览伏尔加河全程，直到里海入海口附近。

这 20 年间，莫斯科的市貌没有多大的改变，可人们的衣着和社会氛围的改变却相当明显。20 年前，俄罗斯正处于“休克疗法”后的经济危机中，俄罗斯的中国文学专家李福清（Boris Riftin）教授来酒店看我们，他很坦白地跟我们说：“我很愿意和你们一起吃一顿中国餐，但是我不能请你们，因为我请不起。”作为俄罗斯科学院的院士、几十年来研究中国文学的著名学者，他当时一个月的工资折合美元才不过 100 多一点。我那时是香港城市大学的校长，工资是他的许多倍。为了不让他为难，我毫不犹豫也当仁不让地答应下来。我们夫妇和李福清教授夫妇，以及旅居俄罗斯多年的俄罗斯文学专家白嗣宏教授夫妇去了一家台湾人开的中国饭馆，大快朵颐，畅谈古今。从他们两对夫妇的谈话中，我了解到更多当时俄罗斯知识分子对俄国经济状况以及社会状态的印象和评价。

那一次我们夫妻还特地去了导游书中推荐的一家高档俄国餐馆。因为离我们住的酒店很远，所以要先坐很长一段地铁，再走颇长的一段路才能到。这当然不是我们第一次乘坐著名的莫斯科地铁，但却是坐得最久的一次。在莫斯科乘坐地铁是一种享受。几乎每个地铁站都像是个博物馆——绘画、雕塑、站台的设计都堪称精致雅观。虽然我们不通俄文，但是只要能认出几个字母，就能大致猜出站名的发音。比如，我们要去的普希金站的第一个俄文字母是 П，即希腊字母“π”的大写，发英文中“P”字音。到站时看图识字，见到 П 字，而且单词的长短差不多时，就知道该下车了。

辗转半天，终于到了饭店，还好路程顺利，不过一进饭店门却让我大吃一惊，原来先要通过金属探测器——要知道，我这次游览莫斯科是在“9 · 11”事件发生之前，当时恐怖主义、反恐安保等远未成为人们熟悉的概念，许多机场都未必有这么严格的安检。后来才知道，苏联解体后莫斯科的黑社会猖獗，许多黑社会人物到高档餐馆去谈判或者议事，谈不拢就动辄拔枪对射。所以，餐馆为了保护自己，就在大门口设置了金属探测器，可能也雇了休班警察或是黑社会成员作为他们的保安人员和保护伞。那顿饭我们夫妇俩吃得非常舒服，充分领略了俄国的餐饮文化，的确名不虚传，但是金属探测器这件事情给我留下了比俄国大餐更为深刻的印象。

我们又去了莫斯科的好几家博物馆和艺术馆，还特别去了

左上　莫斯科地铁站里精美的艺术品

右上　古姆总百货商场里造型奇特的喷水池

下　莫斯科红场上的圣巴西勒教堂

一次全俄最著名的国家大剧院（Bolshoi Theater）看芭蕾。我意外地得知，当时俄罗斯芭蕾舞团的主要演员一个月的工资折换成美元也是100多！他们都是世界一流的芭蕾舞演员，要是在伦敦、纽约的话，一个月的工资起码超过1万美元。

但很值得注意的是，俄罗斯的女性经过两三百年的文化熏陶，包括70多年的苏维埃政权，在国家解体、时局艰难的当时，都还能够在十分有限的开销之下，竭力保持简单而有品位的化妆和打扮。所以在莫斯科的大街上，经常看到邋里邋遢的男人，女人却往往都还保持着体面的装束。这种现象不仅在莫斯科红场附近的古姆总百货商场（ГУМ）周围存在，更在看芭蕾舞演出的那天晚上得到了集中体现。

2010年夏天，我再去莫斯科，有两个朋友负责接待。一位带我去了华人华商聚集的柳布利诺大市场和一座俄罗斯东正教的修道院，另一位则带我去了郊区沙俄时代的一个伯爵的庄园，还去品尝了哥萨克人的餐馆。这一次明显感到俄罗斯的社会经济情况有所改善，人均收入提高了一大截，连坐出租车都贵了几倍。

2019年，我们十几个人在莫斯科待了大概也就48小时，再次见证了俄罗斯的复兴之路。这一次，我们请一位北大赴莫斯科国际关系学院联合培养的博士生和一位旅居俄国多年的中国老教授来和我们座谈，他们也分享了一些他们对莫斯科的观察和理解。

显而易见，俄罗斯人还在保存自己的俄罗斯风格、东方拜占庭文化的继承人身份，与加入欧洲、变成现代欧洲的一部分之间徘徊。俄罗斯的国徽是望东又看西的双头鹰——这也是它继承的拜占庭帝国的标志之一。相信今后俄罗斯社会关于未来道路的争论，还会持续很长一段时间。2022 年初发生的俄乌冲突，给乌克兰带来了惨痛的损失和根本性的改变，而对俄罗斯的未来走向来说，战争的影响未必会比对乌克兰小！

小镇乌格利奇

莫斯科是一个非常大的城市，基本设计和巴黎差不多，即围绕城市中央核心圈，也就是红场和克里姆林宫地区，以同心圆的方式向外扩展数环，各环之间有许多贯穿的道路，美国首都华盛顿的城市布局也类似。

要坐游轮游览伏尔加河，需要穿过层层的拥堵，到莫斯科市几乎最西北部的运河码头上船，在运河上行船一夜才能进入伏尔加河干流。莫斯科运河和伏尔加河相交的地方有一个小镇叫乌格利奇（Uglich），其历史颇为传奇，我对它的印象当然也是从这些历史故事来的。不过这个小镇给我的最大惊喜却是我买到了一只完全俄国自主品牌、注明俄罗斯制造的手表。这个小镇在计划经济时代有一家制造手表的工厂，其产品曾经风靡俄罗斯。经济市场化以后，外国手表大规模涌入俄罗斯，所以乌格利奇的手表不再那么受欢迎了，但是手表工厂还在运营，造出的手表仍然物美价廉。

俄罗斯的拜占庭式宫廷政治

与手表形成对比的是乌格利奇的历史意义。俄罗斯的真正崛起，是在战胜鞑靼人的伊凡四世时代。伊凡四世的长子德米特里·伊万诺维奇，十岁的时候就在乌格利奇被谋杀了，对外宣布是意外死亡，可是根据宫廷政治的套路和坊间传闻，他是死于谋杀。伊凡四世死后，他的次子费奥多尔于 1584 年继任。这时，俄罗斯上层陷入了残酷的政治斗争，又恰逢小冰期，连续几年的饥荒使国家人口损失了三分之一。以费奥多尔为代表的已经有 800 年历史的留里克王朝陷入风雨飘摇之中，于是，这时先后冒出来两个自称是德米特里的人，想要篡费奥多尔的位。从此，俄罗斯陷入了几十年的混乱无序。这种情况在历史学家所谓的“拜占庭式宫廷斗争”里屡见不鲜，而俄罗斯作为拜占庭文化的继承者，无论是留里克王朝，还是之后的罗曼诺夫王朝都承续了这种阴谋政治。

我还听到一个令人费解的传说：乌格利奇有一座非常有名的教堂，教堂当然会有钟。为了不让这个地方的流言传出去，当局曾经把教堂的钟拆卸下来，放逐到了西伯利亚！俄罗斯当政者将反对政权的人放逐到西伯利亚可谓常事，但是在 430 年前，把一口钟也流放到西伯利亚去，却是一件我闻所未闻的趣事和怪事。

左上　乌格利奇的德米特里 · 伊万诺维奇纪念雕像

右上　曾经被流放的大钟

左中　我们的游轮“伏尔加之梦”行至乌格利奇小镇

左下　伏尔加河上的乌格利奇水电站

冒牌的王都：雅罗斯拉夫尔

在莫斯科东北离乌格利奇不远的地方，有一个城市叫作雅罗斯拉夫尔（Yaroslavl）。该城位于伏尔加河和一条小河——科特罗斯河交汇的地方，从建城到现在已有超过1010年的历史。而这里最早的定居史，甚至可以追溯到三五千年前。1010多年前基辅大公在莫斯科东北部建立了这个据点，逐渐形成一个贸易城市。

雅罗斯拉夫尔是莫斯科周围的所谓“金环”城市之一，有相当多可以参观的地方。最吸引我注意的是一座有十五个洋葱式圆顶的教堂。这个城市早期都是木建筑，常受火灾的困扰，16至17世纪开始，才多采用石材建筑。

这个地方的另外一个重要性在于，它曾是前面提到的16至17世纪时的冒牌国王（pretender）的王都。留里克王朝晚期有一个所谓“大空位”时期，波兰国王西吉蒙德三世乘俄国内乱，先后扶持两个冒牌的“德米特里”为俄罗斯沙皇，甚至直接出兵占领莫斯科。这段时间，雅罗斯拉夫尔就成了俄罗斯的临时首都。俄罗斯的沙皇制度当时还没有固定下来，只有若干个已经不再臣服于金帐汗国或者鞑靼人的彼此独立的大公。这段历史里，俄国祸不单行，不但政治上充满混乱，甚至还爆发了大瘟疫。但这一切反而给了莫斯科大公崛起的机会。1613年，全俄罗斯的巨头们开会，宣布立十七岁的米哈伊尔·罗曼诺夫为沙皇，开始了统治俄罗斯300年的罗曼诺夫王朝。因此，我们在伏尔加河上经过的雅罗斯拉夫尔市具有很强的历史意义。

下诺夫哥罗德

俄罗斯有很多重要的城市，下诺夫哥罗德（Nizhniy Novgorod）是其中之一。这是伏尔加河上人口比较多的一个城市，几乎所有伏尔加河上的游轮都会在这里停留。我对这个城市的了解不多，只知道在苏联时代他的名字是“高尔基”。苏联解体之前，高尔基市有军事工业，因而是一个比较封闭的地方。我没有读过多少高尔基写的书，但知道他是苏联时代家喻户晓的人物，除了是位有才气的作家，还是个政治活动家。他和托尔斯泰、契诃夫都认识，是那个承上启下时代的代表人物。他跟列宁也很熟悉。他支持布尔什维克，但不是教条主义者，也不是主题先行的作家，可以说他是一位现实主义–社会主义的文学家，曾多次获得诺贝尔文学奖提名。高尔基在“二战”前就去世了。为了纪念他，他的出生之地下诺夫哥罗德就变成了高尔基城，直至苏联解体以后又改回原名。

楚瓦什共和国

在伏尔加河中游有一个与众不同且鲜为人知的共和国——楚瓦什共和国。楚瓦什人主要生活在伏尔加河的西岸，是 8 世纪就进入伏尔加河流域的伏尔加–保加尔人（Volga-Bulgars）的后裔，其语言属于突厥语族。他们的语言和鞑靼语言有一定的关系。但是早期的楚瓦什人和鞑靼人不同，没有皈依伊斯兰教。18 至 19 世纪时，他们还没有特定的一神教信仰，而是信仰自然宗教。随着沙俄的扩张，楚瓦什人在俄罗斯东正教教士的引导下成为俄罗斯东正教的信徒。现在楚瓦什共和国的城里人都说俄语，但不少乡下人还会说楚瓦什语，这种情况与布里亚特共和国、图瓦共和国以及鞑靼斯坦共和国比较接近。

我对楚瓦什共和国的兴趣来自一位在香港的俄罗斯人。她在一家旅行社专门负责俄罗斯旅游的工作。跟她熟悉以后，有一次我问她的家乡在哪里。她说就在伏尔加河附近，接着说了一个我前所未闻的地名——Chuvashia！她可能并不知道，就因这个我没懂的俄罗斯地名，我决心再去伏尔加河流域，进行一次“深度游”。

2019 年 9 月，我们乘坐的游船叫作“伏尔加之梦”，有大约 200 名游客，主要是北欧人和德国人，也有奥地利人和意大利人。乘客里有 19 位是华人，就是我们这一团。可惜船没有在楚瓦什共和国停泊，所以当我们经过那里的时候，我朝着西岸照了几张相，算是和楚瓦什共和国打了个招呼。

“伏尔加之梦”还要继续向前行。下一篇将记述从喀山到阿斯特拉罕这一段的游程。

a　科特罗斯河堤岸

b　“伏尔加之梦”里身着民族特色服饰的姑娘

c　下诺夫哥罗德的长明火，纪念“二战”期间为国捐躯者

d　远处为一座有十五个洋葱式圆顶的教堂

e　坐落于伏尔加河岸的巨型阶梯——契卡洛夫阶梯

32

一直游到伏尔加格勒

地下司令部、太空舱与战役废墟

伏尔加河是欧洲最长的河流,作为内流河,其全流域都在今天的俄罗斯境内。但它并不是俄罗斯最长的河流——俄罗斯在亚洲部分还有更长的叶尼塞河和鄂毕河，这两条河皆源于西伯利亚，向北注入北冰洋。而伏尔加河则是源于莫斯科和圣彼得堡之间的瓦尔代高地，经由莫斯科之北向东流到喀山，再转向南，最后注入里海。

前两章介绍了伏尔加河上的喀山以及莫斯科与喀山之间的几个城市。这一章谈一谈喀山之南的三个重要城市：萨马拉、萨拉托夫和伏尔加格勒。

萨马拉

伏尔加河流域是俄罗斯人口最为集中的地区之一，可以说是俄罗斯的心脏地带。萨马拉在伏尔加河和萨马拉河交汇处，这里有一座山，河流在此急转弯，造成高度的水位落差。为满足通航和发电的需要，俄罗斯政府在这一带修建了数座水闸。我们的游船“伏尔加之梦”号就几次进入水闸，等待放水调好水位，再进入下一级闸区。

萨马拉战略地位的重要性可以从萨马拉与其他几个城市的距离和方位看出来：萨马拉在喀山之南大约 300 公里处，在乌法之西 400 公里左右，在萨拉托夫之北约 350 公里。而萨马拉的东西两边都是大草原。我把伏尔加河流域归为草原丝路的一个地理单元，正是由于它的两岸都有大草原。

第 30 章讲到，维京人曾经沿着伏尔加河到里海，跟阿拉伯人和波斯人贸易。10 世纪时，阿拉伯帝国如日中天，著名的旅行家伊本 · 法德兰曾经沿伏尔加河北行，进入乌拉尔山区。他在书中详细介绍了萨马拉的地理特点和它在贸易上的重要性。尽管萨马拉地理位置如此重要，但是俄罗斯民族兴盛得较晚，向东方扩张的时间更晚，因此直到 1586 年才在伏尔加河急转弯处建立城堡以拱卫萨马拉。

综观俄罗斯民族的历史，大体上就是封建贵族地主阶级、游牧民族军事力量和东正教上层教士这三种势力的互动、博弈与平衡的过程。直至一个半世纪前，居于最弱地位且毫无政治力量的群体仍然是占人口最多数的小农和农奴。此外，在 15 至 19 世纪期间，还有一个没有直接参与上层政治，角色也时有变动，但于沙俄开拓“居功至伟”的群体，那便是主要由信仰基督教的东斯拉夫人组成的哥萨克兵团。他们有时被认为是一个独立的族裔，有时又因为哥萨克人（Cossacks）的发音近似于说突厥语而原先信仰萨满教（也曾一度信奉犹太教）的可萨人（Khazars）而被人与后者混为一谈，还有时与源自白帐汗国的哈萨克人（Kazakhs）相混淆。哥萨克人其实是一个半军事化的群体，经常以武力占领河谷边缘与山区的土地，务农经商，实行自治。虽然他们偶尔会反叛，不承认自己是沙皇的臣民，但实际上，哥萨克人往往在客观上成为沙皇开疆拓土的先锋部队。与此同时，他们也经常被用来打击各地松散的封建王公，巩固中央集权的沙皇制度。

伏尔加河既然是农业富庶的地方，农民数量自然极多。由于农民的生活穷苦，这一带经常发生农民起义。18 世纪就发生过俄国历史上最著名的普加乔夫农民起义。普加乔夫本是被解雇的沙皇军官，后来自称是已被谋杀的沙皇彼得三世，率领从伏尔加河到乌拉尔山区的农民，在遵循旧教仪的东正教教士的支持下，猛烈攻击叶卡捷琳娜女皇的政府。他们一个非常亮眼的主张就是要求解放农奴。这次起义虽然声势浩大，却以失败告终。农奴们需要再等 80 年，直到亚历山大二世的时代才正式得到解放。

十月革命成功，苏维埃政权得以确立之后，萨马拉就变成

列宾油画《伏尔加河上的纤夫》

《伏尔加河上的纤夫》雕塑，位于萨马拉段伏尔加河畔

当时苏联重要的内部腹地。由于苏联向西要面对德国和波兰的威胁，就在东部的伏尔加河流域大事建设。第二次世界大战时，在萨马拉国立文化学院地下九层深的地方，专为斯大林修建了一个临时司令部，以备战争颓势迫近时，他可以在萨马拉的地库里面办公和指挥。英国领土很小，完全没有苏联的纵深，所以只能在伦敦修建一个类似的地库司令部，供时任首相丘吉尔在战事危险的时候藏身办公。事实上丘吉尔去过他的地下办公室不少次，而斯大林始终留在莫斯科，根本没有到过萨马拉。

无论如何，萨马拉在苏联时代逐渐变成一个对外隔绝的内陆城市，这里建设有很多高度机密的国防研究设备和院所，其中还包括航空航天业的相关机构。俄罗斯最早发射的一批人造卫星和宇宙飞船的设计与建造，以及宇航员的训练都是在萨马拉进行的。我们到达萨马拉的当晚，就去参观了正在展出的回收太空舱，以及宇航员受训的地方。

萨拉托夫

萨拉托夫位于伏尔加河比较平静的一段。那里风景秀丽，森林连片，农田一望无际。18 世纪的时候，特别是叶卡捷琳娜女皇在位时期，俄罗斯相对于西欧，在各方面都很落后，连农业种植技术都不够发达。所以叶卡捷琳娜女皇设法从中欧引入了将近 200 万主要为德意志人的农民，将他们分散到伏尔加河中游。这些人在后来的沙皇时代以及苏维埃时代都相当受重视，被称为伏尔加德意志人，而他们的主要聚集点就在萨拉托夫。这一带还有一个小城叫恩格斯。20 世纪初期，苏联还未稳固定型的时候，此地曾经是伏尔加德意志人苏维埃社会主义自治共和国的首都。当然，没过多久，斯大林当政，进行了大规模的区划调整，取消了这个自治共和国，恩格斯也就不再是伏尔加德意志人的首都。今天恩格斯人口大约 23 万，而萨拉托夫则有 90 万人。二者都是工业高度发达的城市，因此受过高等教育的人口比例很高。

伏尔加格勒

伏尔加格勒是伏尔加河下游最重要的城市，其苏联时期的名字——斯大林格勒——就能体现出它受重视的程度。第二次世界大战时，德军从多个方向对苏联发动进攻，从最北的圣彼得堡到南部的莫斯科等全面开战。当然，纳粹德国也分兵东南方向，进攻斯大林格勒。斯大林格勒战役牺牲了不计其数的苏联公民，是“二战”史上著名的大型战役，其过程非常激烈、悲壮。

苏联卫国战争打到最艰难的时候，由于俄罗斯的地理纵深，纳粹德国军队再次犯了同130年前拿破仑一样的错误，就是低估了俄罗斯的严冬，因此无法在漫长的补给线上充分支持他们的部队。斯大林格勒战役因此成为“二战”苏德战场的转折点，从此，苏联由战略僵持走向反攻。苏联在这场战役中甚至俘虏了德军第6集团军的保卢斯元帅！但是苏军在卫国战争中也有不少军人被德国俘虏，付出了惨重的代价。其中一个俘虏就是苏军上尉——斯大林的长子雅科夫。德国曾经提出交换战俘，用斯大林的儿子交换他们被苏军俘虏的总司令，但斯大林意志非常坚决，按照一般俄罗斯人的说法是，斯大林断然拒绝了这个提议，坚决不同意用一个纳粹上将换回一个苏军上尉，哪怕是自己的亲儿子。最后，雅科夫死在了德军的战俘营里。

我们去伏尔加格勒的时候，这个城市正在致力于将自己打造成一个以环保和历史为特色的旅游城市，所以有许多纪念斯

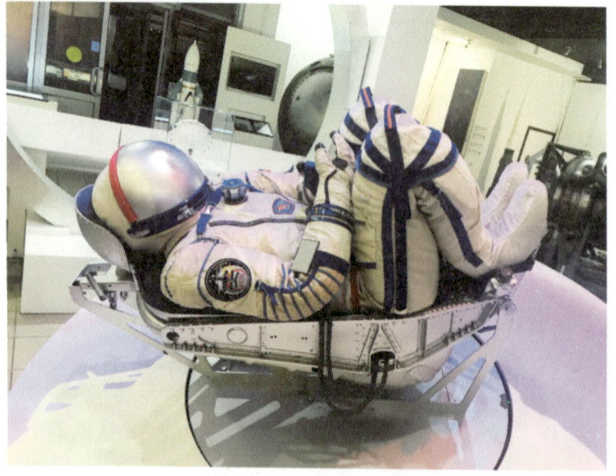

左上　萨马拉航天博物馆

右上　“伏尔加之梦”行经水闸

左中　回收太空舱展现场

左下　伏尔加河上的萨拉托夫大桥

上　斯大林格勒战役全景博物馆

下　斯大林格勒战役中被毁的建筑

大林格勒战役的大雕像和纪念馆等。一些被炸得破落不堪的建筑也故意保留在原地，提醒世人那场惨烈的战争。

除了伏尔加河流域，苏联的另外一块沃土是顿河流域。顿河注入亚速海，它和伏尔加河虽然相距不远，但互不连通。18世纪时，彼得大帝曾设法建设一条连通两条河的运河，但没有成功。第二次世界大战后，苏联政府耗费大量物力人力修建了长约 100 公里，两端水位落差约 50 米，共有 13 座船闸的伏尔加河–顿河运河。这条运河对后来苏联–俄罗斯的交通与灌溉都发挥了作用。不过，这两条大河每年的冰冻期都长达 100 至 150 天，所以运河无法全年运作。

我们一行 19 人于 2019 年 10 月 7 日去参观了伏尔加河–顿河运河博物馆。工作人员见到我们一大队人前来，就热情地拿出一本留言册，请我们留几句话。我在同行友人的催迫下，硬着头皮拿起笔来写了两句英文，然后又写了两行中文："连通五海二河，造福四方人群。"并在博物馆人员的要求下译为英文："Joining two rivers and connecting five seas, benefitting peoples of all directions."。随后一行人都签下中文姓名留念，在博物馆工作人员的热情掌声中离开了。

33

搭火车去阿斯特拉罕

南部边疆的历史重镇

地理环境

沿伏尔加河顺流而下，过了喀山和萨马拉附近的水库以后，两岸主要是人口稀少的土地。到伏尔加格勒之后，再航行 400 余公里，就到了历史名城阿斯特拉罕。阿斯特拉罕是全俄罗斯海拔最低的城市，大约在海平线以下 25 米。自阿斯特拉罕开始，河水分散为有上百条支流的伏尔加河三角洲，缓缓注入水面为海平面之下 28 米的里海。

我们在伏尔加格勒下船，改乘火车到阿斯特拉罕，因为这一段河道并不适于大型轮船航行。阿斯特拉罕地理位置十分险要，坐北朝南，面对世界第一大咸水湖——里海，可以迅速到达阿塞拜疆、哈萨克斯坦、伊朗、土库曼斯坦以及与里海沿岸相距不远的乌兹别克斯坦。历史上，这里也是贸易和军事重镇，以阿斯特拉罕为据点，可辐射掌控哈萨克斯坦的西部、乌兹别克斯坦的西部与中部。

今天的阿斯特拉罕仍然是俄罗斯的重要城市，关乎俄罗斯南部边疆的安全。为了进入这一地区，我们必须在俄罗斯旅游签证之外，另办进入边境地区许可证。

可萨突厥人建立犹太教王国

早期西迁的突厥语人口在进入欧洲之前，要先经过乌拉尔山一带，因此和那里操芬兰–乌戈尔语的人口多有来往。其中一支西迁到里海北部地区的突厥语部族被称为可萨人（Khazars），他们占据着欧亚大陆东西交通的要道。这里也是南北方向上，从阿拉伯半岛和伊朗高原通往伏尔加河流域的必经之路。可萨人的西方是拜占庭帝国，东部是开始伊斯兰化的其他突厥语部族，而南方则是传统伊斯兰帝国的心脏地区。凭借这处地理要冲，可萨人建立了一个相当强盛的贸易大国，首都就在阿斯特拉罕。

可萨人曾经与早期的保加尔人，以及一些操芬兰–乌戈尔语的人口长期混杂，所以今天人们已经无法准确复原他们当时所说的语言。大致而言，可萨人的语言应该属于阿尔泰语系突厥语族的钦察语支，与巴什科尔特人、吉尔吉斯人以及哈萨克人的语言比较接近。但是宗教上，可萨人不像放弃了萨满教而改宗伊斯兰教的大多数突厥语人口。他们既没有接受源自其南方的伊斯兰教，也没有接受他们西边的希腊正教，而是选择了这两种宗教都承认的犹太教。所以，从 8 世纪起，在里海的北边，包括黑海北岸部分地区，出现了一个商业兴盛的犹太教王国——可萨利亚（Khazaria）。这个重要的王国在 11 世纪就被其他的突厥汗国所灭，从而湮没于历史中。虽然他们信奉犹太教，可是古今的犹太学者们并不视可萨人为犹太人。大多数犹太人认为，只有古代 12 个犹太部落的后裔才是真正的犹太人。可萨人是从东方西来的突厥语人口，无论如何也无法追溯到那 12 个犹太部落，因此他们的犹太人身份是个无法解决的问题。

蒙古人的金帐（钦察）汗国

蒙古第二次西征是由术赤之子，即成吉思汗之孙拔都带领各支蒙古王公的长子，沿着草原丝路向西进发，因此又叫长子西征。拔都的军队一直打到多瑙河边，巴尔干半岛的西部，即亚得里亚海东岸。但是就在这时，忽然传来蒙古大汗窝阔台去世，蒙古要开忽里勒台（即宗亲大会），选举下一任大汗的消息。拔都自认是成吉思汗长子术赤这一支的代表，所以理所当然是大汗候选人之一，于是他就信心满满地率军东归。待行至伏尔加河附近的时候，他听说窝阔台的长子贵由已经先行赶到了蒙古高原，很可能会继任大汗。拔都与贵由素来不和，所以就称病驻兵不前，不再回蒙古，并决定把自己的势力建立在这片他新征服的欧亚大草原上。伏尔加河原就是这片草原上的重要流域，拔都决心不回蒙古的时候恰巧就在这附近，于是他就地建立了金帐汗国（因为域内的多数人口属于说钦察突厥语的部族，所以又叫钦察汗国），以今天伏尔加格勒和阿斯特拉罕之间的一个叫萨莱的地方为牙帐所在。

蒙古人虽然少，但是他们西征路上不断吸收大都已经伊斯兰化了的突厥语部族人口，所以欧亚大草原上的蒙古人在两三代后也都信奉了伊斯兰教。金帐汗国最初的首都在萨莱，后世的金帐汗又迁都到伏尔加河流域另一个与旧都相隔不远的地方，称为新萨莱。

在基辅、莫斯科等地附近的金帐汗国治下的斯拉夫王公们，都要按时谒见金帐汗，并接受册封。受册封之后，各地的王公就有权代表金帐汗在各地征税、理政。所以，这是一种间接统治、以夷制夷的方式，金帐汗是名义上的统治者，实际上治理各地的还是斯拉夫王公。我在不少博物馆里都看到了描绘斯拉夫贵族向金帐汗进贡和接受册封的图景。

阿斯特拉罕的地理位置与政治军事力量使它成为草原丝路上当之无愧的贸易中心。东欧之外，来自阿拉伯半岛、伊朗高原、高加索地区以及中亚河中地区的商人也在此地络绎不绝。

游牧民族建立的政权经常因为继承权的纷争而分裂成诸多领土越来越小的汗国，金帐汗国也不例外。拔都建国前后，他的两个兄弟——昔班、斡儿答——各有功劳，因此拔都很早就把亚洲部分交给了昔班，由他另建蓝帐汗国。而在更东方，接近察哈尔汗国的斡儿答则就近建立了白帐汗国。初时，蓝帐汗国和白帐汗国也受金帐汗国的册封。

金帐汗国名义上仍然统治着包括欧洲和亚洲在内的广大领土，但是从 14 世纪中叶起，汗国的核心部分逐渐分成几个近乎独立的汗国，包括著名的喀山汗国、克里米亚汗国和诺盖汗国。15 世纪中叶，阿斯特拉罕汗国崛起，占有了金帐汗国的基地——伏尔加河下游，令金帐汗国的核心集团元气大伤。1502 年，金帐汗国被克里米亚汗国击败，正式灭亡。

俄罗斯人建立克里姆林

1556 年，莫斯科大公伊凡四世占领喀山并在此修建了克里姆林（即有围墙的堡垒）。他继续南征，于 1558 年打败阿斯特拉罕的汗王，占领了这个伏尔加河下游最重要的城市。伊凡四世在一片面向伏尔加河的山坡上也修建起克里姆林，至今仍然是阿斯特拉罕最引游人注目的地方。

俄罗斯人在阿斯特拉罕站定了脚跟，使它成为当时俄罗斯最东和最南的重镇。也是从那时开始，俄罗斯历朝历代都把阿斯特拉罕当作重要的边疆地区。后来，俄罗斯从阿斯特拉罕出发继续向东殖民，进入了哈萨克汗国位置最靠西的小玉兹（构成哈萨克汗国的三个部落集团之一），开启了沙俄在中亚草原部分的征服活动。

伊凡四世在阿斯特拉罕修建的克里姆林建筑群

阿斯特拉罕克里姆林中拜占庭风格的教堂内部

今天的南部边疆

今天的阿斯特拉罕仍然被视为俄罗斯的南部边疆，但它在商业上的重要性已经大不如前。从军事上看，阿斯特拉罕虽然仍为要地，但是在卫星和导弹的时代，其重要性也在不断降低。我们在阿斯特拉罕除了参观克里姆林和市区之外，就是吃东西和买鱼子酱。

阿斯特拉罕有两大特产，其中一个是用一种纯黑色的卷曲绵羊毛编制的帽子，与本地同名，就叫“阿斯特拉罕”。19 世纪的欧洲上层男士几乎都希望有一顶阿斯特拉罕呢帽，中亚各地的富裕阶层更是如此。现在阿斯特拉罕的牧民已经不多，也不愿意再花那么大的功夫去养这种羊，所以制帽业已不再是里海地区很赚钱的生意。

因此，本地的人们就把赚外汇的方法转而用来吸引各地游客，并且向全世界推销鲟鱼（sturgeon）的鱼子酱（caviar）。最高档次的 Beluga Caviar——最好最大最贵的鱼子酱——每公斤可以卖到 8000 美元（在香港的高档西餐厅里，50 克 Beluga 鱼子酱要 3500 港币，大约是 450 美元）。我们这批香港人既然远道去了阿斯特拉罕，没理由不尝一下这里的新鲜鲟鱼，所以我们头一晚就去了当地最好的餐厅之一，店名就叫作 Beluga。鲟鱼是要吃的，至于鱼子酱嘛，还是到商店里买些带回香港比较划算——毕竟在餐厅里，为了摆盘好看，偌大的盘子里只盛放那么一丁点儿鱼子酱，好像挺划不来。结果，我们这一伙中国人，无一人在这家以 Beluga 为名的餐馆点鱼子酱。

不少欧美人（也包括俄罗斯人）都认为中国人特别会精打细算。我们这一伙中国人离开之后，不知道餐馆里的侍者和经理是佩服我们有免于被宰的丰富旅游经验，还是咒骂我们是“名不虚传的小气鬼”。

34

自驾埃利斯塔

卡尔梅克人的坚韧

到埃利斯塔的路上

早就知道在俄罗斯境内伏尔加河西岸有一个佛教地区，叫作卡尔梅克（Kalmykia）共和国，所以我们夫妻在阿斯特拉罕参观了两天之后，就包了一辆车，从阿斯特拉罕开了370公里到卡尔梅克共和国的首都埃利斯塔（Elista）。一路上都是草原和宁静的村庄。我们在公路旁边的小商店停下休整时，小店里的主人和工作人员都是东亚面孔，他们应该就是俄罗斯人所称的卡尔梅克人了。

埃利斯塔的城区虽然不大，但有“总统府”——因为卡尔梅克是一个自治共和国，有自己的总统。其实它是俄罗斯联邦的一部分，

上　埃利斯塔城中兼有蒙古和藏传佛教色彩的释迦牟尼大金寺

左下　俄罗斯教堂内部

右下　和“文学青年”普希金合照

只相当于一个州（Oblast）。埃利斯塔很新，有不少明显是最近这些年才修建的兼带蒙古和藏传佛教色彩的宫殿庙宇以及展览厅等。此外，城里也有相当高大华丽的俄罗斯东正教教堂。

有一座吸引了不少游客的雕像，似乎是个“文学青年”，但是雕像基座上全是俄文介绍。和旁边的外国游客打听后得知，这就是年轻的普希金。他来过埃利斯塔，很喜欢这个有异域风情的地区，还为此写了诗。但他应该想不到，将近 200 年之后，他的铜像会在这里成为地标，而市中心的一条大街叫作“普希金大道”。

西蒙古的土尔扈特人西迁

俄罗斯所谓的卡尔梅克人，并不是成吉思汗或者拔都时代到达伏尔加河流域的那群蒙古人，而是 17 世纪才从新疆来到伏尔加河地区的西蒙古人。

一般而言，蒙古大致分为三部：蒙古高原中部的喀尔喀蒙古，又称漠北蒙古或中蒙古；蒙古高原南部的察哈尔蒙古，又称漠南蒙古；蒙古高原西北部的卫拉特（即瓦剌、厄鲁特）蒙古，又称漠西蒙古或西蒙古。明灭元之后，忽必烈的后代退回蒙古高原，仍以“元”为国号，一般称之为“北元”。北元时期，喀尔喀蒙古人和卫拉特蒙古人的冲突旷日持久。

卫拉特蒙古人由几个部落群体组成，包括准噶尔部（意为“左翼”）、土尔扈特部和杜尔伯特部等。

俄罗斯人所谓的卡尔梅克人，是西蒙古人中的土尔扈特部，以及一部分杜尔伯特部。他们在元朝时游牧于额尔齐斯河到鄂毕河一带。明朝建立以后，由于喀尔喀蒙古人在蒙古高原的力量大增，大部分西蒙古人就开始进入今天的中国新疆和哈萨克斯坦游牧。新疆的准噶尔部是西蒙古的重要组成者。

在准噶尔人强盛时期，土尔扈特部以及杜尔伯特部的活动空间不断受到压缩。后二者的主要活动地区在新疆西部，甚至到达今日哈萨克斯坦的七河流域，所以他们在 1629 年大批西迁到伏尔加河流域。此次西迁的总人口有 25 万到 30 万人。这时伏尔加河流域正由金帐汗国分裂出的几个汗国管控。阿斯特拉罕汗国是其中一个，其次是喀山汗国。虽然俄罗斯人已经在伏尔加河流域有相当强的势力，但是仍然不足以阻挡 25 万到 30 万他们所称的卡尔梅克人进入该流域。

因此，俄罗斯人采取了“不能阻之，便结盟之”的基本态度。他们和东来的土尔扈特部结盟，共同对付其他势力。当时伏尔加河流域包括鞑靼人在内的全部操突厥语族的人口都信仰伊斯兰教，喀山、阿斯特拉罕、萨拉托夫这些地方都已经成了伊斯兰教的势力范围，而新到的西蒙古土尔扈特人和杜尔伯特人仍然信仰藏传佛教。因此，在某种程度上，沙俄和土尔扈特人有共同的敌人——包括鞑靼人、巴什科尔特人和诺盖人。诺盖人原来住在今天卡尔梅克共和国所在的地方，新到的西蒙古人或卡尔梅克人把他们赶到了北高加索的达吉斯坦附近。

百年寄居

卡尔梅克人过了乌拉尔河、伏尔加河，又行至更远的地方，也就是今天的埃利斯塔一带。埃利斯塔距离伏尔加河大概有370公里，这个地理位置十分利于贸易。所以，除了继续放牧以外，卡尔梅克人也注重商贸活动。当然，作为游牧部族，他们本身也需要定居人口提供的茶、谷物以及各种纺织品、金属用品等。此外，他们还需要新式武器——那个时代的战争已经大量使用热兵器了。

卡尔梅克汗国名义上向俄罗斯沙皇效忠，自称为臣属部族。事实上他们也确实替俄罗斯打过几次仗，甚至还帮助沙皇镇压过属于斯拉夫民族的哥萨克人。

在对内治理方面，卡尔梅克人一直坚持着他们离开今中国新疆以前的法典，就是所谓的卫拉特法典。对外，卡尔梅克人也逐渐与西藏的达赖喇嘛取得联系，跟里海南部的伊朗萨法维王朝也有经济往来，又和其西的克里米亚鞑靼汗国进行贸易。然而，随着时间的推移，俄罗斯在伏尔加河的势力越来越强，对卡尔梅克人的限制和压迫也就越来越多。

东返新疆

18世纪下半叶，卡尔梅克人的领袖渥巴锡眼见本部族在伏尔加河的生活日趋艰难，遂有东归故土新疆的念头。这时他已

上　埃利斯塔郊外的 Syakyusn-Syume 佛教寺庙

中　佛教寺庙内部

下　佛塔和经幡

经知道，从前曾欺压过他们的准噶尔汗国刚被清朝摧毁，所以新疆的土地要重新分配，他们还可以回到故土一展宏图。毕竟 150 多年前他的祖先被迫西迁的原因已经不复存在了。

作为一位领袖，渥巴锡有很强的组织能力。他先是悄悄地跟达赖喇嘛取得联系，由达赖喇嘛替他选了一个东归的吉日，并且为他祝福，以团结部族，形成东归共识。随后，他又秘密地通知了大概有 35 000 户当年西来的蒙古人，20 万人左右，约定在 1770 年冬天的某一天启程东归。属于土尔扈特部的卡尔梅克人绝大部分都愿意随他东归，但是属于杜尔伯特部的人口则大部分选择留下来。

渥巴锡有了东归的设想后，花了两年的时间准备，包括替沙俄打仗，乘机获取东归所需的许多武器和装备。待万事俱备之后，他才正式宣布东归。

然而，他们出发那年不幸赶上暖冬——伏尔加河上的冰太薄了，所以在西岸的人几乎没有办法过河。而军令已发，东岸的人只能开拔。

俄罗斯当局发现渥巴锡率部东归，当然视之为巨大的背叛。当政的叶卡捷琳娜女皇决定把留下来的所有土尔扈特贵族都处决，然后派巴什科尔特人和沙俄军队尽速追赶，并命令当时已经被俄罗斯控制的哈萨克小玉兹的军队截挡卡尔梅克人。后有追兵，前有拦截，留守族人又多被处决，土尔扈特部东归之困难艰辛，可想而知。

俄罗斯境内的卡尔梅克

渥巴锡东归后，叶卡捷琳娜女皇先废除了卡尔梅克汗国，划为阿斯特拉罕下属的一个单位，由阿斯特拉罕总督直接管辖，后来又派一个杜尔伯特人担任留俄卡尔梅克人的代理汗王，称作副汗王。此举使杜尔伯特人的地位大为提高，与本来占统治地位的土尔扈特人相当。

这些留在俄国的卡尔梅克人经过 250 多年的生息繁衍，现在共有 20 万人左右。他们大多数仍然是佛教徒，但是已经普遍以俄语为通用语，能够说蒙古话的人寥寥无几。有一部分卡尔梅克人和巴什科尔特人或哈萨克人通婚，转信了伊斯兰教；还有一部分卡尔梅克人与俄罗斯人或是哥萨克人通婚，改宗了东正教。所以，在今天的卡尔梅克共和国里并存着这三种宗教，而且信众中都有卡尔梅克人。

回到新疆之后

启程东归的 16 万土尔扈特人一路上历经重重困难，最终到达新疆时只剩下 7 万多人。这时乾隆皇帝仍在位，东归的土尔扈特人受到了清政府的崇高礼遇。乾隆册封渥巴锡为土尔扈特部卓哩克图汗。但是，乾隆皇帝也忌惮这些一路经过兵火洗礼、战力超群的蒙古土尔扈特人，他们如果集中起来，甚至可能是继准噶尔人之后，清廷的又一隐患。所以他从统治者的角度出发，将土尔扈特人分散安置在广阔的地区，开拓荒地，以防他们聚众叛变。今天新疆的数个蒙古自治州都同当年东归的土尔扈特人有关。这是历史的真相，也是统治者的逻辑。

从埃利斯塔到伏尔加河西岸这 370 公里的回程路上，我一直在思考，这些已经俄罗斯化，但尚未完全改宗东正教的卡尔梅克人，虽然在俄罗斯仍是少数民族，想必也不会再有举族东归的想法了。从 1771 年东归到现在已过去了 250 年，如今，他们的理想就是让这欧洲唯一的佛教共和国可以在整个欧洲的文化光谱里凸显出独特的一面，以吸引俄罗斯联邦内外更多的游客前来游览！

离开埃利斯塔之前，我们在一座佛教寺庙前面和一个蒙古人家庭一起照了相，回来之后用电子邮件把照片发给他们。不久收到了他们的俄文回信，翻译过来的内容正是："欢迎你们再来卡尔梅克！"

佛教寺庙前偶遇的一个蒙古人家庭

35

黑海–里海草原

各方势力在此角逐

在这本《大丝路行纪：漫游草原丝绸之路》里，我从呼伦贝尔草原出发，向西经过蒙古草原、准噶尔草原、哈萨克草原，然后到伏尔加河流域的草原地带。从这里开始，旅行的脚步就到了整个欧亚大草原最西部的黑海–里海草原，又称东欧草原或南俄草原。

黑海–里海草原的面积将近 100 万平方公里，西起白俄罗斯、摩尔多瓦和乌克兰的东部，经过第聂伯河下游、顿河流域，最东到伏尔加河流域。这一带是沙俄、苏联乃至今日俄罗斯的谷仓，气候类型比较多样，植被除了草原外，还有一部分属于温带阔叶林区。

印欧语言的诞生地

这片大草原是农作物的重要产地和游牧者的天堂，也是帝国创建者历来的争霸之地。然而，它对人类的最大意义却不在上述方面。

根据人类学者的研究，现代智人的喉部构造要比尼安德特人发达很多，因此逐渐发展出复杂的以声音传递信息的交流方式。至迟 40 000 年前，人类已经开始有了语言，能够以特定的词汇和语法交流。现在世界上共有大约 6000 种语言，语言学家将它们归类为大约 20 个“语系”。目前全球大约 40% 的人口的母语属于“印欧语系”，而印欧语系各种语言的诞生地就是黑海–里海草原。

语言学家推测，大约 7000 至 6000 年前，在乌拉尔山脉之南，高加索山脉–黑海与里海之北的人口使用的是一种目前已经不存在，也无法重构还原的原始印欧语。距今 6000 至 3000 年前的时间里，说原始印欧语的部落群先后有三次人口大迁徙，逐渐向不同的方向分散，在各地发展并改变其语言，但是基本的语法和一些基本词汇仍然类似，甚至是相同的。因此，近代的语言学家才能够把分布在从印度东部到爱尔兰西部如此广阔地区的多种现代语言归类为同一个语系。印欧语系包括若干不同语族，一般人较熟悉的有日耳曼语族（包括英语）、罗曼语族（包括法语、西班牙语）、希腊语族、凯尔特语族（包括苏格兰盖尔语）、波罗的–斯拉夫语族（包括立陶宛语、俄罗斯语）及印度–伊朗语族（包括印地语、波斯语），还有已经消逝的吐火罗语族和安纳托利亚语族。

战马的故乡

根据古生物学家的研究，马可能最早是出现在美洲，然后在冰川时期渡过结冰的白令海峡进入亚洲北部，而在美洲的马却不知为何灭绝了。

人类起初猎马是为了吃它们的肉。但是后来发现马有很灵敏的听觉和视觉，而且善于负重，于是开始饲养马匹。大约6000年前，人类在黑海和里海大草原上成功地学会了骑马驾车。

由于游牧民族以放牧牲口为主要生产方式，骑在马背上的牧人能照顾的牲口数倍多于站在地上的牧人，马的重要性由此凸显。不久，因为马跑得很快（比人快六倍），而且记忆力极佳，还会认路（“老马识途”），马匹又进一步变成了狩猎及作战的工具。

这时，人学会了使用缰绳驭马，又发明了马鞍，以增加骑马者的安全度与舒适度。大约2500年前，中国北方的游牧民族开始使用马镫，御者可以用双脚控制马，以便腾出双手更精准地使用弓箭。

大概5000年前，黑海–里海北岸的印欧语系人口在制陶使用的转轮概念基础上，发明了车轮（先是实心的木质圆轮，后来用有轮辐的金属圈）和连接两个车轮的车轴。于是就出现了马拉的车和一人驾车、一人射箭的双人战车。

中国历史上，周武王之所以能够打败商纣王，很重要的一个原因就在于，周的军队更能够发挥从西方游牧民族那里改良而来的战车的优势（注意，这里的“西方”是字面意义上周之西邻，而不是现代意义上的西方）。

你方唱罢我登场

黑海–里海草原的位置使草原人口与其南和其北的人口都没有保持密切的交通关联。首先，草原的南方除了面对高加索山脉的那部分之外，其余大部分被黑海、亚速海和里海环绕。因此，从这里出发南行，大部分地方需要坐船，而且这些水域面积都很大，在古代技术不发达的时期，阻碍了草原和南方的来往。而草原之北是针叶林区。针叶林地区与草原地区的生活方式截然不同，无论是自草原到林区，还是反之，人们都必然要改变原有的生活方式。一般而言，草原上的人以放牧为生，兼带渔猎；林区的人则是以狩猎为主，兼营畜养。但是长达一万公里的欧亚大草原上的气候、土壤、河流湖泊的分布各有不同，因此不少地区，如黄河河套之北和贝加尔湖之南，都可以既农耕又游牧。

由于地形的结构，草原上东西向的交通容易得多，不同的民族和部落的来往很频繁。公元前 16 世纪到公元 11 世纪，黑海–里海草原就有过许多来自东方的统治者。

最早到达此地的是操印欧语系语言的辛梅里安人（Cimmerians），他们可能是伊朗语部族的一部分，公元前12世纪到前7世纪时期在这片草原上活动。目前已经找到并发掘了不少辛梅里安人的墓葬遗址。

其次就是前面多次提到的斯基泰人。他们在公元前8世纪至前3世纪时主宰这片大草原。但长期来看，斯基泰人在艺术上的影响要超过他们在草原上建立的军事和政治霸权产生的影响。从已经出土的大量斯基泰人的棺椁和随葬品等来看，他们制造金属器物的水平很高。这些器物非常精美，而且多为动物艺术造型，特别是不同动物搏斗的造型。这些艺术造型也传到了美索不达米亚，比如完全没有受到斯基泰人统治的亚述人就曾在艺术层面与斯基泰人有过交流。这是南北向的文化传播——虽然斯基泰人和亚述人的政治影响力都没有到达对方的地区。

在政治上，斯基泰人跟南方只发生过一次冲突：公元前5世纪，他们输给了阿契美尼德王朝的波斯帝国，以致不得不向阿契美尼德王朝进贡称臣。

3至4世纪，被不少欧洲学者认为是匈奴人后代的匈人（Huns）也从这片草原经过，然后西进，几乎灭了罗马帝国。继匈人之后，由东部西移的游牧人口叫作阿瓦尔人（Avars），很可能是前文提到的柔然。他们在4至8世纪到过欧洲中部，控制了今天的匈牙利、罗马尼亚和保加利亚一带。

此后主要的入侵者就是从蒙古高原来的操突厥语族或者蒙古语族语言的游牧民族。基于游牧的基本生活方式，游牧人口的社会结构一向较为分散。然而，即使是分散的部落群，政权或政治结构一般也是建立在马匹交通在一定时间内可以到达的空间范围内。如果空间范围太大，很容易出现分裂的倾向。突厥汗国与蒙古帝国一再分裂的重要原因就是地理范围过大，中央统治力不能达到。

除了前面说过的 4 至 7 世纪的保加尔人外，还有蓝突厥人（Kök-Turks），即早期突厥人。8 到 11 世纪在这一带的另一支突厥语部落群建立了可萨汗国。离可萨汗国不远，还有一支与可萨人差不多时代的突厥语部落，叫作钦察突厥人。

13 世纪开始，蒙古人来到黑海–里海草原，建立了强盛的钦察（金帐）汗国，统一了欧亚大陆的广大部分，所以这片大草原几乎全部由蒙古人控制。但是金帐汗国由于本身的政治结构，不停地发生继承权之争，并且饱受地方分离叛乱之扰。14 世纪以后，金帐汗国日渐式微，先后分裂出喀山汗国、阿斯特拉罕汗国等几个较小的政权。

黑海–里海草原上最主要的一个汗国是在 15 世纪末 16 世纪初建立的克里米亚汗国。克里米亚汗国最后击败了金帐汗国，令这个由成吉思汗之孙拔都建立的大汗国从此消失在历史长河中。

克里米亚汗国与今阿斯特拉罕之间还有相当长的距离。克里米亚是一个半岛，与欧洲大陆只有一条陆桥相连。这个半岛主要是山地，有很多优质海港，半岛的北边也有一部分草原，克里米亚汗就在这里建立了他们的汗国。之后又有西蒙古土尔扈特部和杜尔伯特部等来到这里，在这片草原的中部建立了卡尔梅克汗国。

在靠近高加索山脉的北高加索地区还有一支操突厥语族语言的游牧民族，即诺盖人（Nogai）。亚速海之东的库班平原，以及今天俄罗斯南部、高加索山脉之北的达吉斯坦，在 15 至 17 世纪都是诺盖汗国的势力范围。

从 18 世纪开始，东斯拉夫人的国家沙皇俄国，作为“林中的百姓”，正式强势地由北向南进入草原地带。18 世纪后期，在叶卡捷琳娜女皇的统治下，沙俄拿到了他们垂涎已久的黑海出海口，也就是克里米亚半岛。

斯拉夫人到来之后，大草原中心地带的顿河流域就变成他们最主要的发展基地之一。

顿河是欧洲第五大河，大概有 1870 公里长，注入亚速海。顿河下游有一座著名的俄罗斯重要城市——罗斯托夫（Rostov）。

1920 年左右，苏维埃政权尚未巩固，内战仍在进行的时候，顿河流域涌现出不少可歌可泣的事迹。内战结束之后，苏联作家米哈伊尔·肖洛霍夫（Mikhail Sholokhov）就以此为题材写了一部长篇小说，用苏联内战，白军跟红军的斗争，以及战争中个人效忠对象的变化等，刻画了复杂的人性以及时代与社会的变迁。这就是世界名著——《静静的顿河》。

在这本书出版之前，顿河并不是静静的。沙俄用它的力量强行进入了顿河流域和整个黑海–里海草原，占据了克里米亚半岛。在这段血腥暴力的历史中，有几个角色需要加以说明。

商店里的俄罗斯套娃和其他工艺品

其一是顿河地区的哥萨克人。他们可以说是顿河的半个主人，因为哥萨克城堡以及哥萨克自治区最多最强的地方曾经就在顿河流域。其二是沙俄政府和大量普通俄罗斯移民。他们最终取得了本地的政权，成为这个地区的主人。其三是位于黑海之南，曾经把克里米亚汗国收作藩属的奥斯曼帝国。奥斯曼帝国在几个世纪里一直在这一地区发挥着重要的影响力。

顿河水虽然静静地流着，但是它所在的黑海–里海地区在近代史上却很不太平。

19 世纪中叶的克里米亚战争，就是英国人和法国人帮助奥斯曼帝国对抗俄罗斯的战争。在此之前，这三个欧洲帝国主义国家都在侵略奥斯曼帝国，但三个帝国之间亦有矛盾，其中两国不愿意见到第三国因为对奥斯曼帝国的胜利而骤然崛起。

沙俄从奥斯曼帝国手中抢到了克里米亚半岛的塞瓦斯托波尔港（Sevastopol），得到了已渴望两个世纪的不冻港，还可以自由从黑海进入地中海。这令英法完全无法容忍。英国人将军队部署到北高加索，设法掀起一场对俄国的战争。

而这场战争的表面导火线，居然是这三个基督教国家要争夺位于耶路撒冷的耶稣圣墓教堂的钥匙！信奉东正教的俄罗斯人因此和自认是天主教会的大女儿的法国交恶，信奉国教的英国人帮（甚至是替）法国和奥斯曼攻打俄罗斯。

苏联解体，历史进入 21 世纪。近年来，俄罗斯和过去几乎是一家人的乌克兰进入了持续对抗状态，一方面是因为意识形态分歧，另一方面是政治企图的差异。俄罗斯希望恢复到《华沙条约》时代的势力分界线；乌克兰则想要进入欧盟，并且成为北约的战略伙伴。

乌克兰的东部人口主要是俄罗斯族，他们希望重新加入俄罗斯。但是今天“乌克兰东部人口”并不包括克里米亚的居民。克里米亚人已经“自行”全民投票，于 2014 年回归俄罗斯联邦——在 21 世纪，俄罗斯没有动用武力就扩展到了一片具有高度战略意义的土地。几年来，美国及欧盟与俄罗斯为了制裁和反制裁不断斗争，就是因为克里米亚。

近年来北约逐渐东扩使俄罗斯难以容忍，而北约在美国的领导下又把乌克兰视为钳制俄罗斯的重要手段。因此，2022 年 2 月，乌克兰东部的局势就到了俄罗斯认为需要以军事手段解决的地步！

总结一句，古往今来，黑海–里海草原一直是不同民族、不同宗教、不同政治势力经常争夺的地方——它从来没有真正安宁过。

综论篇

新疆哈密地区巴里坤草原

36

引弓之民的连续性

草原上的“引弓之民”

历史上的草原丝路最主要的居民是源自东亚的游牧部落。中国史书形象地称他们为“引弓之民”，指出他们的特征就是能够在马上弯弓射箭。所以“引弓之民”成了整个欧亚大草原上各游牧民族最简单的代称。

在草原之南有著史传统的民族中，希腊史书将斯基泰人称为野蛮人，也对他们的生活形态做了描述。伊朗人对斯基泰人，以及与他们同源的帕提亚人，乃至再后的嚈哒人、柔然人（阿瓦尔人）都有记载。源自中亚地区的相关记载比较少，但是很明显，锡尔河以北是游牧民族的天地，锡尔河以南是农耕民族的居所。

而整个欧亚大陆上，农耕民族与草原民族的对峙线是一条分布最广、时间最长久的分界标志，受这条线影响最深远的地区就是东亚。世界上几乎没有人不知道万里长城，而长城就是这种对峙的产物。在中国历史上，华和夷的区别一直是很重要的问题，而广义的夷就包括长城之外的引弓之民。

东亚大陆上的不同人群

整个东亚大陆上最主要的人口当然是起源于黄河流域的华夏集团。从华夏集团的历史记载以及自我认识出发，其对东亚大陆早期的人口大概有这样的区分：

第一种是“胡”，就是在亚洲内陆草原上的游牧民族，主要是操突厥语族和蒙古语族语言的人口。

第二种叫“貊”或“貉”，指东北亚森林地带的渔猎民族。他们主要操满–通古斯语族的语言。突厥语族、蒙古语族和满–通古斯语族都属于阿尔泰语系。

第三种是“胡”“貊”之南的黄河流域，后来扩展到汉水流域，叫作“华”或“夏”，有时又合并称为“华夏”。

第四种是在华夏民族区域之南，早期在汉水、大别山以南，一直到南岭以北的各个民族，叫作“蛮”。大部分“蛮”属于苗瑶语族的人口。

第五种是在华夏东南方靠海的地带，古时候叫作“诸越”，或者“越”，他们的语言各异，大部分已经无从稽考，但今日的苗、瑶、傣和越南语言都属于南亚语系。

总之，以上是华夏早期对各种人口的区分。

其中与草原丝路有关，并且能够称为引弓之民的，基本上属于胡。我们熟悉的由胡人建立的政权名称有匈奴、鲜卑、乌桓、柔然、突厥、高车、铁勒、契丹、蒙古，后来有些政权名和族名便合二为一了。当然，某些通古斯语族的族裔也被认为是东胡之后，比如肃慎、扶余、靺鞨（渤海）、女真等。

北方民族政权的特色

中国历史上，北方民族在蒙古高原东、西及中部建立过许多由游牧部落组成的部落联盟。他们建立政权，取国号，立可汗。前面讲过游牧民族对农耕民族有天然的依赖，需要从农耕民族那里获得纺织品、茶叶、装饰品以及药物等。因此，北方民族政权往往以劫掠、定约或是占领的方式与中原农耕民族政权打交道。劫掠是抢一票就走。定条约是打了胜仗之后，规定农耕民族每年向游牧民族供给的岁币数额或者给予的实物数量、种类等。

北方民族政权和中原汉族政权的统治方式也有所不同。草原民族的辈分、亲属概念、家族认同与汉族不同，所以王室成员身份的界定和权力大小也就不一样。北方民族政权建立初期，都有一个王室会议的形式，大汗的选拔和登基要经过王室重要成员的共同认可。

中国历史上，游牧民族在整个中国北方轮番建立政权最为频繁的年代就是所谓的“五胡十六国”时代——跨越魏晋南北朝共约 135 年的时间。最早崛起的是鲜卑族的慕容部，后来是同属的鲜卑拓跋部，后者在山西大同附近建立了北方政权。拓跋部立国不久后，道武帝拓跋珪就决定把国号改为魏。魏文帝拓跋宏将首都搬到洛阳，自己改姓元，所以皇族也都从拓跋改成姓元。魏文帝进行了一套系统而激进的汉化改革，涉及语言、服饰、官职等诸多方面。这一过程中，拓跋部的贵族里始终有反对意见存在，所以汉化改革的推进并非一帆风顺。

华夷之辨与华戎之交

魏晋南北朝时，许多城市都是汉胡混居。所以华夷之辨是那时读书人中的一个重要议题。《世说新语》里就有许多这一类的故事。

既然是混居，语言必然互相渗透。因此汉语里就融入了许多北方民族的语言，而北方民族更是借用了许多汉语的词汇。我们今天所说的“哥”和“姐”就是从胡人的词汇中借用的，对应的古汉语词汇是“兄”和“姊”。《木兰辞》里说道：“昨夜见军帖，可汗大点兵……木兰无长兄。”“可汗”当然是指北方民族的统治者；“长兄”今天一般称“哥哥”。“汉儿尽作胡儿语，却向城头骂汉人”，是汉族士人对当时某些状况的感慨。但这种情况不只存在于当时的中国北方，世界上所有多民族融合通婚、比邻而居的地区，都发生过类似的情况。即使在互相猜忌，或者整体氛围不安、不和的情况下，这一时期华戎（夷）之间的交往客观上还是增加了很多。

北魏孝文帝的改革，特别是姓氏改革，其影响甚至至今犹存。除了皇族拓跋改姓“元”以外，其他的贵族亦须改汉姓，如丘穆陵氏改姓“穆”、步六孤氏改姓“陆”、叱罗氏改姓“罗”、独孤氏改姓“刘”、屋引氏改姓“房”、叱奴氏改姓“郎”等。今天这些姓氏在全国都不难见到。

因此，到了北魏后期，以及北魏分裂为东魏、西魏的时候，跟拓跋（元）鲜卑大致同时存在的另外一个草原民族——柔然人，就不再承认魏或拓跋鲜卑是游牧民族了。他们把中国北方就叫作拓跋（Tabghatch），讹音作“桃花石”。所以，在真正的游牧民族眼中，已经和汉族有了深度融合的游牧民族，不再是胡人而是“桃花石”（即“中国人”）。

由于北方的战乱，五胡十六国意味着至少有五个胡族和相当多的少数民族政权存在过。有一部分本来在北方黄河流域定居的汉族向北迁移躲避战争，也就是说“入夷狄者夷狄之”了。中原汉人也有一部分向西北迁移到了河西走廊，甚至更进一步到达今天的新疆吐鲁番一带，建立起汉人的政权，唐朝初年灭国的麹氏高昌就是如此。所以这是一段民族大融合的时期。

蒙古大汗的即位典礼

13 世纪的蒙古开启了欧亚大陆历史上交通最畅顺的时代。一些西方学者把曾经盛赞罗马帝国的专用术语“罗马和平”（Pax Romana）一词套用到蒙古帝国的时代，将之称为“蒙古和平”（Pax Mongolica）。

蒙古时期和元朝，有不少欧洲人曾经到蒙古的哈拉和林探访、传教或是贸易。13 世纪时，有一个天主教方济各会的教士——意大利人卡尔皮尼（Carpini），记述了蒙古大汗即位的情节。多明我会的修士圣康坦的西蒙（Simon de Saint-Quentin）和贵族出身的亚美尼亚教会的教士海顿（Hayton）也留下了关于即位典礼的宝贵记录。或许因为不同蒙古大汗的即位典礼地点和方式略有不同，也可能是因为这几个欧洲人并没有亲自参加过典礼，听到的转述信息来源不同，因此他们的记录不尽相同，甚至多有矛盾。如果他们都没有机会亲自参加，这恰恰点明了一件事：蒙古大汗即位典礼只容许蒙古的上层贵族参加。

即位典礼会布置在一个空旷的场地，中间设华丽的宝座，前置一张白毯。即将上位的大汗端坐在毛毯上，几位最重要的人物——或者是有资格竞争大汗之位的人，或者是大汗最近的亲属——抓住毛毯的边缘，把他举起来，然后扶他坐上大汗的宝座。之后，大汗一般会说一些谦虚的话，例如，“其实某某人（指着某个举他的人）也是可以做大汗的，此外，某某也是很好

乌兰巴托乔伊金喇嘛庙博物馆大门正对面的砖雕影壁，上面有八仙过海等图案

的汗位人选。但是，既然你们拥立我做大汗，就要听我的指示：我叫你们做什么，你们就必须做什么，我要杀谁就杀谁”。大家这时就带着颂扬的口气表示赞成和拥护，一致高声欢呼。

远在伊朗的伊儿汗国，其即位仪式里也保留了和在蒙古高原上类似的举白毡的形式，不管是 13 世纪还是 14 世纪都有类似记录。学者不禁要追问：这种即位仪式又是从何而来的呢？

经过学者们的考据，发现它来源于鲜卑王室还在代都（大同）的时候就有的传统，称为“代都旧制”。只不过当时用的是一张黑毛毯，不是白毛毯。

北魏迁都洛阳之后，皇帝即位时要坐在一张七个人抬着的黑毛毡上，七人将他高高抛起后故意让其摔落。此时有一个人会用绸带绞住他的脖子，勒到半昏迷的状态，然后问他一些问题，让他回答。虽然北魏王室已经信奉了佛教，但这种仪式显然是萨满教的残留。

鲜卑以后，突厥人也如此循例。据记载，里海以北的可萨汗国也有举毡、重要的人士抬着毯子上位之类的仪式。

当代学者研究发现，在契丹国创建者耶律阿保机的即位典礼上，也曾经发生过类似的事情。据记载，阿保机被七个人抬在黑毡上，他们将他打得半昏，然后问他你预备做几年的大汗。他已经被打得很严重，迷糊中就答了一个不很大的数目，说九年。按传统，如果他过了这个年数而不退位，朝中的贵族就可以将他杀死。事实上，他九年之后并没有退位，而是改用汉字的年号，重新开始纪元。又过了九年，他召集权贵亲人，说明他要完成（甚至是乞求让他完成）上天要他完成的事业，并预言他三年之后就会离开这个世界。结果不到三年，耶律阿保机就离奇死亡，史家多认为他是死于亲戚之手。

所有汉文的史书上，几乎都没有记载这个举毡的仪式。或者是因为汉族的官员不许进入最重要的大汗登基大典，抑或是出于汉族文化的考虑，不愿把这些所谓蛮夷之邦的礼仪写进正史里，因而故意滤掉这一细节。

然而，中国北方游牧民族的传统除了南下中原外，也向西扩大其影响。前面提到的可萨汗国的可汗即位还有一个细节，就是每位可汗的统治年限最多是四十年。若超过这个年限，臣民与扈从就可以杀掉他，并宣称："他已丧失理智，思想混乱。"这和后来契丹的情况十分相似。

另外，20 世纪的突厥学大家托甘教授（见第 29 章）在他的回忆录里曾提到，他小时候在乌拉尔山地区的经堂学校读书时，开学要选班长。班长必须坐在由四个人高举的毛毯上，被班里的其他同学掐、打，甚至还用锥子戳，有时被选的班长会疼得哭起来。托甘教授认为，这个习俗就源于古时突厥人选汗的传统。

从拓跋鲜卑，到伏尔加河流域的可萨汗国，再到东方的契丹，一直到 20 世纪初年的乌拉尔山地区，类似的观念及仪式跨越万里，流传千年，有力地体现出北方游牧民族政治文化传统的韧性和影响。

中原史家一般把草原游牧民理解为很多不同的民族，而他们确实有所区别，其内部也经常因争夺权力而发生冲突甚至分裂。可是在某种程度上，草原游牧民族也有其共享的诸多文化和传统，同样表现出坚韧的延续性。

汉族有秦、汉、唐、宋、明等不同的朝代，虽然也有反叛混战的时候，但是华夏文明有明显的延续性，也有统一性。北方的草原民族也有内在的联系，因为他们毕竟是同一个地理环境孕育出来的人群，应该承认他们也存在类似华夏文明一样的连续性和一定程度的主体性。

草原上的秃鹫

37

草原文明与草原帝国

草原生活

本书的三十多篇文字主要是记述我在草原丝路漫游多年的经历与心得。

长达一万公里的欧亚大草原东起东亚大兴安岭西部的呼伦贝尔草原，继而通过锡林郭勒草原，和蒙古的东部大草原结成一片；向西延续到准噶尔草原和哈萨克草原之后，结束于黑海–里海草原（又称东欧草原或南俄草原）。

旧石器时代的人类很难在草原上生活，因为受气候和地理的影响，草原上很难发展采集农业，渔猎资源也远不如温带甚至寒带的森林环境。后者丰富的动植物资源可以让“手无寸铁”的人群存活，而在草原上，“手无寸铁”

的人类曾经举步维艰。

草原文明

大约 1 万年前，人类进入新石器时代后，发生了“第一次农业革命”，两件前所未有的事情大大改变了人类的历史进程：第一，人类在土壤与气候适合的地区从采集野生植物，开始过渡到有意识地种植农作物，从而为发展提供了基本的食物保障（全球至少有八个自发农业区）；第二，一些人群逐渐进入草原，成功地畜养牲口，获得了稳定的动物性食物来源（欧亚大草原上出现了不少这样的区域）。

早期人类在草原上小规模放牧，既不需要，也没有条件走得很远。自从马被驯化之后，人的移动半径大为增加，因此畜养放牧大量牲口的可能性也大为增加。之后，一些牧民逐渐发现了在冬季和夏季转变牧场的益处，可灵活架设和拆卸的帐篷的出现使牧民一年两季的转场变得可能。这就是游牧生活的开始。

游牧是随着人的移动能力的提升而发展的，它不是最原始的生活方式。同样，定居耕田是随着人对季节、气候、土壤的了解加深以及农作物培育技术的发展而出现的，也不是人类最早的生活方式。农耕社会以占有的农田为基本生产资料，游牧社会以牧场的使用权与支配权为财富的基本来源。

在新石器时代，马被驯化之前，也有人群在草原上生活。这些草原上的居民与生活于草原之南，后来成为定居农耕人口的居民区别在于，前者的生活主要依赖于捕猎鼬鼠、土拨鼠等小动物，其活动范围比农耕人口大很多。所以草原上的居民接触各种矿物的机会，也比固守在一块土地上的农耕人口要多很多。因此，冶金技术（包括铜器的使用）应该最早是为草原人口所掌握。

等到草原上的人口能够畜牧大型动物，如马、牛或羊，并能够造青铜与铁器用具之后，游牧就成为他们主要的生产生活方式，因而逐渐形成了本书叙述的草原文明。

近 5000 年来，马是草原文明不可分割的一部分，游牧是草原文明的主要生活方式，而和动物的紧密联系、识别金属矿物则是草原人口的共同经验。在游牧中，人与畜群经常走得很远，从此不再回头，这是游牧者的另一个特点。考古学发现，草原上有些特别的平行纹、螺旋纹装饰陶器，曾经被游牧者带到很远的地方，比如在东欧发现的平行纹与螺旋纹陶器在中国也有出土，只是时间上稍微晚一些。目前还不能确定两边是否各自独立发展出了这种形制的陶器。但是有一些人像之类的文物，肯定是被人从一地携带到另外一地的——不同时代的两个地方的人群，几乎不可能恰巧制作出十分近似的人像。

游牧人口所用陶器的纹饰以及纽扣、马鞍等装饰品所表现的艺术风格和农耕文明艺术品的风格迥然不同。由于草原文明主要聚焦与动物的接触，几乎不存在对花草的形容，所以对各种动物，特别是动物之间格杀吞噬的刻画，是草原艺术的典型特征。

游牧与农耕

法国历史学家费尔南·布罗代尔（Fernand Braudel）对人类文明的发展有一个杰出的理解，简单来说便是：地理决定文明，文明决定历史。

地中海的海岸线和气候决定了地中海人口的生活方式——沿海贸易和简单的农作。同时，其作物必须是能够适应夏季炎热干燥、冬季温暖湿润气候的品种，比如橄榄、无花果、橘子。在欧亚大草原上，同样的生活方式显然是不可行的，所以，就必须因地制宜进行畜牧或者游牧。游牧者需要相当多自己无法生产的生活用品，所以沿途的物资交换也成为必要的生活方式。由上可见，地中海人口和草原人口的文明要素都是由地理决定的。

整个早期人类文明的基本形态有四种：采集渔猎、农耕、游牧与贸易。本章只聚焦于最近几千年来在欧亚大草原及其附近的主要生活方式：游牧和农耕。没有哪一个种族或族群的基因能决定这些人应该游牧或者农耕，这取决于其祖辈所居住的地理环境。住在草原的人们变成了游牧民族，因此，有了游牧的风俗，养成了游牧者的习性，由此就发展出游牧文明。农耕社会的出现和发展也同理。因此，在游牧和农耕社会的交界地区，即两种地理环境的边界地带，两种生产生活方式可以并存。本来属于农耕地带的人，一旦因故进入草原 / 游牧地区，必然会采取游牧的方式，否则就无以生存，毕竟因为气候所限，草原上很难像在农耕区一样种植作物。但游牧人口进入农耕社会所受的限制就比较少，因为农田可以转化为牧场。由于这个不对等的先决条件，历史上游牧人口进入农耕地区的情况经常发生，而农耕人口侵占草原的行为就相对较少。

整个欧亚大陆草原带的南北两侧，有三段是农耕人口与游牧人口比邻而居的地区：西边的一段是西亚的伊朗高原；第二段是中亚的锡尔河一带；最东部的一段，也是历史最纷杂的一段，就在中国——从甘肃的河西走廊，到阴山与黄河河套地区，再到山西、河北的北部，这正是长城的所在之处。历史上，中国北方是游牧人口和农耕人口对峙时间最长久、来往最频繁，引起过多次政权更迭的地区。所以中原华夏文明与北方游牧文明的互动成为历代史学家最为关注的主题之一。

如果要对欧亚大陆上农耕人口与游牧人口的历史做一个简单的综述，可以归结为以下两点：

第一，农耕人口尽管发展了许多技术并率先使用文字，认为自己代表了文明，而游牧民族代表了野蛮，但是当两边发生军事冲突时，游牧人口在大多数时间都是占据优势的一方。这首先在于他们半军事化的社会组织形式，使其动员速度快于农耕地区。其次，在冷兵器时代，机动性和作战优势主要取决于马匹的数量、骑兵的速度以及引弓的精熟程度。这也正是游牧人口的军事优势所在。

第二，前述的军事优势引出了这样的结局，即游牧人口入侵农耕区域后，曾多次建立政权，长时期统治农耕地区的人口。

这个现象从鲜卑人入主中国北方（4 世纪）到元朝统治全中国（13—14 世纪）的大约 1000 年间频繁出现。然而，不只在中国如此。从帕提亚（即安息）建立波斯王国（公元前 3 世纪）到蒙古人最后退出（完全融入伊朗人社会，14 世纪），在这段漫长的历史中，伊朗高原大约有 1500 年的时间也处在游牧民族的统治之下。这两个时间长度并非历史定律，但游牧民族的统治者能够既保持自己的政治文化传统，又依照农耕人口的习俗来统治后者，却是整个欧亚大陆多次发生的历史现象。

地理环境决定了游牧人口的生产生活方式。在草原上，水草丰美到足以常年畜养大量牲口的情况并非常态。气候干旱，土壤贫瘠，动物因为寒冷或者缺少草场、水源而大量死亡，进而导致牧民饥荒，这些才是草原地区的常态。而在农耕地区，水灾、旱灾、战争也经常发生，但是由于人口密度比较高，定居社会的行政管理、信息传递、文化积累传承比较容易。因此农耕社会总体的富裕程度和认知水平要高于游牧民族。

这个差距就使得游牧人口不论是出于自己的生活需要，还是为了满足掠夺的欲望，都会周期性地向农耕地区进发。而当游牧人口占领了农耕地区之后，他们的首领、可汗、贵族就会享受到农耕社会提供的富裕和文化，不久就会开始定居化及农耕化。

草原帝国

这里所说的草原帝国未必是领土全部处于草原地带的帝

国，而是指主要的军队以游牧人口为基础，由游牧民实行统治的帝国。这种帝国的领土，固然包括草原，但也可以包括农耕地区。

在欧亚历史上有三位大家耳熟能详的草原帝国建立者：5世纪的匈人（Huns）领袖阿提拉、12至13世纪的成吉思汗、14到15世纪的帖木儿。他们虽然都以草原牧民自居，但是他们的领土以及财富的来源却主要是温带的农耕社会。

在更早期，有一批草原帝国的领土可能全部或者大致位于草原，那便是出自中亚，同时向东西两方发展的斯基泰人的帝国。斯基泰人是出自中亚北部，操伊朗语的游牧民族，但他们所建的帝国曾经包括今天的伊朗和巴尔干半岛的希腊和马其顿。匈奴更是如此。匈奴后来分化为南、北两部，其中南匈奴进入华夏社会，逐渐转变为农耕定居生活。他们甚至在长城以南建立了他们自己的汉赵政权（之后被鲜卑取代）。而北匈奴可能就进入了乌拉尔山地区，一度被认为就是后来横扫欧洲的匈人的祖先。

对于草原帝国，有两点比较重要的结论：

第一，草原生活方式的基本性质决定，草原政权一般都是分散大于集中。一个国家（Ulus）往往不久就分为数个更小的国家，其继承权的纷争要比农耕民族频繁得多，因此草原帝国大都是昙花一现。然而，即使如此，这种游牧人口建立的统治方式和军事能力仍然有很长的延续性。前面提到，在近代之前大约1000多年的时间内，草原人口在对农耕地区的战争中都具有明显的军事优势。

第二就是人口的融合。无论从饮食习惯、语言、文字，还是从宗教信仰来看，在欧亚大陆草原带偏南的地区都有过大量而深度的血统融合与文化交流的现象。今天中国所有北方人口，也包括许多南方人口，都有北方草原民族的基因（如果这种基因能够准确而大批量地测试的话）。今天全部中亚，以及伊朗和土耳其的大部分人口，也都具有北方草原民族的血缘。当我们说到野蛮与文明的时候，不能想当然地预设农耕人口代表文明，而草原人口就是野蛮。草原社会有自己的法律和规则，成吉思汗时代的蒙古大扎撒和 17 世纪的卫拉特法典就是很好的例证。草原民族关于财产继承、家庭成员的伦理辈分，以及收继婚制的法律，都来自游牧生产方式的实践。他们的出发点和思考方式与农耕人口不同，所以两者难分孰优孰劣。农耕人口与游牧人口也没有必然的先天差异。今天在温带地区的人口，即过去的农耕人口，大部分是早期草原民族与农耕民族的混合结果。然而，由于现代交通的便利和生产方式的改变，人类在社会行为上已逐渐趋同。故此，草原文明仍在，而草原帝国则很难再度出现在地球上了。

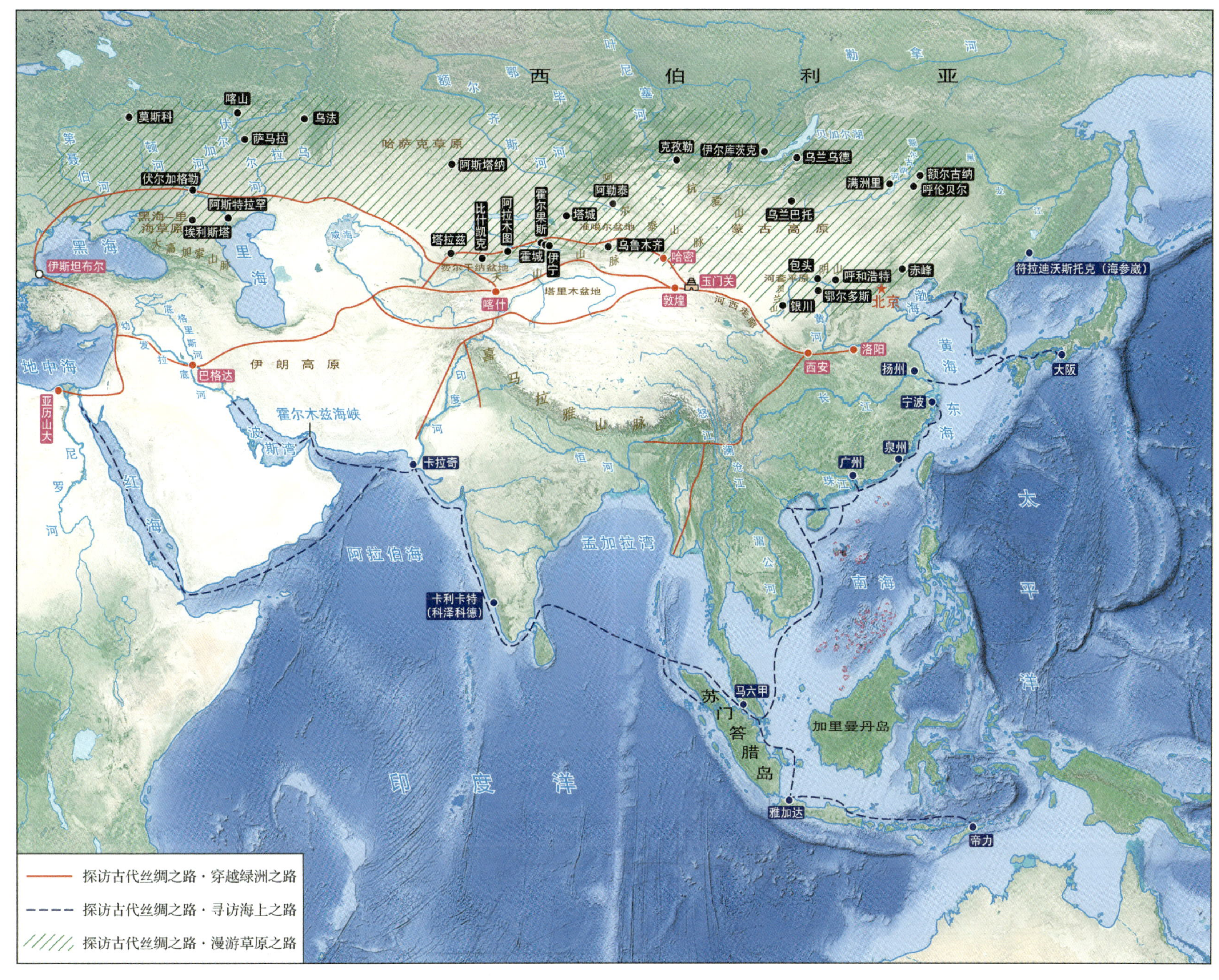

西伯利亚
哈萨克草原
蒙古高原
伊朗高原
塔里木盆地
准噶尔盆地
黑海
里海
咸海
地中海
红海
波斯湾
霍尔木兹海峡
阿拉伯海
孟加拉湾
印度洋
南海
东海
黄海
渤海
太平洋
喜马拉雅山脉
天山
苏门答腊岛
加里曼丹岛
贝加尔湖
莫斯科
喀山
乌法
萨马拉
阿斯塔纳
伏尔加格勒
阿斯特拉罕
埃利斯塔
伊斯坦布尔
巴格达
亚历山大
塔拉兹
比什凯克
阿拉木图
霍尔果斯
霍城
伊宁
塔城
阿勒泰
乌鲁木齐
哈密
敦煌
玉门关
喀什
克孜勒
伊尔库茨克
乌兰乌德
满洲里
额尔古纳
呼伦贝尔
乌兰巴托
包头
呼和浩特
赤峰
鄂尔多斯
银川
北京
西安
洛阳
扬州
宁波
泉州
广州
大阪
符拉迪沃斯托克（海参崴）
卡拉奇
卡利卡特（科泽科德）
马六甲
雅加达
帝力
探访古代丝绸之路·穿越绿洲之路
探访古代丝绸之路·寻访海上之路
探访古代丝绸之路·漫游草原之路